It has been three years since the dungeon had been made.
I've decided to quit job and enjoy laid-back lifestyle
since I've ranked at number one in the world all of a sudden.

AREA 12 INVESTIGATIVE REPORT

VOLUME : 08

TOP SECRET

This confidential document is under the control of JDA

PROJECT : D Genesis

WRITTEN BY : Kono Tsuranori

ILLUSTRATION BY : ttl

ではみなさんご一緒に、

私たちの願いと余裕が一致して、
それが叶いますように！

Rex Mortuus Est, Vivat Rex
王は死んだ、王に栄あれ

JDA

Japan Dungeon Association

D GENESIS

ダンジョンが出来て3年

WRITTEN BY Kono Tsuranori
ILLUSTRATION BY ttl

08

It has been three years since the dungeon had been made. I've decided to quit job and enjoy laid-back lifestyle since I've ranked at number one in the world all of a sudden.

CONTENTS

INFORMATION

CAUTION

この物語はフィクションです。
登場する人物・団体・イベント・商品その他の名称は架空であり、
それが、どんなにどんなにどんなに似ていたとしても、実在のものとは関係ありません。

This story is a fiction.
The names of individuals, groups, events, products and other indications are fictional,
and no matter how similar they are, there are no connection with actual things.

They(magic and science) lure the weary enquirer, the footsore seeker,

on through the wilderness of disappointment in the present

by their endless promises of the future.

——— *The Golden Bough vol.I chapter IV / James George Frazer*

魔術も科学も、疲れ果てた探究者や足を痛めた求道者に、

現在の失望の荒野を進むよう誘いかける。

未来への果てしない約束によって。

——— *確実性の問題 / ルートヴィヒ・ウィトゲンシュタイン*

序章

プロローグ

It has been three years since the dungeon had been made.
I've decided to quit job and enjoy laid-back lifestyle
since I've ranked at number one in the world all of a sudden.

PROLOGUE

SECTION：東京都調布市調布ヶ丘

「はー」

「なーに、景気の悪そうなため息なんかついちゃって。いい、涼子？　ため息一つで、幸せが一つ逃げていくと思いなさい」

「だって香蓮《かれん》さん、私、ピアノに触ったこともないんですよ？」

斎藤《さいとう》涼子《りょうこ》は、マネージャーの英《はなぶさ》香蓮に連れられて、最低限の楽器の扱いや演奏の雰囲気を学ぶために音大のピアノ科を訪れていた。新しいドラマの役柄がピアニストの卵なのだ。

それにもかかわらず、彼女とピアノの関係は、せいぜいが学校の音楽室や講堂にあったそれを遠目に眺めたことがあるくらいのものだった。

「触ったこともないから、教えてもらうんでしょ」

「そりゃそうですけど……演奏シーンは吹き替えですよね？」

「繋《つな》ぎまでの姿勢とか手の形が嘘《うそ》くさかったら、全部がパーでしょ」

「それはまあ、分かりますけど」

ドラマの中で自分が弾く作品をピアニストが演奏する姿を知らずに、その演技をすることなどできるはずがない。演奏シーンが吹き替えだとしても、それは手元のアップだけなのだ。

「出てくる音は目茶苦茶でも、映像だけ見ていれば名ピアニストを目指しなさい」

「へーい」

しかし、今度はピアニストですか……

アーチェリーはやらされるわ、ピアノは弾かされるわ、女優って大変なんだねぇと、まるで他人《ひと》事《ごと》のように考えながら、そういやダンジョン探検隊もあったっけと、先日嬉《うれ》しそうに連絡してきた吉田春樹《よしだはるき》を思い出していた。

なんでも三好《みよし》さんの協力で番組の構成がやや変わるから、ちょっと時間が空くとか言っていたけれど、放映時期を考えればそれほど待たされることはないはずだ。まあ、馬は馬で勝手に走るけどねと彼女は気楽に構えていた。

「涼子は、アーチェリー大会のスケジュールもあるから、こういう時間のかかりそうなレクチャーは、隙間を見つけて詰め込まないと」

「あんまり時間が空いたら忘れちゃいますよ」

「そこはプロなんだから、なんとかしなさい」

「えー」

マネージャーの無茶ぶりに心の中で頭を抱えながら、彼女は建物の入り口をくぐった。

§

「斎藤さんはピアニストになるわけじゃないから、一通りの基礎的な楽器の扱いと、あとはプレイの様子を見ることで、雰囲気やポーズを学ぶのが目的でしたね」

「はい、そうです」

音大の准教授であり、演奏家でもある中路《なかみち》郁子《いくこ》は、音楽を教えるわけではないこの仕事にあまり乗り気ではなかった。しかし、お世話になっていたサニーミュージックからの依頼では、断ることも難しく、やむを得ず引き受けていた。

レッスンのない日だし、さっさと終わらせるつもりで、二十分ほどかけてピアノの取り扱いに関する一般的な注意事項と、ピアノへの座り方や腕の形、いくつかの奏法について説明した。

「なるほど。じゃあ、私もちょっと爪が長いですね」

涼子は、そう言ってきれいに手入れされている指先を見せた。

グラビアの時と違って、さすがに伸ばしすぎということはなかったが、指の腹側から見て、爪の先が見えないというわけにはいかなかった。

「今の撮影が終わるまでは、あまり短くしちゃだめよ」

映画やドラマの撮影には、体の状態を変化させないというルールがある。

だからマネージャーのセリフは当たり前のことだったが、それを聞いた中路は、爪を伸ばしたピアニストがどこにいるんだよと内心呆《あき》れつつ、もう少し詳しく説明した。

「多少なら爪が伸びていてもピアノは弾けますけど、爪が鍵盤にあたる音が意外とうるさいのと、鍵盤が滑ることのふたつが問題になります」

そう言いながら、黒鍵に爪を立てて当てて滑らせると、そのまま指を落として白鍵を叩《たた》いて音を出した。そんな風に、ミスタッチが起こるのだそうだ。

「ホロヴィッツのように、ほとんど指を曲げずに強烈なフォルテを演奏する奏法もありますけど、あれを真似《まね》すると、手を痛めたりしますから」

「分かりました。爪が伸びているとピアニストっぽくないですから、たぶん役作りの時に切ることになると思います」

それを聞いた中路はピアノの前に腰を掛けなおした。

「ではまず私が弾きますからそれを見ていてください」

「あ、先生。あとで演技の勉強をするために録画してもよろしいですか？」

「結構ですよ」

マネージャーは、荷物の中から三台のビデオカメラを取り出すと、鍵盤が見えるような角度で横からと正面、後はペダル部分が見えるような角度でそれをセットした。

「ではお願いします」

「はい」

そうして中路が弾き始めたのは、ショパンのエチュード、作品10－4だ。

今回も必ず使われるであろうこの曲は、総合的な技術が要求され、派手でスピード感もあるが、偏った運指がないため、ピアニストにとって飛び抜けて難曲というわけではない。弾けるようになるまでは大変だが。

基本的に運指と姿勢を見せるのが目的なので、中路は、それほどスピードを上げずに二分ほどの演奏にまとめた。

涼子は鍵盤の上を動く指を最初からずっと真剣に見つめていた。

「どうでした？」

ピアノに触ったこともない素人が、一回演奏を見たからといって何が分かるはずもないが、契約は契約だ。一応指導めいたこともしなければと、中路がそう訊《き》いた。

運指に集中していた涼子は、質問されて我に返ると、つい、「えーっと。指がいっぱい動いてました」などと、アホっぽいことを言ってしまった。

「そうですね」

中路は内心笑いを噛《か》み殺しながら涼子の話を聞いていたが、次の一言で顔色が変わった。

「あれなら、なんとか私にもできそうです」

「え？」

涼子は隣のピアノに座ると、今見た映像を思い出すように目を閉じた。

訝《いぶか》しむようにその様子を見ていた中路が、何をするつもりなのかとマネージャーに声をかけようとしたとき、左手がＧ＃のオクターブを響かせ、右手が細かな十六分音符を奏で始めた。

その演奏を聞いた中路は目を見開くと、マネージャーの方を振り返って小さな声で訊いた。

「この子、ピアノを習っていたの？」

あまりのことに、思わず丁寧語も忘れて。

「いえ、楽器に触ったのも初めてのはずですけど」

「そんなバカな……」

涼子の指は、さっき弾いた自分の演奏を完璧に再現しているように見えた。

10－4を初めて弾いて、さらっと流せる初見が得意な天才は、もしかしたらどこかにいるかもしれないが、彼女は楽譜も見ていないのだ、そんなことは絶対にありえない。

しかもその演奏は、中路のミスタッチまで再現していた。

初めは何年もピアノをやっている女優が、間違えたでしょと当てこすりで演奏しているのではないかと邪推したが、すぐにそうではないと知れた。

「あれ？　おかしいな。何か違いますね」

一通り再現した後、涼子が頭をひねっている。

中路には、それがペダルのせいだということが分かっていた。彼女は、演奏中ペダルをまったく使用していなかったのだ。

バッハならともかく、ショパンをペダルなしで弾くことなどできるはずがない。

そのことが、彼女が本当にピアノを学んだことがないことを証明していた。

「あなた、演奏中の指の形や押さえた場所を記憶して、その通りに再現できるの？」

「え？　えーっと。なんとなく？」

その返事に肌が粟《あわ》立つような感覚を覚えながら、中路は違う理由を説明した。

「何か違うのはペダルのせいよ」

「ペダル？」

涼子は足元を覗き込んだ。そこには三つのペダルが並んでいた。

「真ん中はピアノの種類によって機能が違うし、めったに使わないから、今は右と左だけ覚えておけばいいわ」

そうして中路は、彼女に右のダンパーペダルと、左のシフトペダルの機能を鍵盤を押さえながら説明した。誤解を恐れず大雑把《おおざっぱ》にいえば、シフトペダルは踏んでいる間、音を小さくするペダルで、ダンパーペダルは踏んでいる間、鍵盤を押さえるのをやめても音が途切れないペダルだ。

香蓮が先ほど録画したデータをノートＰＣに表示して、涼子に尋ねた。

「さっきの演奏のペダル部分の録画を見ますか？」

「見ます見ます。ちょっと失礼します」

涼子は中路に向かってぺこりと頭を下げると、ノートＰＣに駆け寄って再生画像を真剣に確認し始めた。

オンオフじゃなくて、結構微妙な使い方なんだなぁ、などとぶつぶつ言っている。

「あれで足元まで再現されたら、練習に明け暮れるピアニストはやってられないわね」

そう話しかけられた香蓮は、答えに窮して、曖昧な笑みを浮かべただけだった。

「パントマイムなんかは見たことがあるけれど、女優さんってすごいことができるのね」

「いえ、こんなことができる女優は他にいません。たぶん彼女だけです」

「天才――にしては、成人しているように見えるけれど……」

天才と呼ばれる才能は、大抵小さい頃から目立っているものだ。

ピアノ界でいうなら、九歳で全日本学生音楽コンクールの小学生の部を制した小林《こばやし》愛実《あいみ》さんなんかがそうだろう。彼女以降四年生が毎コンのピアノ部門を制したことは一度もない。

「二十一ですね。あの子はつい最近まで、普通のグラビアモデルだったんですが――」

マネージャーは彼女にまつわる、最近の事情を説明した。

「ダンジョンに師匠？　もう、何がなんだか分からない世界ね」

しかし、元の才能に関係なく、わずか数か月であれができるようになるというのなら、ダンジョン探索どころか、悪魔に魂を売ってもいいと考える学生は少なからずいるだろう。

もしかしたらホロヴィッツの鍵盤とペダルの映像を見せるだけで、あっさりと同じ演奏をやってのけるかもしれないのだ。

音楽への深い理解など、かけらも必要ない。そんなヴィルトゥオーソが量産される世界を考えると、少しぞっとした。

§

「それじゃあ、指定された曲の鍵盤と足元映像は用意しておきます」

「ありがとうございます。よろしくお願いいたします」

涼子は、マネージャーと一緒に頭を下げた。

結局あの後、彼女は完璧に10-4を弾きこなした。中路とほぼ同じように。もちろんミスタッチ部分は修正した。

しかも、晩年のホロヴィッツの映像を見せただけで、その奏法もコピーし、鍵盤に爪が当たる音が激減していた。

中路は、指か手首の関節を痛めるんじゃないかと心配したが、彼女は特になんの負担も感じていないようだった。

一度習熟してしまえば、後は速度を上げるも下げるも自由自在だった。

一分四十秒を切るペースまで上げても、テンポ揺れは起こらない。まるでメトロノームに合わせて再生速度を変える機械のようだった。

これで感情表現まで変化させ始めたら、初心者からたった数時間でピアニストのできあがりだ。促成栽培なんてレベルじゃない。考えただけで恐ろしい。

「それで、斎藤さん。本格的にピアノをやってみる気はないの？」

「無理ですよ。私、楽譜一つまともに読めないんですから」

「そう。残念ね」

確かに楽譜の読めないミュージシャンはいる。

ジミ・ヘンドリックスも、エリック・クラプトンも、リッチー・ブラックモアも、譜面は読めなかった。ピアニストなら、エロール・ガーナーもそうだった。

あのビートルズですら怪しかったらしい。

しかしジャズやロックの世界と違い、身体的にやむを得ない場合を除けば、クラシックのピアニストに楽譜が読めない者はいない。作曲家の意図は、楽譜を通して読み取るものだからだ。

もしも彼女がピアニストになったとしたら、他人の完璧なコピーを元に自分の世界をアレンジする、歪《いびつ》で印象的なプレイヤーになるだろう。

なにしろ、スタート地点が世界の超一流プレイヤーたちで、その上、誰のスタイルでも自在にコピーできるのだ。

コピーだと揶揄《やゆ》されるかもしれないが、真に完璧なコピーに彼女の容姿が加われば、ナントカの再来だの、ナントカ二世だの言われて、逆に持ち上げられる方がありそうだった。

そして、一度記憶してしまえばミスタッチはゼロ。きっと酷いコンクール荒らしになるだろう。

二十一なら、まだあらゆる国際コンクールに出場できる。

映像さえあれば、準備期間はたったの一日。しかもグラビアモデルや女優ができるほどの容姿とくれば、マスコミが放っておくはずがない。

「やっぱり、この世界から遠ざけておく方が無難かしらね」

中路は、駐車場へと戻っていく彼女たちを窓から見送りながら、そう呟《つぶや》いた。

スポーツ界の話は、風の噂に聞いていた。

芸術の世界には関係ないと思っていたが、彼女のような人間を見ると、プロの演奏家の世界も、いずれはああいった人たちに席巻されるのかもしれないと危惧を抱いた。

今から積極的に、ダンジョンを利用するよう指導するべきなのか、それともそれをひた隠し、いずれ来るかもしれない未来を、できるだけ先へと送り続けるべきなのか。

中路には、とても決められそうになかった。

§

「もう、師匠ったら、なんで電話に出ないわけ⁉」

移動中の車の後部座席で、スマホの向こうから聞こえてくる「おかけになった電話は、電波の届かない場所にあるか、または電源が入っていないためお繋ぎできません」という機械的な音声を聴きながら、涼子は小さく悪態をついた。

アーチェリーの時はピンと来なかったが、楽器の演奏という、もっと身近な世界で起こった現象は、多くの実感を伴って彼女を揺さぶっていた。要するに、彼女は自分がやったことの異常さにビビっていたのだ。

「原因は絶対あの人たちだよね……てか、それ以外考えられないし」

ただし、実際にやったことと言えば、スライムを延々と叩いていただけだ。

「うーん……」

突然現れた、世界ランク一位のＧランク探索者ってだけでも怪しすぎるのに、たった三か月で、私とはるちゃんの運命を変えた人——

「芳村《よしむら》さんって、何者なのかな」

彼女は小さくそう呟くと、まあいいかとばかりに、スマホをバッグへと滑り込ませた。

第10章 森の王

It has been three years since the dungeon had been made.
I've decided to quit job and enjoy laid-back lifestyle
since I've ranked at number one in the world all of a sudden.

CHAPTER 10

二〇一九年　一月二十九日（火）

SECTION：

代々木八幡　ラ・フォンテーヌ　五階

Dパワーズの事務所の裏にある五階建てのマンション、ラ・フォンテーヌは、今や知る人ぞ知る諜報《ちょうほう》銀座だ。今しも、五階のCIAとNSA（国家安全保障局）の合同チームが陣取っている一室で、監視をしていたラリーが、事務所を訪れた人間を報告した。

『おい、またサイモンだぞ』

『ここんところ、ちょっと回数が多いな。またDoD（ダンジョン省）あたりが騒ぎそうだ』

事務所のアプローチを歩くサイモンを直接スコープで覗きながら、ノールが渋い顔で呟いた。どういうわけか、DoDがやたらとサイモンチームのことを気にしてうるさいのだ。

調査によると、単にあの家のコーヒーを目当てに時々やってくるだけだということだったが、例のオークションのこともあって、彼がダンジョン産アイテムの横流しをしているのではないかなどという疑いを持たれたこともあった。もちろん懸念を示したのはDoDだ。

『根拠はないんだろ？　奴《やっこ》さんたち、最近失点が多いらしいから』

『諜報機関の真似ごとなんかやるからだ。日本じゃ「餅は餅屋」って言うんだぜ、そういうの』

日系のカヤマが、最近のDoDの行動を揶揄《やゆ》ってそう言うと、バディのラリーが自虐気味に肩をすくめた。

『本家の餅屋も、ここんところ自慢できるような成果はないがね』

その言葉に苦笑しながら、サイモンの情報を調べていたノールが、驚いたように眉を上げた。

『珍しいな。今回は行動計画書が出てる。どうやら、明日行われるマイニング受け取りの打ち合わせらしい』

SECTION：

代々木八幡　事務所

『よう！　邪魔するぜ』

『いらっしゃい、サイモンさん。今日は？　明日の段取りですか？』

『そういう名目で、アズサのコーヒーを飲みに来たのさ』

先日、無理矢理預からされた〈マイニング〉は、一月三十日受け渡しと決められていた。

『で、場所と時間は？』

『ＪＤＡが噛んでるからな。いつもの場所だ。市ヶ谷の小会議室。時間は十四時だと』

『そういえば、使用者は？』

『先週パトリオットで来てるはずだぜ』

『たまには、成田か羽田から来てくださいよ』

『民間のルートだと持ち込めないものが多いからな』

『あのね……』

サイモンは三好《みよし》が持ってきたコーヒーを満足そうに嗅いで口に含むと、カップをテーブルに置いて、身を乗り出した。

『で、こっちもいくつか訊《き》きたいことがあるんだが……』

『なんです？』

『アズサ。あの後どこにいたんだ？』

『あの後？』

『俺たちが三十二層で利権を漁《あさ》ってたとき、どこにもいなかったろう？』

ダンジョン内の権利は、絶対ではないにしろ発見者に厚いのが慣例だ。対象がセーフエリアともなると単純にはいかないだろうが、むげにもできないはずだ。

『前に来たときは〈マイニング〉でバタバタしていたから突っ込めなかったが、利にさといアズサらしくない』

俺は、突っ込むなよと内心苦笑しながら、あらかじめ用意しておいた話を三好がするのを聞いていた。

三好は、いまさらですけどと笑うと、神殿の中で戦ったリーフテイルたちの話をした。順番が違うだけで、本当のことだから説得力はあるだろう。

『振動ってことは、イオリたちが三十二層への入り口を開いたときだな。それ以降、周囲の部屋は、入るとロックされるタイプのボス部屋になったってわけか』

『行ってないんですか？』

三好が不思議そうに訊くと、サイモンは呆れたような顔で当たり前だろうと手を振った。

『まともな装備もなしに、あんなのがいるかもしれない場所に突っ込むわけないだろ』

そういえば横浜からの転移だったから、まともな装備がなかったんだっけ。あっても相手がキメイエスクラスじゃ、かなり苦しいだろう。

『それで、ボスは？　まさかあのデカブツか？』

『もしもそうなら、今頃ここにはいませんって』

サイモンは、そうかなと口角を上げながらお代わりを要求した。

『じゃあ、何が出たんだ？』

『イーヴィル・レッサーと、スーサイド・リーフテイルでした』

三好はサーバーからサイモンのカップへと新しいコーヒーを注ぎながらそう言った。

どうせすぐに二杯目が要求されるだろうと考えて、多めにドリップしていたようだ。

『戦ったことがないな。どんなやつだ？』

『名前の通り、悪魔っぽいタイプでしたね』

『レッサーってことは弱いのか』

『まあ、強さだけでしたらデスマンティスの方が上だと思いますけど……』

『何かあるのか？』

『スーサイド・リーフテイルをガンガン召喚するんですよ』

『ほう』

『大きなヤモリみたいなモンスターなんですが、これがテケテケっと近寄ってきて――』

『なんだ？』

『――自爆するんです』

オーと言いながらサイモンが天を仰いだ。

『最悪なテロリストみたいなヤツだな。それで、名前が自殺《スーサイド》なのか』

『ヤモリの大きな目にスターボウみたいな効果が現れるまでは、無敵状態というか攻撃が当たりませんから注意してください。それが現れてから対象に近づくか衝撃を与えると――』

『ボムッ!!　ってわけか』

『爆発は、オフェンシブハンドグレネードタイプでした。範囲は控えめですけど、放っておくと数で圧倒されるので、もし出会ったらリーフテールが増える前にイーヴィル・レッサーを始末したほうがいいですよ』

『了解だ』

『後は、そうですね……戦闘が終了しても、ドロップしたアイテム類を全部拾わないとドアが開きませんでした』

『ふーん……で、トレジャーボックスは?』

　ついでのように、それでも出たんだろと言わんばかりに尋ねたサイモンに、三好は苦笑しながら頷《うなず》いた。

『出ましたよ。中身は、ヒールポーション(5)でした』

　サイモンは、ヒューと口笛を吹くと、俺たちも仕入れに行くかなとうそぶいた。

『あの七つの部屋は、全部そういうボス部屋じゃないかと思います。ただ、横浜の例もありますから、いつも同じモンスターだとは限らないかもしれません』

『ギャンブルフロアかもしれないってことか』

『そうです』

横浜は日本だとガチャダンだが、国外ではルーレットダンジョンだのギャンブルダンジョンだの言われているらしい。

『だが、重火器を持ち込むにはちょうどいい場所かもな。三十一層の広場には、いまのところスライムがポップする気配はなかったし』

そういえば、俺たちがスプレーで書いた目印も最後まで残っていた。今はどうなっているか分からないが。

重火器を持っていく方法は分からないが、そろそろポーターが実践投入されるようだから、それに積んで行くのかもしれない。横浜のトラブルの発端になったファルコンの実験でも、二十ミリをぶっ放したと資料にあったはずだ。

『三十一層まで持っていくのは大変そうですね』

それを聞くとサイモンは、にやりと笑って、〈マイニング〉の利用者と一緒に秘密兵器が届いたはずだと言った。

『秘密兵器の話なんかしちゃっていいんですか？』

『ダンジョン探索の装備は軍事用の兵器とは少し扱いが違うからな。表に出せるってことは、すぐに市販モデルが出るってことさ』

体のいい広告塔だよと彼は笑った。

『それに三十一層の戦いを見ていた限り、この先、いまの装備のままだとちょっと辛《つら》そうだ。そう連絡したら、テストってことでメーカーが送りつけてきたんだ』

『テストならファルコンのように横浜でもいいでしょう？』

下りるのも楽だ。

『横浜は相対的なフロアの難易度が測りづらいから、開発試験には使えても、評価試験には向かないのさ。それに――』

サイモンは心底いやそうな顔で続けた。

『しばらく横浜は、ノーサンキューだね』

気持ちは分かる。あんな目に遭っちゃ、世界一のチームでもそう思うだろ。

『それに、今世界で一番攻略が進んでいるのは代々木《よよぎ》だろ？　しかも、ほとんど制限がないときた。そんな都合のいいダンジョンが他にあるかよ。深層で行う火器の評価試験はここが一番向いてるって。広いし、三十一層のボス部屋もあるしな』

ついにＤＡＤ主導でメーカーの兵器テストまで始まるとは……いかにパブリックとはいえ、ＪＤＡ的に大丈夫なのか、それ。

『ダンジョン内の兵器持ち込みルールとかどうなってんですか？』

『核はＮＧだったと思うぜ？』

『当たり前でしょ……』

ごく最近、それを持ち込んだと噂される国はあったが、日本政府は何も言っていないし、ニュースにもなっていない。

おそらくすべてはＤファクターに分解されて、証拠はまったく残されてはいないだろう。

国際連係の都合とはいえ、日本ですら銃器の利用が許可されているんだから、ダンジョン内の武器持ち込み制限はないも同然だ。そもそもゴツイ兵器は、層を跨《また》いで持ち込むのが物理的に難しいから、制限はそれ任せってところがあるのかもしれない。さすがにＮＢＣ兵器は規制されているだろうが。

『そいつのお披露目はすぐだから楽しみにしておいてくれ。ま、ジャパンも似たようなヤツを開発していると思うけどな』

二十層を越えると、五・五六ミリはおろか、七・六二ミリでも心もとなくなっていくと言うし、三十層あたりじゃ、まるで豆鉄砲みたいに感じられたから、もっと強力な火器を持ち込みたいって気持ちはよく分かる。

もしも戦車だの機動装甲車だのが持ち込めるなら、三十層以降でもそこそこ通用しそうに思えるし、強力な兵器を持ち込むための工夫は、どの国でも研究していることだろう。

最後は能力の高い探索者任せになることは否めないが、そこに到達できないレベルでも武装がそれを補ってくれれば、投入できる人員も増えるし育成も進むというものだ。

『で、話は変わるんだが、ＪＤＡが〈マイニング〉取得者のドロップ鉱石未決定フロアでの活動を禁止したのは、ＷＤＡ（世界ダンジョン協会）に提出されたレポートが原因か？』

『え、本当に？』

『知らないのか？　現在のドロップ確定フロア情報と一緒に、昨日通達があったようだぞ』

それを見たうちの連中が、色めき立ってたぞとサイモンが笑った。

『おかげで、取得後はすぐに帰国するはずが、しばらく代々木にとどまることになったらしい』

『何かのテストで？』

『いや、遠回しに言っていたが、要は、今回かかった経費を代々木の貴金属で回収しろってことみたいだな』

『世知辛いですねぇ……』

どうやら、発表されたドロップを見て、〈マイニング〉取得のための経費が稼げると考えたようだ。

「決定の遅い日本の組織にしちゃ素早かったな」

俺が日本語で呟くと、三好が鳴瀬《なるせ》さんから聞いた話を教えてくれた。

「ダンジョン内での暫定ルールの策定は、ダンジョン管理部単体で行えるみたいですよ。初期は、とにかく素早く対応をしないと手遅れになる問題だらけでしたから」

この問題も、〈マイニング〉取得者がぽつぽつと出てきている以上、急がないと間に合わない可能性が高かったってことか。

『なんだって？』

『いや、ＪＤＡにしては対応が早かったなって』

『そう言うからには、お前らこれにも関係してんのか？』

『まあ、多少は』

『多少ね。で、あのＷＤＡレポートはマジなのか？　ダンジョン内でドロップする鉱石を恣意的《しいてき》に選べるって話』

『それどころか、ドロップさせたのが「宝石の原石」や「貴金属」ですからね。俺たちが想像しているよりも大きな可能性がありそうです』

『さすがはコミック大国。そのうち、ミスリルやオリハルコンまでドロップしそうだ』

　それがどんな金属なのか想像もできないが、数多《あまた》あるフィクションの中で、ある程度の社会的な合意が形成されている以上、ダンジョンがそれを再現してもおかしくはない。今は、それがステンレスや真鍮《しんちゅう》でないことを祈ろう。

『いずれはそういうものも出てくるかもしれませんが——ただ、結構難しいんですよ、これが』

　どのあたりまでＷＤＡに報告されているのかは分からないが、その難易度の高さを始めとして、求められる専門性や偏執性についても付け加えた。

『つまり、専門家を探索者として鍛えるか、探索者を専門家として鍛えるかってことか』

『単純な期間として考えるなら前者が早いでしょう』

　一般に、専門家になるために勉強している期間の方が、軍人を訓練する期間よりも長い。

『現代にチャレンジャー教授はあまりいないからな』

『ＤＡＤの使用者には、翼竜を持って帰らないように、よく言っておいてください』

　コナン＝ドイルの書いた『失われた世界』は、アクティブな学者のジョージ＝エドワード＝チャレンジャーがアマゾンの奥地へと赴く話だ。

彼らはそこで、失われた世界を見つけてロンドンに戻ってくるが、当然誰も信用しない。業を煮やした彼は、密《ひそ》かに持ち帰っていた翼竜を見せるのだ。しかもロンドンで逃がしちゃうオチまでついている。

『それと、将来、最前線を任されるようなタイプの人はやめておいた方がいいですよ。新しい層に挑む時に、鉱物のことを考えていられるほど余裕のある人は少ないですから』

どちらかと言えば、すでに探索済みのフロアを対象に、じっくりと後追いで〈マイニング〉に専念できるタイプが望ましい。

『そういうことは、もっと早く教えてくれよ。とっくに手配は終わっちまってるし、ステイツはＤＡＤもＤｏＤも、次代のエースを任せるような人材を選ぶだろうぜ』

確かに普通に考えれば、若くて生き残れそうな者を選ぶだろう。しかしそれなら――

『サイモンさんたちは？』

『俺たちは、現時点で世界中を飛び回ってるから、こういうプロジェクトには向かないんだ。ま、俺たちのせいで、世界中のダンジョンから産出するのが鉄だらけになったりしたら、後で散々嫌みを言われるだろうから、そこはラッキーだったな』

ついでに言うと、上の言うことをあまり聞かないからダメなんだと笑っている。

『軍人が上の言うことを聞かないって、それ、大丈夫なんですか？』

『ＤＡＤは厳密には軍じゃない。設立の経緯もあって、現場に大きな裁量が与えられているから大丈夫だ。ともあれ、大体のところは分かった。うちの方でも何か実験させてみよう。ただ、ちょうど良さそうなダンジョンがないんだよな……こうなるとエバンスをクリアせずに残しときゃよかったぜ』

　サイモンは残念そうに言ったが、それこそいまさらってやつだ。

『代々木と似たようなシチュエーションなら、ＢＰＴＤ（注1）があるでしょう？』

　クリーナーや大規模オフで話題になったダンジョンだ。

『あそこはアマチュアっつーか、軍じゃないプロ探索者主体のダンジョンだからな。たしか現在十六層くらいじゃなかったかな』

『軍じゃない？』

『あの辺は土地の所有権が複雑なんだが、ダンジョン自体は一応ＮＹの管轄ってことになってる。で、今のＮＹ市長は、格差是正を訴えて当選したんだ。つまり、低所得者向けの政策を高所得者の増税でまかなってるわけだが、ダンジョンもそれに一役買わせてるってわけだ』

『つまり？』

『ダンジョンを利用した金儲《もう》けが、世界で一番進んでるダンジョンなんだよ。で、攻略主体のアプローチには独自の規制があるのさ』

　要するに、完全攻略されてなくなっちゃ困るってわけか。

　代々木は完全なパブリックダンジョンだし、直接ＪＤＡが監督しているから、ローカル・ルールはダンジョン管理課が策定している。各省庁との連携は、大抵ダンジョン庁への報告だけで済むから、素早い対応も可能になっているらしい。

これが東京都の所有になっていたりしたら、何かを決めるのにも、会議会議でやたらと時間がかかっていたことだろう。ついでに入ダン料なんかを取っていてもおかしくはない。

『地上に基地めいたものを作るスペースもないし、装備を持ち込むだけでもトラブルが起きそうな場所だからな』

そういえば、そこに至るまでの道路は私有地だとか聞いたような気もする。トラブルを避ける観光客は、海岸の砂浜を移動するらしい。有事でもないのに海岸を大量の軍用車両が走るというのも問題がありそうだ。

『ま、そういうわけで、二十層以降に比較的簡単にアプローチできて、国家間の問題も起こらないような理想的なダンジョンは、なかなかな』

アメリカは何事も合理的でやることが派手だ。重要な鉱石が出るフロアに重火器を据え付けて、モンスターの大量虐殺を機械的に始めてもおかしくはない。

それが受け入れられそうなダンジョンは、そうそうないそうだ。そう言われれば、代々木の過疎地域なら許してもらえそうな気もするな。モンスターの密度はともかく。

（注1）　BPTD
Breezy Point Tip Dungeon。
ロングアイランドの西の端っこにある深深度ダンジョン。
ニューヨーク市が所有していて、世界で一番ダンジョンのマネタイズが進んだダンジョンの一つとして知られている。

『そうだ、せっかくだから聞いておきますが、ＤＡＤは何を考えてるんですか？』

『何をって？』

そこで俺は、ブートキャンプにＤＡＤから大量の申し込みがあったことを彼に伝えた。

『へー、そりゃ、ＤＡＤのフロントチーム全員分じゃないか？　奮発したな』

『普通、様子見とかあるでしょう』

『それは俺らのチームでやっただろ』

そう言われればそうか。キャシーとメイソンの腕相撲で効果ははっきり出ていたからな。

『ジョシュアは、あれで、ちゃんと報告書は書く男なんだ』

『しかし数が多すぎますよ。どこにそんなキャパがあるんですか』

普通のブートキャンプは抽選という体をとっている。

ここに大量のＤＡＤの隊員が含まれたりしたら、後々面倒なことになりかねないだろう。ただでさえスポーツ界からの突き上げが厳しくなりそうなのだ。

『そこは何とかしてくれよ。今、週三なんだろ？　あと四日も空いてるじゃないか』

俺は、何言ってんだという意味を込めて、眉をしかめて見せた。そんなに働きたくないでござるよ。

『ブートキャンプに参加したら、代々木の攻略に力を貸す必要ができるんですよ？』

ＤＡＤが大挙して代々木の攻略に参加して、アメリカは大丈夫なんだろうか？

『そりゃ、願ったり叶ったりじゃねーの？』

『はぁ？』

「先輩、以前は石油だって自国の資源を掘らずに輸入していた国ですよ」

「いや、ダンジョン攻略だぞ？　それとは……資源だって考えれば同じなのか？」

『いいか、ヨシムラ』

『はあ』

『ＤｏＤはともかく、ＤＡＤの最終的な目標は、ザ・リングの攻略だ』

『ああ、以前そんな話を……』

『だからそこに至れるようになるのなら、どこで訓練しようと大差はないのさ』

『訓練って……』

『第一、こんなの小手調べみたいなものだろ？　自衛隊から申し込みはあったか？』

『そっちは……三好、どうなんだ？』

『今のところ、自衛官は少ないですね。まとまった申し込みはありません』

『あれからまだ数日だからな。日本はどうも行動が遅いし、まとまった申し込みがあるとしても、もう少し先か』

　それを聞いた俺は、三好を振り返った。

「まとまった申し込みって言われても……チームＩだけとかならともかく、ダンジョン攻略に参加している自衛隊員って、結構な数がいるんじゃないの？」

　自衛隊のダンジョン攻略は、エクスペディションスタイルだ。各階層の通信拠点を守るだけでも、そこで戦える隊員が必要になるから、三十一層へのルートを確保するだけでも五百人以上は必要になるだろう。

「三桁では収まらないと思いますよ」

「そんなのフォローできっこないだろ」

『申し込まれても、対応できるはずないですよ。これって断れるもんですかねぇ……』

『そこは頑張ってくれとしか言い様がないな。あ、ＤＡＤは先に頼むぜ。もっとも俺としちゃ、お前らのフォロワーが登場するのが先だと思うけどな』

『フォロワー？』

『類似のキャンプを事業化するのさ』

すでに何人かはそれっぽい人も受け入れているし、確かにマネをしたカリキュラムが立ち上がってもおかしくはない。

「そういや、メンテに来た人が、件《くだん》のゲーム機の発注が激増したって言ってましたよ」

「は？　マジかよ」

「なんだかやたらと輸出の問い合わせも来てるそうですけど……ちょっと笑っちゃいますね」

まあ、あれは内容そのものに意味はないからなぁ。カリキュラムを真似したところで効果なんか出るはずがない。

「いや、まあ、それはそうだが……ちょっとかわいそうな気もするな」

「楽して真似しようとする人が悪いと思いません？」

うん、まあ、それはその通りなんだが。

『本当に可能なら面倒が減りますし、ありがたいですけど』

『つまり不可能ってことか？』

俺の話を聞いて、サイモンが興味深げに訊いた。

『どうですかね。それに現時点ではステータスの計測ができないでしょう？』

『先輩先輩。詐欺師をなめちゃだめですよ。独自の計測システムを開発したとか言って、適当な数値を表示するくらい平気でやりますって』

『ええ、そんな怪しいやつらに引っかかるか？』

『いやいや、外から見れば、うちも似たようなことをやってますから』

『まあ、お前らのところは、終了後に効果を実感するからな』

『それは重畳』

『でも、やたらと焦《あせ》ってるように見えるスポーツ界あたりは、引っかかりそうな気がしますね』

『それで、ブートキャンプ全体が詐欺のように言われたら嫌だな』

『大丈夫ですよ。それなりにスポーツ界の新鋭の人も選んでますから。結果は目に見えます』

『……お前、それで適当に当選させてたのか』

『でへへ。でも、ちゃんとダンジョン歴はチェックしましたよ』

さすがは三好、ぬかりはないな。日常的にぬかりだらけだとはとても信じられん。

「先輩、なにかよろしくないことを考えていませんか？」

「カンガエテナイヨ！」

そう言ったとたんロザリオが頭の上に飛んできて、首を左右に振りながら美しい声を上げた。

『おいおい、なんだその鳥は？』

『最新型のウソ発見器です』と、三好がサイモンに向かってどや顔を見せた。

ともかく、ＤＡＤの大量発注の件は、地上部分の施設の拡張予定があるから、それに合わせて検討しますと三好が告げて一段落した。

そう思った瞬間、サイモンがいい笑顔で爆弾を投げ込んできた。

『で、お前ら、三十一層からどうやってあの短時間で上まで戻ったんだ？』

『はい？』

『なんのことです？』

しかもなかなか強烈なやつだった。

『おいおい、ＪＤＡのミハルから三十一層でアズサに何時頃あったのか、さりげなーく訊かれたんだぜ？　そりゃ気にもなるだろ』

『気になるのは分かりましたけど、どうやって探索者の退出時間を？』

『ほら、俺たち同盟国だから』

『そんな権利ありましたっけ？　ＪＤＡに言いつけますよ』

『よせよ、バレたのが俺が原因だったなんて知られたら、ＮＳＡあたりに殺される』

サイモンがわざとらしく笑いながら万歳をした。

『まあ、いまさらですけどね』と三好が肩をすくめた。

シギントの対象が入退室時間くらいなら、特別害はないだろう。とは言え、後でちょっと鳴瀬さんに耳打ちしておくか。

俺は、座り直すと、サイモンの方へと体を乗り出して言った。

『どうせ話さなきゃと思っていたところです。覚悟して聞いてください』

『なんだ？　そんなヤバい話なのか？　お前らがテレポートをゲットしたとかじゃなく？』

『そんなものがあったら欲しいですよ』

あと、「ら」って言うな。体験したのは三好だけ、だ。

『いいですかサイモンさん。以前あなたが言ってた独り言ですけど――』

『そんな独り言を呟いた覚えはないが、それが？』

『――あれ、事実でしたよ』

サイモンが大きく目を見開いた瞬間、手に持っていたカップにヒビが入った。

『ＷＡＯ！　すまん！』

彼は慌てて謝ると、それをテーブルの上に戻した。

『――会ったのか？』

『三好が。書斎じゃありませんでしたけどね』

そうして俺たちは、ダンジョンの中の不思議な場所でタイラー博士と会ったこと、三年前のネバダで何が起こったのか彼から直接聞いた話をサイモンに伝えた。

『それで、死体が一つも残ってなかったってわけか……』

彼は、両膝に両肘を突いて乗り出した体勢で、指を組み合わせた。

『で、お前ら……この話をどうするつもりなんだ？』

『どうって？』

『誰かにするつもりかってこと』

『こんなヨタ話を？　死んだはずの人とダンジョンの中で出会って、三年前の真相を聞いたって？誰が信じるんです？』

『いや、お前らのことだから、してるだろ？　録画とか』

『したつもりでした』

『つもり？』

『なんにも映ってなかったんですよ』

『本当に？』

『神に誓って』

　信じてもいない神に誓われてもなと、サイモンが笑った。

『とにかく起こったことはお伝えしましたよ』

『了解だ。だがこんな話、俺だってどこにも持って行きようがないぜ？』

『それはサイモンさんの問題です。俺たちはとにかくあなたに伝えた。それで「どうしよう？」なんて葛藤からはおさらばですよ』

『おまっ、そういうのアリなわけ？』

『ま、たまにはね』

そう勝ち誇ったところで、呼び鈴がなった。来客の予定はないはずだが……鳴瀬さんかな？

「ええ!?」

インターフォンの映像を確認した三好が思わずあげた声に、俺たちは振り返った。

SECTION：代々木八幡　ラ・フォンテーヌ　五階

その男が姿を現したことで、アメリカの監視チームが陣取っている五階の一室は、突然の嵐にみまわれたようなものだった。

『おい！　ノール！』

『なんだ？』

『あ、あれ！　今門の前にいるの、ドミトリー＝ネルニコフじゃないか!?』

『はあ？　んなわけ……嘘だろ』

慌てた様子のラリーに促されてモニターを確認したノールは、確かにそれが「偏屈ドミトリー」であることを確認した。

ロシアの英雄が、なぜＤパワーズの事務所に？　しかも中には、サイモンがいるんだぞ？

『なんでサイモンとドミトリーがここで待ち合わせしてるんだ？　何か聞いてるか？』

『いや、何も。ってか、待ち合わせなのかこれ？』

『偶然にしちゃできすぎてる』

『そりゃそうかもしれないが』

『中の音は――』

『相変わらず拾えてない。鉄壁だな』

サイモンチームのスタンドプレーは今に始まったことじゃないが……ヤバい話になりそうな展開に、彼らは思わず天を仰いだ。

§

『なあ、サーシャ(注2)。あれ、ドミトリーじゃないか？』

CIAとNSAの合同チームとは反対側の角部屋で、下の事務所を監視していた東スラブ系の顔立ちをした男が驚いたように言った。

サーシャと呼ばれた、精悍《せいかん》なヒゲをたたえた鋭い目つきの男は、たっぷりと懐疑を含んだ口ぶりでそれに答えた。

『ドミトリー？　まさか。あいつは今十八層だろう？　ドローニャの見間違いじゃないのか？』

サーシャは、ドローニャが見ているモニターを確認しに近寄ってきた。

奥の椅子に腰掛けていた、ストイックにヒゲを刈り込んでいるイケメン風の男が、組んでいた足を下ろして言った。

『昨日、目的のオーブがドロップしたとかで、一旦休憩に引き揚げるって情報もあったが……撮影はしたか？』

『ああ、データはそっちへ転送しておいた』

『了解。ダンジョンチームへ問い合わせる』

　本人らしいその姿に、部屋の中にいるスタッフは慌ただしく行動を開始した。

『もしも本人だったら、どうする？　さっきサイモンらしき男が来たばかりだぞ？』

『ロシアのトップ探索者が、Ｄパワーズの事務所でアメリカのチームと接触する？　亡命でもされた日には、ミトロヒン(注3)再びってことになりかねないぞ』

『そんなことになる前に――』

『早まるな。しかし、あそこは一体なんなんだ。アメリカの出先機関か？』

『それにしちゃ、向こうの端のご同業も慌ただしそうだぜ？』

　日本の通信網はザルだと言ってもいい。

　そこを流れている情報自体は暗号化されているから解読はできないが、通信量は把握できる。それが跳ね上がるということは、何かの事態があったと想像することはたやすかった。

『もともとＷＤＡは国家を横断した機関だ。あそこが、なんらかのダンジョン政治の中心であってもおかしくはないが……』

　眼下にあるのは、外部からの盗聴対策が完璧になされている建物だ。それだけでも普通じゃないことだけは確かだ。

　このマンションに世界中の諜報《ちょうほう》機関が巣くっていることは、すでに周知の事実だが、いまだに、あの家に潜入できた国はなかった。

　しかも失敗した連中は、そのまま本国へ送り返されてくるのだ。彼らに聞いても突然意識を失ったというだけで、何がどうなっているのかさっぱり要領を得ない。気味が悪いとしか言いようがなかった。

先日も、あの家に時々出入りしている女性に盗聴器を仕掛けようと、それを尾行したリョーニャが、いつの間にか道ばたで倒れているところを発見されて、当局に連行されたばかりだ。どう見てもただの小娘にしか見えない女だったが、訓練を受けた我々はいともたやすく撃退された。

『なあ。この世界、何かが狂ってきているような気がしないか？』

ドローニャが不安そうにそう言った。

『なんだよ、いきなり』

『いや、この家の監視を始めてから、なんだか自分たちが、この世界から置き去りにされているような気がして仕方がないんだ』

『よせよ。あの家はセイラムズ・ロットの高台に立ってるわけじゃない』

『誰も侵入に成功できないのは、そのせいか。きっと窓からは、誰かが生贄《いけにえ》にされ、主が首を吊っているのが見えるんだろ？』

ドローニャとセリョージャのやりとりを聞いて、サーシャが苦笑交じりに言った。

『いや、お前らアメリカの文化に毒されすぎじゃないか』

『三十年も前に、グラスノスチが推し進められた結果だろ』

セリョージャが肩をすくめたところで、ダンジョンチームからの返信が届いた。

（注2）　サーシャ

ロシア人は愛称で呼び合うのが普通なので、ロシア人が登場して会話をすると登場人物が倍に増えたように見える。ロシア文学あるある。

この部屋の四人と話に出てくるリョーニャは次の通り。

名前	愛称
アレキサンドル	サーシャ
ヴァレーリー	レーロチカ
セルゲイ	セリョージャ
ドロフェイ	ドローニャ
レオニード	リョーニャ

（注3）　ミトロヒン

ワシリー＝ミトロヒン / Василий Никитич Митрохин

元ソビエト連邦のKGB幹部。

ソ連崩壊後の一九九二年四月に極秘文書を抱えてイギリスに亡命し、大騒ぎになった。

SECTION :

代々木八幡　事務所

ソファでは、まるで一本の細い糸が三好とドミトリーの間にピンと張られているようだった。

その緊張感は、お互いに真剣を持って対峙《たいじ》している剣の試合のようにすら感じられた。

事務所内に入ってきたドミトリーは、そこにサイモンがいることに気が付くと、微《かす》かに驚いたようなそぶりを見せたが、それは、よく見ていないと感じ取れない程度の変化だった。

どうやら彼は、三好を訪ねてきたらしい。

居間を二人に明け渡した俺とサイモンは、ダイニングのテーブルへと移動した。

『サイモンさん。彼、何しに来たんだと思います？』

『俺が知るかよ』

居間を横目で見ながら、俺はダイニングの椅子から立ち上がった。

『まあ、飲み物くらいは出さなきゃね。って、ロシアじゃ何が定番なんですかね？』

『さあな。甘くてビタミンがとれるコンポートは、よくジョークのネタにされてたが……あとなんだかすっぱいやつとか、蜂蜜のへんな茶っぽいやつとかは見たことがあるな』

さすがにコンポートの用意はない。

ケフィール(注4)もメドヴーハ(注5)も……蜂蜜っていうと、スビテン(注6)か？

『コーヒーはあまり飲まないんでしたっけ？　うちだとお茶くらいかな』

『もう面倒だからウォッカでも出しとけよ』

『それって、ロシアンジョーク？』

俺は笑いながらサイモンにそう言うと、ドミトリーに声を掛けた。分からないときは、実際に訊いてみるのが一番だ。ロシアの英雄殿は英語もいけるみたいだし。

『ガスパージン、ネルニコフ』

今は使われない敬称で呼びかけた俺を、彼は目だけを動かして見た。

『チャイは、チョールヌイとゼリョンヌイ。あとはコーシャと、ウォトカくらいしかないですけど、何がいいですか？』

ロシアでお茶というと、緑茶と紅茶が多いそうだ。

緑茶はそのまんま、ゼリョンヌイ・チャイ（緑の茶）で、紅茶はチョールヌイ・チャイ（黒いお茶）というらしい。それくらい濃く入れて、お湯で薄めて飲んでいたからだと聞いた。

しかし、初めて聞いたときは、チョーヌルイ・茶かと思ったよ、ホント。

なお、コーシャはコーヒーだ。

『ウォトカを』

おう……さすがだ。

彼が小さく鋭く答えるのを聞いたサイモンは、呆れたように肩をすくめた。

『あの国の連中がバターとウォッカでできてるってのは、本当らしいな』

フランス産とはいえグレイグースも悪くはないし、三好の趣味で葡萄《ブドウ》から作るシロックもある。

しかし、現代のプレミアムウォッカは、現代の嗜好《しこう》に合わせてクリアに蒸留されている。カクテル向きってやつだ。

クラシックなウォッカをそのまま全力で洗練させてみましたみたいな、ベルーガ・ノーブルもあることはあるが……

『ドミトリーさんって、出身はどの辺でしたっけ？』

『確かエリアは22だったはずだ……最初はオレシェクダンジョンにいたらしいぜ』

『どこです、それ？』

『日本じゃヨーロッパの歴史はやらないのかよ。湖に浮かぶオレシェク要塞は有名だろ』

サイモンの説明によると、シュリュッセルブルク要塞とも呼ばれるその場所は、サンクトペテルブルクの東にあるラドガ湖から、ネヴァ川が流れ出す場所に浮かんだ島にあって、島全体が要塞と一体化しているらしい。十三世紀以降、最初はスウェーデンとの、後はドイツとの間で激しい奪い合いがあった土地だそうだ。

オレシェクダンジョンは、その西側の岸にあるダンジョンで、川の向こう側ではピョートル一世が、まるでこのダンジョンを警戒するように立っているのだとか。

このダンジョンは、わずか三層という超浅深度ダンジョンだがクリアされていないことで知られているそうだ。というよりも三層の立ち入りが制限されていて、故意にクリアさせていない変わったダンジョンらしい。意図は不明だということだ。

『ロシア人の考えてることなんか分かるかよ。日本人の考えてることもさっぱりだけどな。あとアメリカ人も何を考えてるのか分からねーな』

『そりゃ、他人が何を考えているのか分からないってだけじゃないですか』

　しかし超浅深度ダンジョンってことは、頻繁に出入りすることになるわけで……もしかして彼の高ＳＰはそのあたりが原因なのかもしれない。

　その話を聞いた俺は、冷凍庫からルースキー・スタンダルドを取り出した。サンクトペテルブルグで作られるウォッカだ。

　何年か前プロムテック・ビズがやったフーデックスのセミナーでルースキー・ブリリアントを試飲したとき、その味わいに驚いたものだが、残念ながらあの独特なファセットで構成された五十センチリットルの瓶はゴールドもプラチナも日本には輸入されていない。

　とは言え、スタンダルドのゴールドも、麦の甘みが感じられる、柔らかくて高クオリティなクラシックウォッカだ。きっとお気に召すと……いいなぁと思いながら、赤い（ロシアだしな）江戸切り子のショットグラスに霜がつくほど冷やしたそれを注いで、スモークサーモンを添えた。

　キャビアがあれば完璧だったが、普通の家庭にそんなものはおいていない。

　相手がウォッカを飲んでいるのに、三好が茶というわけにもいかんな……というわけで、薄っすいウォッカトニックをつくって出しておいた。

　もちろん俺は速攻で台所に退散だ。

『いいもんあるじゃん。俺にもくれよ、サーモン』

『いいですけど、ウォッカは？』

『それはパス。ビールある？』

遠慮のないサイモンに、お前、何しに来たんだよと心の中で突っ込みを入れつつ、今となっては完全に市民権を得たアメリカン・クラフトビールを注いだ。ストーンのルイネーションダブルＩＰＡ２・０だ。２・０というところが実にバズワードっぽい。

で、このＩＰＡ。クラフトＩＰＡらしい、バリバリのシトラスフレーバーに苦み主体の味わいで、たぶんピザにはぴったりだが、サーモンにはどうだろう？

だが、アメリカ人はこういうビールがとても好きだ。テイストよりもフレーバーって感じだ。もちろん偏見だ。とは言え、サイモンも、それを美味そうにゴキュゴキュと飲んでいたから、あながち間違いではないに違いない。

ところでサイモン、それはコロナじゃないんだからグラスに注いだ方がいいと思うよ。瓶直の方が彼らしいけれど。

（で、三好。一体何事なんだ？）

（いや、それがよく分かんないんですよ。ぱくっと食べて、ぐっと飲んで、じっと見られる。ずっと、そんな感じなんです）

（うーん……）

（サイモンさんが来てるタイミングでやってきて、一向に目的が分からないって……まさか亡命の橋渡しとかじゃないですよね？）

（うちの事務所で？　そういうのは大使館でやってくれよ……）

俺はサイモンに近づくと、小声で言った。

『まさか、ドミトリーさんの亡命の橋渡しとかじゃないですよね』

それを聞いたサイモンが、俺の顔に向かってビールを噴き出した。

『ブー!!』

『ちょ！　何やってんですか！』

『おま、何を言い出すんだよ！　そんなわけあるか！』

俺はティッシュで顔を拭いながら尋ねた。

『んじゃ、バッティングは偶然？　本当に、ただ明日の受け渡しの打ち合わせに来ただけ？』

『当たり前だ！　あーあ、噴いちゃったじゃねーか。もう一本くれ』

『ストーンはそれで終わり。後はギネスかブリュードッグ』

『パンクか？』

『そうです。後は、ペンギン』

『そんなの飲めるか。パンクくれパンク』

俺は冷蔵庫からパンクＩＰＡを取り出した。

こいつもグレープフルーツ香の強いＩＰＡで、日本じゃそういうホップを使ったビールの草分け的な存在だ。

『じゃあ、もうサイモンさんの用事は終わったんじゃ？』

『バカ言え、あれが気になって帰れるわけないだろ』

サイモンは自分の後ろを左手の親指で指しながら、口角をあげた。

『見ろよ、まるでジャパニーズオミアイだぞ？』

『よく知ってますね、そんなの』

そう言われてみれば、三好をじっと見てるし、だんだん顔も赤くなってきてる。

『おいおい、これは恋の始まりってやつじゃねーの？』

『いや、単にウォッカで酔っぱらっただけじゃないですか？』

『なんだよ、つまんないヤツだな』

『そこを面白くしてどーするんですか！』

サイモンもビール二本で酔っぱらってんじゃないの？

『いや、それほど親しいってわけでもないけどな、あいつは、どうにも妙なメンタリティなんだよ。上にしか興味がないっていうか』

そういえば十八層でも、ちょっと病的な視線で山の上を見てたな。

『ランキングって、発表され始めてからずっとドミトリーさんが一位だって聞きましたけど』

『そうだ。そいつが初めて二位になって、自分より上のやつがいる可能性が高い代々木へとやってきた。で、あのお見合いだろ？』

パンクＩＰＡのボトルの先で後ろを指したサイモンは、ぐっと身を乗り出した。

『あいつらの間に一体何があったんだ？』

いや、別に何もないと思うけど……もしかしてあれかな？

『接点ぽいものっていえば、十八層で、三好が忠告したことがあるくらいですかね？』

『忠告？』

　俺はそのときの様子をサイモンに話した。

『おいおい、スゲーなお前ら』

『スゲー？』

『仮にもあいつはずっとナンバーワンだったんだぜ？　そいつに向かって、お前じゃ弱すぎて話にならないから出直してこいって言ったんだろ？　そりゃインパクトあるぜ。印象に残るはずだ』

『え？　そんな言い方じゃ……』

『言い方なんか関係あるかよ。言ってることは同じだろ』

　そこでサイモンは面白そうに腕を組んだ。

『だが、それってさ。あいつが生まれて初めて視界に入れた女ってことじゃないの？　母の愛も知らずに、訓練、訓練、訓練で、悲惨な子供時代だったはずだからな。おかげで友達もできず、ロシアでも孤高の存在だ』

『え、本当ですか？』

　驚いた様子で訊き返すと、サイモンはにやりと笑った。

『いや、俺の妄想。第一ダンジョンができてから三年しか経《た》ってないっての』

『あのね……』

　お前は大阪のおばちゃんか……

俺は台詞《せりふ》の後ろに、「しらんけど」が聞こえるような気がした。

『西側の下世話な臆測に基づいた、妙な詮索はやめてもらおうか』

『げっ』

『おお！　な、なんだよドミトリー。こっちに来てたのかよ！』

『ヨシムラ……だったか。俺の出身を？』

『おいおい、ドミトリーが人の名前を覚えてたって？　こいつは驚きだ』

彼はちらりとサイモンに視線を投げかけると、すぐにこちらに向き直った。

『ケイゴと呼んでください。出身はサイモンさんに』

『なら俺のことはミーチャと』

『カラマーゾフ（注7）ですね』

『シベリア送りにされるつもりはない』

そう言って俺たちは握手した。

ロシア人と初めて話をするなら、ロシア文学の話題が鉄板と聞いてはいたが、ドストエフスキーやトルストイが精一杯だ。ともあれ、物語のラストは多かれ少なかれ『祈り』になると思っておけば大体合っている（暴言）。

サイモンはそれをニヤニヤ見ながら、ビールの瓶を振って言った。

『いや、俺はあんたがエリア22の探索者で、オレシェクで鍛えたってことしか知らないよ』

『そうか……このウォトカは懐かしい味だった』

『もう一杯いかがです？』

　ミーチャは素直に頷いた。

『まあ、座れよ、せっかくだから』

　そう言って、サイモンが、ダイニングの椅子を引いた。

『じゃなんか作りますかね、先輩が』

　一緒にダイニングへやってきた三好が、そう言って、ワインを取り出してくると、引かれた椅子の隣、サイモンとは反対側に座った。

　取り出したのはモルドバワインのようだった。少し前からなかなか高品質なものが日本にも入ってきていて、身近になりつつある国のワインだ。

　このワインを最も多く輸入しているのはロシアだから、一応ＴＰＯを考えたようだ。もっとも近年では政治的な問題でしばしば禁輸の憂き目にあっているらしいが。

『いや、そこまで言ったらお前が作るんじゃないの？』

『先輩の方が美味しいですよ』

　そう言って、自分のグラスにワインを注ぐと、おもむろにそれを掲げて高らかに語り始めた。

『私の祖父は、家を買うつもりがあっても余裕がなく、山羊《ヤギ》を飼う余裕はあるが買う気はないと言うのです。ではみなさんご一緒に、私たちの願いと余裕が一致して、それが叶いますように！』

　ワイングラスに、切り子グラスとビールの瓶が触れ合わされて、小さく澄んだ音を立てた。

『どこでそんな口上を？』

うっすらと口角をあげながらミーチャが訊いた。

『レオニード＝ガイダイのコメディで。合ってました？』

『問題ない』

『なんだよ、それ？』とサイモンが、もう一本よこせのポーズ——空のビール瓶の首を持って左右に振った。

『旧ソ連で知らない人はいないくらい有名な六〇年代のコメディ映画ですよ』

『へー、ロシア人は乾杯の口上が長いからなぁ』

『短いのもあるぞ』

『へえ、どんなんだ？』

サイモンは俺から新しい瓶を受け取ると、ミーチャの切り子グラスに新しいウォッカを満たしながら訊いた。

ミーチャはそれを持ち上げて言った。

「За здоровье」

『ザ　ズダローヴィエ？　何て意味だ？』

『健康のために』

『そう言えば、フランス語でも a votre sante. って言いますもんね。乾杯で健康を祈るのは世界共通でしょうか』

お酒はあんまり健康的とは言えないんですけどねと、三好が日本語で呟いた。

『俺たちも、大抵、cheersやtoastで済ませるが、To your health.もあることはあるな』

『サイモンさんは、Here's looking at you.じゃないんですか？』

三好がハンフリー＝ボガートの名台詞でチャチャを入れた。

『ジョシュアあたりなら言いそうだが、俺のキャラじゃないね。そういや、フランス・イタリアの合同作戦の時は、あいつら、チン――』

『はーい！　それは日本じゃＮＧですからね』

慌てて三好が、サイモンの言葉を遮った。

フランス・イタリア、後はスペインあたりで使われる乾杯の音頭に、グラスがぶつかる音から来た言葉がある。ただしそれを日本人が聞くと、ちょっとした下ネタになるのだ。

ちなみにチ◯チ◯。

おそらくそれを知っているのだろう。サイモンがしつこく、どうしてどうしてと三好に絡んで遊んでいた。

「なんだかんだ言って、すっかり三か国懇親会になってやがんの」

『先輩は、一人でぶつぶつ言ってないで、さっさと美味しいものを出してくださいよ』

『そうだそうだ』

『美味しいものねぇ……そうそう、面白いものがありますよ』

そう言って、俺は先日手に入れたダンジョンせとかを取り出して、二人に渡した。

『ヨシムラ。酒のつまみにオレンジはないだろ？　なんだよ、これは？』

『ジャパニーズハイクオリティオレンジでセトカっていうものによく似てるんですけど、実はこれ、ダンジョン産なんですよ』

『はぁ⁉』

サイモンとミーチャはそれを聞いて同時に目をむいた。

『ダンジョンの中の木に、こいつが生《な》ってたってことか？』

『二十一層で見つけました。なかなか美味しそうでしょう？』

『聞いたかミーチャ？　このアホは、これがどんな意味を持ってるのか全然分かってないぞ』

ミーチャは信じられないものを見るような目つきで、自分の手の中にあるそれを見つめ、それを確かめるように転がした。

『ケイゴ。ひとつだけ訊きたい。——リポップはしたか？』

俺は三好と顔を見合わせると、俺の代わりに三好が二人に答えた。

『はい。リポップタイムは——確か、十数秒から三十秒くらいでしたね』

『それ、報告はしたのか？』

『えーっと……あれ？　先輩、しました？』

『え、お前がしたんじゃないの？』

『インゴットの件でバタバタしてましたから……』

『お前らな……言っておくが、こいつは世界の食糧事情を変革しかねないからな。ヘタすりゃ無限に産出するオレンジなんだぞ？』

そう言われればその通りだが、俺たちはすでに無限リポップするかもしれない小麦の生産に手をつけちゃってるから、いまいち印象が薄い。

（先輩。小麦の話は――）

（現物を送ったのは先日だし、まだ知られてないっぽいな。麦畑の件はＪＤＡの意向が分かるまで黙っておこうぜ）

（――了解です）

『一層あたりで見つかったのならその可能性もありますけど、二十一層ですからね』

『ダンジョン内に高品質の食用になる植物が存在したってだけで大ニュースなんだよ。知られる前に保護しないと、ダメ元で木を丸ごと持っていくやつがでるぞ』

『ああ』

確かに周りの土ごと掘り返して、一層あたりへ植えてみるという可能性はあるな。あの土がどこまで掘れるのかは分からないが……

モンスターは自発的に階層を移動しないが、トレインで付いてくるということなので、移動できないってことはないはずだ。

もっとも移動したモンスターを放置したらどうなるのかは分からない。外へ出たものは時間の経過とともに弱るなんて話も聞いたことがあるが、正確なところは知らなかった。

『アメリカやロシアで、モンスターを生け捕りにして外に持ち出すなんて研究はやってないんですか？』

そう尋ねると、二人はそれぞれ真面目な顔でそれに答えた。

『俺たちは攻略が主体だから、生け捕り作戦なんかに参加したことはないが……企業、特に軍産の連中はやってるかもな』

『生物兵器に、なんてことを考える連中がいてもおかしくはない』

『おいおい……だが、やってそうだと思えてしまうところがヤバいよな。――結局それって、その木を地上に植えたらどうなるのかって話だろ？』

『まるでアイソーポスの寓話《ぐうわ》のようだ』と、ミーチャがぽつりと言った。

アイソーポスはトルコだかギリシャだかの人で、日本ではイソップと呼ばれている。彼が言っているのは、金の卵を産むガチョウの話のことだろう。

『その木を全部掘り起こしたあげく、上で枯らしてしまうなんてことは……ありそうな話だが、ダンジョンならその木もリポップするんじゃないか？』

『するかもしれませんけど、同じ場所にはリポップしませんでした。だから実際にリポップしてるかどうかは分かりません』

『やってみたのかよ⁉』

『あ、いや、別の適当な草で、ですけどね』

二層の農園で、一応は確認された現象だ。

横浜の踊り場フロアで同じ実験をやれば、リポップを証明できるかもしれないが、最初から生えている植物などあるはずもなく、まずはあの場所でダンジョニングするところから始める必要があるだろう。

『ふーん。そういう話を聞いていると、ダンジョン関連の研究と攻略が縦割りなのは、いまいち効率が悪い気がするな』

『世間には、色々と柵《しがらみ》がありますからね』

『俺たちのところもＤｏＤができたせいで、ますます混沌としてるからなぁ……おっと、ロシアにばれちゃ大変だ』

　おどけたように言うサイモンに、そんなことはとっくに知られているだろうと、ミーチャが珍しく苦笑で返した。

『ともかくＪＤＡには報告しておいた方がいいぞ』

『そうします』

　その後もしばらく、俺たちは、三国で懇親会を続けていたが、ステータス計測デバイス設置の件で訪れた鳴瀬さんが、玄関で目を丸くして固まったところでお開きとなった。

　最後にミーチャが、「За дружбы」と言って、グラスに残っていたウォッカを一気に飲み干し、帰っていった。

『ドルゥーズバイってなんだ?』

『さあ?　きっと「元気で」とか、そんな意味じゃないですか』

『そうだな。じゃ、俺も帰るか。あんたも大変だろうが、こいつらをちゃんと見張ってろよ。オレンジの話はぶっ飛んだぜ』

そう言いながら、サイモンは鳴瀬さんにウィンクして帰っていった。相変わらず軽いヤツ。

（注4）**ケフィール**
ケフィールは乳酸菌飲料だと思っていたが、実はケフィール・グレインを入れて発酵させれば、なんでもケフィールを名乗れるらしい。

（注5）**メドヴーハ**
一種の蜂蜜酒。

（注6）**スビテン**
蜂蜜と水とジャムを混ぜて温めてスパイスを加えた飲み物。果汁や赤ワインを加えることもあるらしい。

（注7）**カラマーゾフ**
ドストエフスキー（著）『カラマーゾフの兄弟（Братья Карамазовы / Ф.М.Достоевский）』
カラマーゾフ家の直情的な長男が、ドミトリー（ドミートリイ）で、愛称がミーチャ。最後は無実の罪で二十年のシベリア送りになる。

SECTION：

代々木八幡　ラ・フォンテーヌ　五階

「おい！　出てきたぞ！」

ずっと監視を続けていた、ドローニャがサーシャに向かって言った。

「結構経ってるが、一人か？」

「どうやらそうらしい。一応セリョージャにも後を付けてるやつらがいないか確認してもらっているが、今のところは何もくっついちゃいなさそうだ」

「じゃあ、一体、何をしに？」

その時、ドローニャが目を大きく見開いた。

「嘘だろ。ドミトリーが鼻歌を歌ってるぞ」

まさに天変地異が起こったかのような彼の言葉に、すぐに集音マイクの音が繋《つな》がったヘッドフォンを片耳に押しつけると、サーシャもそれを確認した。

「信じられん……」

「まさか、何かの取引がまとまったんじゃ……」

「すぐに大使館とダンジョンチームに伝えろ。ドミトリーをしばらく監視下に置く！」

「了解」

「えーっと……一体何が？　オレンジってなんです？」

鳴瀬さんがおそるおそる、そう聞いてきた。

「ああ、これですよ。どうぞ」

「ありがとうございます」

そう言って訝《いぶか》しがりながらもそれを受け取った鳴瀬さんは、きれいな指先でそれに爪を立てた瞬間、柑橘《かんきつ》特有の爽やかな香りが部屋に広がった。

「んっ、おいしいです。でもせとかにはかなり早くないですか？」

「報告が遅くなって申し訳ありません。それ、ダンジョンの中で見つけたんです」

それを聞いた鳴瀬さんは、ピキッと音を立てて固まり、その手から剝《む》いたオレンジがこぼれ落ちた。

慌ててそれを受け止めた俺は、そのままのポーズで鳴瀬さんを見上げて声を掛けた。

「な、鳴瀬さん？　大丈夫ですか？」

「ダンジョンの中で……見つけた？」

「鳴瀬さん？」

「って、代々木に果物が生《な》ってたんですか!?」

興奮して、俺に詰め寄ってきた鳴瀬さんの話によると、ダンジョン内で食用と思われる果物が見つかったのは、この三年でも初めてのことらしい。

「因《ちな》みに発見したのは二十一層の未踏エリアです」

三好が、マップデータ等の資料をまとめたものを鳴瀬さんに渡した。

「あ、ありがとうございます」

貰ったデータを早速タブレットで確認しながら、開いたマップを見て、鳴瀬さんが訊いた。

「この×印ってなんです？」

「その×印のある丘の麓、湖の畔《ほとり》が果樹園になってるんですけど。その×印の位置に、うちの拠点が立っているんですよ」

「拠点？」

キョトンとしながら言葉を繰り返す。

「ええ、探索のためのキャンプみたいなものですね」

「それが二十一層の未踏エリアに？」

「現状では充分深い層ですし、ダンジョン内の土地のパーティによる占有にあたりますけど、以前お話しした通り、禁止できない領域かなと」

「え、ええ、まあそういうことになると思いますが……これ、どうやってどのくらいの規模のものを建てられたのかお訊きしても？」

「いいですよ。大きさは確か、直径が十メートルくらいで、高さが……いくつだったかな。十メートルはありません。あ、映像ありますよ」

三好がすぐにタブレットで表示した画像には、果樹園の小径《こみち》から、件《くだん》の丘、そしてその向こうに広がる湖の美しい風景が映し出されていた。

そこに立っている円筒形にドームがついた建物には、さすがの鳴瀬さんも驚いていた。

「これ……やはり〈収納庫〉で？」

「まあそうですね」

「ス、スライムは？」

「そこはまあ、色々とテスト中です」

「テスト中……」

俺たちは、呆然《ぼうぜん》とその画像を見つめている鳴瀬さんをそっとしておいた。

「そういや、結局ミーチャは何をしに来たんだ？」

「故郷のウォッカを飲みに？」

「サイモンのコーヒーといい、うちはカフェか。三好に用事があったんじゃないの？」

「それが全然分かりません。けど、ウォッカがあって良かったですよね。そう言えばそのうちランスさんも来そうですけど、一体何を出せばいいんでしょう？」

「あの人、ワシントン州だよな。十年ちょっと前に州法が改正されてシアトルあたりにクラフト・ディスティラリーが大量にできたけど、最近過ぎて故郷の味って感じじゃないか」

「十八層へ持ってきてたの、モルソン(注8)でしたよ」

「あー」

「もういっそのことＣＣ（カナディアン・クラブ）とかでいいんじゃ？」

「……そう言われれば、なんとなく似合う気がする」

大自然の中、焚き火の前で丸太に座る彼の手には銅製のマグ。ボトルは足元で火に照らされて輝いている。って、ＣＣのポスターっぽいな。

「あの……!!」

再起動した鳴瀬さんが、俺たちを振り向き、眉をハの字にして尋ねた。

「これって、報告してもいいんですか？」

（注8）　モルソン

モルソン・カナディアンのこと。

カナダの国民的なラガービールだが、この時点（二〇一九年初頭）では、クアーズと合併してアメリカに本社を移転、ついでにミラーを呑《の》み込んでアメリカ最大のビールメーカーとなっている。

日本にも、モルソン・クアーズ・ジャパンという日本法人があったが、二〇二〇年に撤退して、ジーマやブルームーンが終売になった。コロナの影響かな。

二〇一九年　一月三十日（水）

SECTION：

市ヶ谷　ＪＤＡ本部　ダンジョン管理課

「それじゃあ、ステータス計測デバイス……そういや名称は？」

「ＳＭＤ－ＰＲＯだそうです。正式名称はルエミスター・プロと伺っています」

斎賀《さいが》は、そのキラキラしいＤパワーズらしからぬ名前を聞いて不思議に思った。

「どうしてそれでＳＭＤになるんだ？　名称の略じゃないのか」

「そのあたりは、えーっと……三好さん独自のセンスと言いますか」

美晴《みはる》が微妙な顔で『ステータス見える君です』の説明をすると、斎賀も微妙な顔で、頷いた。

「なるほど……まあ、ＳＭＤでいいか。じゃあ、ＳＭＤの設置は昨日の打ち合わせの通りでＯＫということだな」

「はい、回線敷設《ふせつ》に二週間ほどかかるそうですが、来月の二十三日、ブートキャンプが正式に始まる日に同時オープンさせられる予定です。スペースは、ダンジョンエリア内の一番手前の一階を押さえてあります」

「ありがとう。しかし、探索者の能力を客観的な数値で把握できるってのは、うちとしちゃ願ってもない話ではあるが、連中にどんなメリットがあるんだ？」

「三好さんは、探索者支援はＣＩ活動(注9)の一環だと仰《おっしゃ》ってましたが――」

「本音は別にありそうだったか？」

「いえ、それはそれで本音だと思いますが……ニヨニヨしながら、データ、データ、と楽しそうに歌ってらっしゃいましたからね」

「ニヨニヨって……個人情報は大丈夫なんだろうな？」

　現時点で、法的保護はまったくないとはいえ、ステータスは立派な個人情報だ。

「サーバーに送られる情報は、あくまでも計測された生データだけですので、サーバー側で個人との紐付《ひもづ》けはできないそうです。それに――」

　同じステータスを持った個人はあまりいないが、変化するという特性上、ステータスそのものから個人を追跡することも難しいだろうということだった。

「つまり、個人とステータスを紐付けできるのは、現時点ではうちだけってことか」

「紐付けるんですか？」

「それをＷＤＡカードに書き込むことは今でも可能だ。それに、個々人のステータスをランク化できれば、立ち入り禁止区域等の細かな管理も可能になるし、被害も抑えられるとは思うが……現時点では難しいな」

「反発も大きそうですから」

　確かにそうだと、斎賀はため息をついた。

　いつかはＷＤＡカードにステータスを書き込むような未来がやってくるだろうが、それはもっと丁寧に時間をかけて行う必要があるだろう。

「それから、私が訪れたとき、その場にガーシュウィンさんとネルニコフさんがいらっしゃって驚きました」

「サイモンとドミトリーがＤパワーズの事務所で落ち合っていた？」

美晴から、その報告を受けた斎賀は、難しい顔をして腕を組んだ。

「サイモンはともかく、ドミトリーも知り合いだったのか？」

「十八層で知り合いになったとか」

そこでどんな話があったのかは分からないが、あのドミトリーが家までやってくるというのは、相当のことだろう。

「まさかサイモンの手引きで、亡命させるなんて話じゃないだろうな」

「……偶然だと仰ってましたけど」

「それぞれの国の連中が信じるか、それ？」

「どうでしょう」

そんなことを言われても分かりませんよとばかりに、美晴は曖昧な笑いを浮かべた。

「しかし、いかにもタイミングが悪いな」

「タイミング、ですか？」

（注9）　CI
コーポレート・アイデンティティ。企業の文化や独自性をアピールするための手法。日本では九十年代に盛り上がったが、バブルの崩壊とともに尻すぼみになった。その理念はブランドマネジメントに継承されている。

「そうだ。ただでさえセーフエリアのせいで、ＷＤＡが国家の設立を目指してるんじゃないかなんて、馬鹿な話が囁かれてたりするんだ」

「ええ⁉　どうしてそんな話に？」

「まあそれが普通の感想だよな。だが、秘密裏にそんな会合が開かれてちゃ、夢物語が現実味を帯びてくるだろ」

　斎賀は苦笑しながらそう言った。

　だがこれに関してＪＤＡにできることはない。むきになって否定しても信憑性《しんぴょうせい》が増すだけだし、そもそも誰に向かって否定すればいいのかすら定かではないのだ。

「とにかく、その場でオレンジ――というよりもせとかでしょうか――が出てきたんですが、それが――」

「二十一層で発見されたものだそうです」

　美晴が継いだ次の言葉に、斎賀は驚き、目を点にした。

「……は？」

　二十一層でオレンジが発見された？　彼は自分の耳を疑った。

「こちらは夕べのうちに分析を農研機構へ依頼してあります」

　本来ならダンジョン産の食物は、ＤＦＡ（食品管理局）に送ってその安全性を確認しなければならないが、それが何かを調べることは、各国とも独自に行っている。

　例えば宝石のような鉱物が産出したとき、ＧＩＪ（日本宝石学研究所）に鑑定を依頼したりするのがそれだ。植物なら農研機構がＧＩＪと同じような役割を担っていた。

「いやいやいや、待て待て待て。オレンジ？　二十一層で？　まさかリポップは？」

「したそうです」

それを聞いた斎賀は、がっくりと肩を落とした。

もしもそれが本当だとしたら、人為的に作られた麦を除いて、報告されている限り世界初の事態だ。大騒ぎは避けられないだろうし、その木の扱いをどうするのかも、至急決めておかなければならなかった。

「ＤＦＡへの連絡は？」

「実は皆さんで食べてしまったらしく、数が確保できませんでした……」

「食べた⁉」

「あそこには三好さんがいらっしゃいますから……」

「〈鑑定〉か」

ダンジョン産の食物が安全かどうかは分からない。

そのため、食べ物然としたものが得られた場合、すぐに食べたりせず、安全性を確認するために提出してもらうのが暗黙のルールだ。

しかし、世の中にはお調子者も多い。

オーク肉を最初にドロップさせた探索者が、一部をその場で焼いて食べたことは有名だった。幸い問題はなかったが、当時は隔離されて検査漬けにされ、その後もずいぶんと絞られたらしい。

「それに三好さんは商業ライセンスをお持ちですから」

商業ライセンス持ちは、ダンジョン産のアイテムを直接売買できる。

取得したアイテムの管理のために、仕訳帳とアイテム出納帳の提出が義務づけられているが、即時提出の必要はない。また、自家消費されるアイテムの場合、アイテム出納帳に記載されないものも多いとされているが、違法すれすれの行為だ。

入ダンが厳密に管理され、検疫なども行われていた、ごく初期ならともかく、ある程度安全性が確認されて一般に開放された後の自家消費に関しては、取り締まろうにも取り締まりようがないのが実情で、自己責任が基本となっていた。

「違法とまでは言えないが、少しずさんだな」

斎賀はしかつめらしく、そう言ったが、内心ではラッキーかもしれないと考えていた。

なにしろ現物がないのでは報告のしようがないし、食用できると鑑定されている以上、仮に誰かが偶然それを手に入れたとしても、すぐに起こるような問題はないはずだ。

場所が場所だし、少しくらい報告が遅れても大きな問題にはならないだろう。

なにしろ大事件であることは確かなので、これが広まってしまうと、数多くの探索者がその場所を目指すはずだ。都合の悪いことに十八層には世界のトッププレイヤーたちがひしめいていた。その気になれば二十一層に向かうことなど造作もないだろう。

報告を遅らせ時間を稼いで、木に対するルールを策定する。

それでも現時点では、なかなか困難なミッションになりそうで、斎賀は内心ため息をついた。

「まいったな。それで終わりか？」

そう訊いた斎賀に、無慈悲に首を横に振った美晴は、一枚の写真を差し出した。

「なんだこれは？」

それはイグルー一号が二十一層に立っている写真だった。

「三好さんたちが二十一層に作った拠点だそうです」

「……もう驚き疲れて驚けないぞ。だが、しかし――」

建物の持ち込み自体は〈収納庫〉で説明できるが、それを維持している方法はまるで分からない。

何か特別なスライム対策があるのだろうが――これが、代々木開発計画企画室の連中に知られたら大事《おおごと》だなと、彼は再びため息をついた。

「画期的だが、そもそもパーティの私有物だ。ＪＤＡが改まって公開するようなものでもないことだけが救いだな」

彼はその写真を、机の上に案件ごと投げ出した。

「せめてセーフエリアの騒動が落ち着くまで、自重してくれんものかなぁ……」

「入札は、二月の二十二日でしたっけ」

「そうだ。三週間もあれば、またぞろ何かやらかしそうだろ？」

斎賀の投げやりな言葉に、美晴は苦笑することしかできなかった。

SECTION：

茨城県つくば市藤本

　農業・食品産業技術総合研究機構の果樹茶業研究部門では、眼鏡を掛けた細面の、酷《ひど》い顔色をした男——佐山《さやま》繁《しげる》研究員が、顔色を暗くして、主任の水木《みずき》明憲《あきのり》に話しかけた。

「主任、あの今朝送られてきた柑橘のＤＮＡ鑑定なんですが……」

「ああ、結果は出たのか？」

「それが……訳が分かりません」

「どういう意味だ？　うちにあるＣＡＰＳマーカーでは同定できなかったってことか？」

　ここでは、九種類のＣＡＰＳマーカーを使って、柑橘の品種識別を行っている。国内の品種であればほぼこれで同定できるはずだ。

「いえ、それが——」

　どうにも要領を得ない佐山の説明によると、万全を期すように言われていたので、二人の研究員に別々に鑑定を行わせたらしい。そうしたら——

「全然違う結果になったんです」

「対象に複数種の柑橘が交じっていたということか？」

「いえ、同一の果実から取られた試料が使われました。訳が分からないので、何度か繰り返してみたんですが……」

佐山は苦しそうに、閉じられた書類をペラペラと行きつ戻りつしながら、何度も見たはずの結果をもう一度確認した。

「せとかと天草という結果がでるんです」

「せとかと天草？」

確かに見た目は似ているが、せとかは（清見×アンコール）×マーコットで、天草は（清見×興津早生）×ページオレンジだ。Cp0089/HindIII も、Tf0013/RsaI も異なるから、遺伝子的には間違えようがないくらい違う。

「つまり、この果物内に、せとかの遺伝子と天草の遺伝子が混在しているということか？」

「いえ……そうではなくてですね……」

「なんだ、歯切れが悪いな」

「主任、言っておきますが、これは私の頭がおかしくなったわけではありませんから。結果から論理的に判断すると——」

彼はそこで再び言いよどんだが、意を決したように顔を上げると、早口で先を続けた。

「——鑑定をした人間によって結果が変わっていると思われます」

水木は、一瞬呆《ほう》けたような顔になった。一体この男は何を言ってるんだ？

「すまん、君が一体何を言っているのかよく分からない」

「報告しておいてなんですが、私にも分かりません」

「試料か器具が汚染されていたってことは？」

「それだと、両方の遺伝子が混じるはずですが、結果はどちらかになるんです」

あまりにも馬鹿げている結果を前に、佐山はすがるように水木を見た。

「主任、この試料、どこから預かったんですか？」

「……ＪＤＡだ」

「ってことは、まさかダンジョン産？」

水木はそのあたりの詳しい出所については聞かされていなかった。

予断を排除するためにはよくある措置だが、ＪＤＡがわざわざ最優先の指示付きで鑑定を依頼してきたのだ。スタッフが買ってきたせとかが本物かどうかを知りたくて調べさせた、なんてことはありえない。

「詳しいことは聞いていないが、たぶんな」

食用可能なダンジョン産の果物は、今のところ見つかっていない。始めの頃に、いくつかの植物のＤＮＡ鑑定も行われたはずだが、特に変わったものは見つからなかったと聞いていた。

水木は、後で詳しい情報を手に入れようと心にメモした。

「ところで、どちらかになる法則はあるのか？　それとも完全にランダムなのか？」

「実は何度かやり直してみたのですが、せとかだと同定した者が、再び同定しようとするとせとかに、天草だと同定した者だと天草になります」

「初回観測時にどちらかが決定すると、以降はずっとそれになるということか？」

「その通りなんですが……」

「なんだ？」

「情報を一切与えずに、別の者に鑑定させたら、清見という結果になったんです」

佐山は、もう訳が分からないといった様子で、泣きたい気分になりながら、そう報告した。

それを聞いた水木は皮肉な笑顔を浮かべた。

「対象のＤＮＡが調べられるまで決定しない？　いつからＤＮＡ鑑定は、量子力学の領域に踏み込んだんだ？」

「まるで最初から複数のＤＮＡ配列が重なっている状態で存在していて、観測した瞬間にそのうちのどれかに収束するようにすら思えます」

佐山は、悪い冗談だというように首を振った。

「少し前に、フラーレンで二重スリット実験の干渉縞《かんじょうじま》が出たって話を聞きましたけど、ＤＮＡでも起こるんですかね」

実は多世界解釈が正解だったなんて結果が分子生物学から導かれたり――するはずないよな。落ち着け。目の前にあるのは、得体の知れない化け物じゃない。ただの柑橘のはずだ。

結論を出すには、もっとサンプル数が必要だ。とは言え、こんなテストにそう多くの予算が割けるはずがない。

観測者によってＤＮＡ鑑定の結果が変わる？　自分の部下じゃなかったら、おそらく耳も貸さなかっただろう。

「それで、君はこの鑑定結果をどう伝えるべきだと思う？」

「せとかでした！と報告して、後はすべてを忘れて日常に戻りたいです」

「可能だろうか？」

わざわざＪＤＡがうちに緊急でＤＮＡ鑑定までさせて、その対象が普通のせとかだという方が無理がある気がする。

最初からこんな結果を予想していたんだろうか。もしそうだとしたら、適当な報告は、うちの鑑定能力を疑われる結果に繋がりかねない。

「……無理でしょうね。追加で鑑定させたのは我が人生最大の過ちでした」

佐山は、さらに顔色を悪化させると力なく肩を落とした。

なにしろこれから、自分でも信じられないようなレポートを書かなければならないのだ。しかも署名付きで。

「そうとは限らんだろう。もしかしたら、うちの名前を上げることになるかもしれないぞ」

水木は、そう言って目を細めた。

これでできあがるレポートは、世紀の大発見になるはずだ。ただし、狂人扱いされなければ、だが。

「試料の果実はまだあるのか？」

「あと二つ残っていますが……」

「京大の北島先生と、国立遺伝学研究所の神沼先生に追試を依頼してくれ」

「え？」

「念のためだ、品種の同定は必ず二名以上で別々に行うよう申し添えておいてくれ」

「わ、分かりました。すぐに手配します」

「こちらで出た結果については教えるなよ」

「了解です」

狂人扱いされる可能性を、少しでも減らすべく彼らは追試を依頼した。

SECTION :

アメリカ合衆国　ワシントンD.C.

『ＷＤＡが独立をもくろんでいる？』

オーバルオフィスの執務席に座っているこの部屋の主——アルバート＝ハンドラー大統領——が、片眉を上げて、渋い顔で首席補佐官のニック＝マルベリーと顔を見合わせた。

『可能性があるという分析です』

報告しているのはジーン＝カスペルＣＩＡ長官だ。

一通りの報告を聞き終えた彼らは、プライベートのような砕けた会話に移行した。

『ジーン、いくらなんでもそれは唐突すぎるだろう』

『アルバート。ＷＤＡがダンジョン内の権利を完全に有しているのは、世界のドタバタをなるべく穏健に収めようとした各国の妥協の産物でしょう？』

『それはそうだ』

『当時の混乱はすでに収束していると言えるし、代々木で発見されたセーフエリアがその可能性に輪をかけたのよ』

ＣＩＡの報告が今一つ理解できなかったニックは、率直にジーンに尋ねた。

『ちょっと待ってくれ。独立ってなんだ？　そもそもＷＤＡは、最初からどの国にも属していないようなものだろう？　見ようによっちゃ、国連なんかより、よっぽど独立しているぞ』

『あの機関は金ばかり要求して一つもステイツのためにならん。あんな特定国家の思想に汚染されたような組織は――』

『アルバート、その話はちょっと置いておいて。ニック、独立っていうのは……そうね、国家って意味でもいいわ』

『国家？』

『そう。これは、WDAが国家として振る舞い始めるのではないかという予測でもあるの』

『おいおい。仮にダンジョン内をその領土と認めるとしても、住民がいないだろ？　まさかモンスターを住民だというわけには――』

そう言い始めて、ニックは言葉を呑《の》み込んだ。

『――セーフエリアか』

ジーンはその言葉に頷いた。

『しかし、WDAが自らを国だと言い張ったところで、誰もそれを認めたりはしないだろう？』

『国家の資格要件に、国家承認は含まれないってのが時代の趨勢《すうせい》だ。我が国がモンテビデオ条約をないがしろにするわけにはいかん』

アルバートは、椅子の背に体を預けながらそう言った。

『いや、それにしたって……』

国家の資格要件には、永続的な住民と明確な領域、それに政府と外交能力が必要だ。

永続的な住民は、セーフエリアのおかげで得られる可能性がある。

明確な領域に関しては、最初から線が引かれている。なにしろ領土はダンジョンなのだ。

政府は、現在のＷＤＡがその任を果たそうと思えば可能だ。というより、実際にダンジョン内のルール策定等で内向きには機能している。外向きには――

『物理的な実力はどうする？』

『一流の探索者が永続的な住民となるなら、確保できるんじゃない？』

ダンジョン内に近代兵器を持ち込むのは、いまのところ難しい。

ダンジョン内から外に責めてくるというのならともかく、どこかの島国ではないが、専守防衛を貫かれるとしたら、外向きの力として十分機能するかもしれなかった。

なにしろ相手は魔法を使うのだ。

ジーンは、まるでファンタジー小説のようねと、微かに笑みをこぼした。

『とは言え、今まではダンジョン内だけで世界を完結させるのは困難だったから、そんな行動に出るなんて考えられなかったけど』

『国境を封鎖されれば、すぐに干上がるからな』

ダンジョン内に食料はないも同然だ。

産業と言えるものは、十分に算出しているとは言い難いダンジョン産の素材がせいぜいだった。

ついこの間までは。

『ところが先日、戦慄《せんりつ》のレポートが提出されたの』

『戦慄？』

『ある人たちにとってはね』

そこでジーンは、ＷＤＡのＰＯ（知財局特許課）から入手したレポートについて説明した。

『これは……何かの冗談か？』

レポートの内容に目を通したアルバートは、思わずそう口にした。

『いいえ。現在、ＤＦＡ（食品管理局）の主席研究員が、何もかも投げ出して東京行きのチケットを申請したっていうから、信憑性は高いわね』

『もしもそれが事実だとしたら――』

アルバートが言いよどんだところで、ジーンが引き継いだ。

『ダンジョン内であることの問題点は、ほとんど解決したも同然ね』

『いや、水だって必要だろ？』

『ダンジョンの中にだって水はあるじゃない。それに、向こうには水魔法なんて便利なものがあるそうよ』

水魔法は、例のインクレディブルなオークションでいくつも販売されている。

つまり、比較的潤沢に存在するということだろう。あの世界では。

『無限に産出する鉱物資源と穀物。現実にはあり得そうにない素材群と魔法なる現象。そうしてついには安全な場所か。独立できてもおかしくはない、のか？』

『あとはエネルギーがあれば完璧ね』

『魔結晶か』

『次あたりに出てくるのは、それのパテントじゃないかと睨んでいるのだけど』

『冗談はよせよ』

こうして考えれば、独立するための要件は満たされているのかもしれなかった。そのメリットはともかくとして。

『問題は、その大部分が代々木発ってところね』

『ＤＡＤからも報告が上がってきている。どうやら震源は、たった一つのパーティらしいじゃないか』

『我が国に、非常に高価な福音を売りつけた連中ですね』

『あれは安全保障上必要な経費だ。たとえ、どこの誰だか分からないインタプリタなどという探索者が碑文の内容を公開したとしてもね』

自陣営でその内容を確認できないなら、公開者が謎の人物だろうがロシアだろうが、結果としては同じだ。

『オーブのオークションから始まった奇跡は、〈鑑定〉を利用したステータス計測装置の開発を経て、ついにはダンジョン内農園までやってきたわけだけど、ここまでたった三か月よ』

『信じがたいな。この先どうなるのか、恐れすら抱きそうだよ』

『こうやって調べれば調べるほど、噂の信憑性は増すばかり』

『噂？』

アルバートの問いかけに、ジーンは資料から目を上げて、彼の顔を見た。

『日本は、ダンジョンの向こう側にいる何かと、すでにコンタクトしているって話』

『……向こうの政府にそういった行動は見られないって分析を受け取ったぞ？』

『相手は政府とは限らないでしょう？』

そう言って、ジーンは一枚の写真をテーブルの上に投げた。

『その中心に誰かがいるとしたら、彼女以外には考えられないわね』

そこには、ショップで喜々としてワインを選んでいる、ザ・ワイズマンの二つ名で呼ばれる女性の姿が写っていた。

アルバートは、隠し撮りとは思えない鮮明さの写真の中で、あまりに嬉《うれ》しそうな様子をしている彼女が持っている、シンプルで、ともすればやる気がないようにすら思われそうなラベルのワインに気が付いた。彼もいっぱしのワインラバーだからだ。

その写真を手に取った彼は、ボトルを確認するように目を近づけた。

『コルギンか』

写真をテーブルの上に戻しながら、彼は言った。

コルギンは、ナパのカルトワインを代表するワイナリーの一つだ。

『彼女、ナパが好みなのか？』

『というより、ワイン全般がお好きなようね。分析によると買い方がマニアックだそうよ』

『マニアック？』

『見て。彼女が購入しようとしているのは、カリアドの一九九九』

『それが？』

『棚には〇五も〇七も置いてあるのに、九九を喜々として選んでる』

　カリアドの二〇〇五と二〇〇七は、いわゆるパーカーポイントで満点を取っているワインだ。

　もはやかのポイントの満点は、カリフォルニアのカルトワインには珍しくないとはいえ、評価の話を聞いたこともない九九を選択するのは、確かに変わっていた。

『九九は良くないのか？』

　ワインにそれほど詳しくないニックが、不思議そうにそう訊いた。

『パーカーが最初に評価したときは九一(注10)ポイントだったそうよ』

『それほど評価が違えば価格も違うだろ？　今の高騰ぶりは、少し、なんというか……うんざりするくらいだ。リーズナブルなものを選んだだけじゃないのか？』

『今の彼女に買えないワインがあるとしたら、持ち主が絶対に売らないものだけね』

　そう言われてみれば、〈異界言語理解〉のバイヤーズプレミアムだけで、ワインくらいなら大抵のものが、好きなだけ買えるはずだった。

　目の前にビンテージ違いの同じワインがあったとき、どれでも好きなものが選べるなら、評価の高いものを選ぶのが自然だ。

『ともかく、目の前にもっと高評価のワインがあるにもかかわらず、彼女が選んだのは、大して評価の高くない年で、しかも飲み頃としてはギリギリピークって感じのもの』

『それで？　調べたんだろ？』

ＣＩＡの分析官は、プロファイリングという言葉で、重箱の隅をつつくのが大好きだ。

ジーンはため息を一つつくと、分析結果を読み上げた。

『一九九九年は、醸造がコルギンの代名詞だったヘレン＝ターリーから、ナパの申し子、マーク＝オベールに替わった年なんだって』

『それだけ？　偶然じゃないのか？』

『調査した者は、絶対にそれが原因だって断言したわ。マニアックって意味が分かった？』

アルバートは、呆れたようにのけぞると天井を見上げたまま言った。

『九七のスクリーミング・イーグル一ケースで買収できないかな？』

『え？　アルバート、それを持っているわけ？』

ジーンはそのセリフを聞いて驚きつつも、さすがは大統領と感心もした。

発売当時はそれほどでもなかったとはいえ、今、一ケースも手に入れるのは、ほぼ不可能なワインだからだ。

『それなら、多少は可能性があるかもね』

彼女は笑いながらそう言った。

『ううむ……ダメもとで送りつけてみるかな』

『本気なのかよ、大統領閣下。買収って、何を要求するつもりなんだ？』

『そうだな……うちの娘にサインでもしてもらおうかな』

『……おいおい』

アルバートは姿勢を元に戻すと、机の上で両手を組んだ。

『実は、ＤＡＤのサイモン中尉から、いくつかのレポートが上がってきている』

『ああ、彼』

ジーンは嫌そうに眉をひそめた。

『うちのスタッフは、彼がＤパワーズに近づきすぎじゃないかと疑ってるわよ。先日はロシアのドミトリー氏とも一緒だったという報告があったし。残念ながら、部屋の中で何をしていたかは分からなかったそうだけど、先に出てきたドミトリー氏は、大変上機嫌だったそうよ』

『それはＤＡＤからも報告が上がっている。しかも内容付きだ』

報告したのはサイモンなのだから、当然と言えば当然だ。

『まあ。ＣＩＡもかたなしね』

『心配しなくても、あそこじゃ世界中の諜報機関がコケにされてるって聞いたぞ』とニックが茶化した。

『送り返されてくる人員は数知れずってところね』

ジーンが肩をすくめながらそれに応じると、アルバートは少し渋面を作った。

『我が国もか？』

『残念ながら。それで、中ではどんな密談が？　うちにも公開されないくらい重要な話？』

『要約すれば、「アメリカのクラフトビールとロシアのウォッカとモルドバのワインで乾杯して、楽しく酒を飲んでいたら、ダンジョン産のオレンジが出てきて頭を抱えた」、だそうだ』

『何それ？』

『ダンジョン産のオレンジについての詳細は、それが世界初ってこと以外不明だ。もうすぐＪＤＡで公開されるだろうから、報告はここで止めておいたよ』

アメリカのスーパースターと、ロシアの英雄が、日本の怪しさナンバーワンのパーティと秘密裏に懇談したなんて話が出回ったら、何も内容がなかったとしても、あることにされかねない。

さっきの話じゃないが、全員でＷＤＡ国へ亡命する算段を付けていたなんて言い出す者が現れても不思議はないのだ。

『それで、彼が言うことにはだな。連中をなんとかしたかったら――』

大統領は、言うべきかどうしようか、一瞬躊躇《ちゅうちょ》した後、いたずらが見つかった子供のような顔をして続けた。

『――友達になれ、だとさ』

ニックはぐるぐると目を回すと、手を広げて大仰なポーズをとった。

『なんというパーソナルな安全保障！』

『いえ、友人になるというのは悪くないかも』

政治家なら、ほとんど誰でも、選挙になるたびに有権者の前に現れて、彼や彼女とパートタイムの友人になろうとする。

大部分の有権者は、投票するのに公約の詳細なんて見てはいないし、知らない人よりも知っている人に投票してしまうのは、人類に共通の心理だということをよく知っているからだ。

そうでなければ、政党が有名人を連れて来て看板にしようとするはずがない。どぶ板選挙が廃れないわけだ。

『日本人は、あれでとてもウェットだし、友人のお願いをむげに断ることは少なそうね』

『合衆国を上げて、個人とお友達になるプロジェクトの発動か？　これぞまさしく、オペレーション・トモダチ（注11）だな』

『相手はダンジョン界のセレブリティ・オブ・ザ・イヤーだ。ダンジョンの向こう側にある世界の親善大使だと思えばおかしくはないさ』

『向こう「へ」の、じゃないのかよ……』とニックが呆れたように手を上げた。

それでも、ＷＤＡ国の、じゃないところを喜ぶべきだろうかと、アルバートは考えていた。

（注10）九一ポイント

九一ポイントは、パーカーが最初に評価したときのポイント。その後二〇一一年に再評価され、九四ポイントに修正された。

（注11）オペレーション・トモダチ

東日本大震災のとき、災害救助・救援および復興支援を行った米軍の作戦の名称。

二〇一九年　二月一日（金）

：

SECTION：

茨城県つくば市藤本

　昼休みが間近に迫った農研機構の果樹茶業研究部門では、佐山研究員が、以前同定した柑橘の追試結果を、主任の水木に報告していた。

　大至急という枕詞《まくらことば》が付いていたおかげで、追試をお願いした研究者たちは、すぐにその結果を送り返してくれていた。

「北島先生のところは、二人で検査したところ、どちらもせとかだったそうです」

「そうか」

「北島先生は、この検査に何の意味があるのかと逆に興味津々で質問してこられていますが、どうします？」

「それは後だ。それで、神沼先生の方は？」

「それが、最初に検査を行った二名は、どちらも清見だったそうです」

「じゃあ、ばらばらの結果が出たのはうちだけか？」

　この結果では、誰が聞いても、検査機器が汚染されていたという結論になるだろう。

　いや、まてよ……

「最初に？」

「それが、その後すぐ、研究室に来ていた学生の指導で同定作業をやらせたそうなんですが、そうしたら……せとかという結果がでたそうです」

そうして驚いた最初の研究者が、もう一度実験を行うと、やはり清見になったそうだ。

一体どこからせとかを持ち込んだのかと訝しんだ研究者は、自分の監督下で、もう一度学生に実験を行わせた。すると――

「せとかだという結果になったんだな」

水木は確信を持ってそう言った。

佐山は、ご明察とばかりに小さく頷いた。

「混乱した研究者は、学生のいたずらを疑いましたが、当の学生は、なぜ問い詰められているのか、まるで分からない様子だったそうです」

彼は、もう一度、機器を完璧にクリーニングした後、何も知らない同僚を連れてきて同じ検査を頼んだらしい。すると結果は――

「……天草になったそうです」

佐山は報告書を、静かに机の上に置いた。

「どう思う？」

「ハードウェアの故障ですね。ああ、困ったなぁ……」

棒読みで困っていた佐山は、渋柿を齧《かじ》ったような顔をすると、「そうでなきゃ、全員の頭がおかしくなったんでしょうね」と吐き捨てるように言った。

確かにこんなに奇妙な作物が登場したら、我々は検査機器を疑うべきか、検査の手順を疑うべきか、そうでなければ、自分自身の正気を疑うべきなのか分からずに混乱するだけだろう。

しかしルールは必ずある。それが自然科学というものだ。

「佐山君」

「はい？」

「ちょっと代々木へ行ってくれないか？」

「え？」

「なに、興津《おきつ》に比べれば近いものだろう？　通うことだって不可能な距離じゃない」

静岡県の興津には、農研機構が二〇〇六年に再編成される前から、由緒正しい、カンキツ研究興津拠点があるのだ。

「お、興津だっていいところですよ。変なお店も多いですし。そうそう。先輩の奥さんの退院の手伝いに産婦人科の病院へ行ったときなんか、昼にちょっと外へ出たら、某子供向けＴＶ番組の名前そのまんまのお店(注12)が、すぐその先にあったりしてですね」

「佐山君」

「なんとなく入ってカツカレーを頼んだら、店名ロゴの隣に夢の国のネズミが描いてある皿が出て

（注12）お店
本当にあって、目が点になった。
なお、このお話はフィクションですよ、ですからね。

きたりして、いや、ほんとに混沌としてますよね。いいのかよこれって驚いたものですよ。ガチャピンやムックならともかく――」

「佐山君！」

怒《ど》濤《とう》の興津推しで話題を無理やり変えて、昼休みになったらダッシュで逃げようとした佐山の計画は、あっさりとついえた。

「はぁ……分かりました。それってやっぱり……」

「そうだ、ＪＤＡに問い合わせた。そいつは代々木ダンジョンの二十一層に生えてるそうだ」

「ダンジョンの中に柑橘があるなんて話、聞いたこともありませんよ」

「向こうでも最近発見されたものらしい」

「それで、私は何を？」

「そろそろ接ぎ木用の枝を採取するにはちょうどいい季節だろう？」

接ぎ木用の穂木の採取は、大体一か月弱～二か月前までに採取する。柑橘類は四月ごろが接ぎ木の適期だから、ちょうど今頃からが採取時期にあたるのだ。

「ダンジョン内の木に休眠期間とかあるんですか？」

「分からん。分からんからやってみるしかないだろう」

いや、それ、死亡フラグじゃないですか？　と、佐山は思ったが、口に出したら現実になりそうだったので、ぐっとその言葉を呑み込んだ。

「それに、ダンジョン内の植物を外で接ぎ木なんかして大丈夫なんですか？」

「違法じゃないだろ？　一応ＪＤＡにも話は通しておくし、拡散しないよう、密閉した場所を用意するさ」

なにしろうちは研究機関だからな、と水木がうそぶいた。

そんな場所から持ち出した枝に、もしも花が咲いて、花粉が何か――たとえば蜂だ――によって世界に拡散し、あまつさえ交配が行われたりしたら大問題になる可能性がある。佐山が心配したのはそこだった。

「しかし、どうやって二十一層まで行くんです？」

「そこは、最初にそれを持って帰ったチームを紹介してもらった。まったくの素人だった宝石鑑定人を二十一層より下まで連れて行った実績があるそうだから、大丈夫のはずだ」

「はずだって……」

佐山は、大昔、原種を探しにヒマラヤやアマゾンを飛び回った植物学者たちに思いをはせた。まさかこの時代にそんなことが、しかも自分の身に降りかかってくることなど予想もしていなかったのだ。

「実にうらやましいね。できるなら私が行きたいくらいだよ」

いつでも代わって差し上げますよと、心の中で毒づいた佐山は、「はぁ」と曖昧な返事をしただけだった。

「せめて、傷病手当金はお願いしますよ」

「怪我《けが》を前提にするなよ。だが、もしもそうなったときは、ちゃんと書類は用意するから心配するな。それにこんな機会はめったにないぞ。ついでにダンジョン内の植物も採取してきてくれ」

「できるだけご期待に添えるよう頑張ります」

そりゃ、リアルで冒険家になるチャンスはめったにないだろうが、死体になるチャンスも同時にやってくるんだと思うと素直に喜ぶ気にはなれなかった。

それでもどこかに、ワクワクと弾むような気持ちがあるような気がしたのは、男の子の性《さが》というものだろうか。

「ところで、君、ＷＤＡカードは持ってるのか？」

「持ってるわけありませんよ」

「それなしじゃ、ダンジョンへの進入は認められないそうだ。時間の都合はつけるから、直近の講習会で取得しておくように」

「分かりました」

どうやら、それで話は終わりのようだった。

水木は、よろしく頼むよと、佐山の肩をたたきながら、「出発は向こうの予定を聞いて決めるから、準備だけはしておいてくれ」と彼に伝えて去っていった。

去り際《ぎわ》に、「そうだ、次世代研の連中が話を聞きたいそうだから、午後はそっちに回ってくれ」と聞こえてきたのは気のせいだろう。

一人残された佐山は、窓から外の寒空をちらりと見上げると、「代々木ね、どうするかな」と呟いた。

農研機構は、駅から遠い。

つくばからも、万博記念公園からも、みどりのからも、荒川沖からも、ひたち野うしくからも、少し緩く見るなら、研究学園や牛久からも、だいたい同じくらいの距離にある。

最寄り駅が五〜七駅あるといえば、まるで都心のど真ん中のようだが、この辺りは空の広さをごまかすために街路樹を植えたのではないだろうかと邪推したくなるような道が延々と続いているだけなのだ。だから皆が車で出勤しているが、さすがに通勤時間帯の都心部を車で行くのは、ためらわれた。

「つくばエクスプレスを使えば、『みどりの』からなら一時間ちょっとってところか」

市ヶ谷なら秋葉原から総武線で一本だ。秋葉原の乗り換えでダッシュをすれば、一時間を切るかもしれなかった。

「いくらうちに予算がなくても、さすがに交通費くらい……」

そう呟いたとき、時計の針が十二時を指したようで、廊下の人口密度が一度に上がった。

「さて、飯はどうするかなぁ」

果樹茶業研究部門のある藤本は、旧果樹研究所の跡地だが、農研機構の本部からは飛び地で少し離れていて、他には野菜花き研究部門の一部がある以外、何もない場所だ。

住民基本台帳によると、この地区に住んでいる人の数は、まさかのゼロ。仮にもつくば市の一部にもかかわらず、だ。つまり近場に飯屋など、ほとんど望むべくもなかった。道路を挟んだ向かい側に鬼が作ってるラーメンがあるくらいだ。

その隣にあるラブホでも、ご飯が食べられるらしいが、下手な部屋を選ぶと部屋の壁にインパクトがありすぎて落ち着かない（注13）と、同僚のやつが言っていた。リア充は死ね。

「午後から次世代研なら、マルベルでいいか」

マルベル食堂は、農林水産技術会議事務局筑波産学連携支援センターにある食堂だ。

昼は一般にも開放されているが、結構安く、まさに気分は社食と言ったところだ。それに、道路を挟んで次世代作物開発研究センターの隣だから都合も良かった。

佐山は方針を決定すると、駐車場の自分の車に向かって歩き始めた。

ダンジョン初体験で二十一層へ向かわされるとは、命短し恋せよ乙男《オトメン》。向かいのホテルのご飯を一緒に食べてくれるパートナーを早く見つけないとなぁ、などと考えながら。

（注13）　落ち着かない
二〇一九年七月に、以前に比べればコンフォートを重視した普通の内装にリニューアルしたそうなので、こういう部屋は二〇二三年現在、行ってもお目にかかれません。平日ならランチやディナーが無料で提供されるサービスまであるようです。最近のラブホってすごい。

二〇一九年　二月三日（日）

SECTION :

代々木八幡　事務所

　二月に入って数日、いい天気の日が続いているが、放射冷却の影響か、昨日は氷点下まで気温が下がっていた。

　シャワーを浴びた足で窓に近づき、ピーカンの空をぼんやりと見上げながらそれを開けると、息の輪郭が白く縁取られた。

「今日も寒そうだな……」

　俺はそう呟いて、窓を閉めると、簡単に身だしなみを整えてから事務所へと下りていった。

　ダイニングでは三好が、難しそうな顔で頬杖をつきながらタブレットを眺めていた。

「おはよう。どうした、朝っぱらから景気が悪そうな顔をして」

「ダンジョンせとかのＤＮＡ鑑定、ブリーフが送られてきてたんですが……」

「週末だってのにご苦労なことだな。で、なんだって？」

　俺はキッチンへ入ると、冷蔵庫から水を取り出してグラスに注ぎながら、そう訊いた。

「量子力学の実験結果みたいなレポートになってるんです」

「なんだそりゃ？」

　ボトルを冷蔵庫に戻して、水を一口飲むと、グラスを持ったままダイニングへと出て椅子に座った。

「このレポートが間違っていないとして、どう思います？」

三好から差し出されたタブレットを受け取った俺は、そのレポートに目を通し始めたが、すぐに顔を上げて三好を見た。

「正気か？」

「なんてことを言うんですか、先輩」

三好は大げさに苦笑した顔を作りながら続けた。

「一応、農業・食品産業技術総合研究機構の果樹茶業研究部門はこういった研究の権威みたいなものですよ」

「お前だって、一応とか言ってるじゃん」

俺は、コップの冷たい水を飲み干して頭をはっきりさせると、続きを読み始めた。

そしてしばらく後に、それを三好に返しながら言った。

「これが本当だとしたら、一番ありそうなのは遅延評価だな」

遅延評価。それは、もともと計算量を最適化するための概念だ。

とある値の評価を、実際にそれが必要になるまで先送りにする手法で、最高の効率で実行が行われれば、必要な計算量はゼロになる。つまり評価されないのだ。

ダンジョンせとかを食べたとき、Ｄファクターが、せとかの味や香りを再現したとしても、その分子生物学的なディテールまで厳密に再現する意味はない。つまり、それにＤファクターを割くのは、その時点では無駄なのだ。

その後、それが必要になるシチュエーション——例えば、今回のように測定されるとか——が発生したときに、その詳細を決定していると考えれば一応説明はできる。

おそらく、せとかになったものは、鑑定者がせとかだと思い、清見になったものは清見だと思ったに違いない。鑑定者の予断がそのまま結果に反映されたのだろう。

「ダンジョン科学は謎ですねぇ」

仮にこれが科学の範疇《はんちゅう》だとしても、幼稚園児に超高等数学が理解できるはずはない。それは、謎や不思議といった言葉で語るしかない領域だ。

「しかし、こうなってくると、ダンジョン内で育った食物を食べたときの反応が心配だな」

具体的に言えば、それが栄養になるのかってことだ。

「仮説が正しければ、必要な化学反応が発生するところで、評価されそうですけど」

「それって、Ｄカードを所有していない人間でもそうなると思うか？」

例えばスキルオーブは、Ｄカード所有者にしか使えない。

今なら、それが、体内でＤファクターの受け入れ態勢ができていないからではないかと推測できるが、作物でも同じことが起こらないとは言い切れないだろう。

「オーク肉なら、わずかとはいえ流通していますけど、健康に影響がないというだけで栄養になったかどうかまでは調査がないと思います」

ステータスは上がるんじゃないかという噂があるが、あれは肉体的な栄養とはさほど関係がなさそうだし、さすがに実験動物にそれだけを食べ続けさせた記録はなさそうだ。

「だけど、今回鑑定した人全員がＤカード保持者なんて考えられますか？　国立研究開発法人のバリバリの研究者の人たちですよ？」

「うーん……年齢的にも、ダンジョンなんかシラネって人も多そうだよな」

「大学出たてとかじゃありませんからね。その人たちが、遅延評価めいた結果を導いているんですから、そこは大丈夫なんじゃないかと思いますが……」

「どうせ、ダンジョン小麦を給餌する実験をネズミあたりでやるだろ？　体重の変化を記録すればある程度推測できるはずだ」

「もしも栄養にならなかったら、やせ衰えますからね」

「問題は、俺たちが餌としてそれを与えたとき、ディテールが決まるかもってところなんだが……」

「調べようとしたら評価が定まるわけですから、それを確かめる方法はありませんよ」

「確かに量子力学っぽい」

　量子よりもはるかにマクロな世界で、観測そのものが難しい羽目に陥るとは一体誰が想像しただろう。

　まあ、似たような実験はＤＦＡでもやるだろうから、本物の研究者に期待しよう。

　話が一段落したところで立ち上がった三好は、ソファへと移動してＴＶの電源を入れた。

「何か面白い番組でもあるのか？」

「ほら、今日は不破《ふわ》さんが走るんですよ」

ああ、あのマラソンランナーの。今日って別府大分毎日マラソンの日だったのか。

SECTION：東京都北区西が丘　国立スポーツ科学センター

三田線の本蓮沼《もとはすぬま》駅Ａ１出口を地上へと出ると、そこは蓮沼アスリート通りだ。とは言え、特にアスリートが走っているわけではない。その道を右へしばらく行くと、道の名前の原因になった施設が現れる。国立西が丘サッカー場、通称、味の素フィールド西が丘だ。

同じ味の素でサッカー場だから思わず間違えそうになる味の素スタジアムとはもちろん別の施設だ。こちらは北区だが、あちらは調布市に位置している。

その隣にある、国立スポーツ科学センターの建物の中で、今、ＪＡＤＡ（日本アンチドーピング機構）の臨時の専門委員会が開かれていた。

「大阪国際の高田《たかだ》選手に聞き取りを行ったところ、前日に代々木で行われているダンジョンブートキャンプに参加していたことが分かったわけですが、問題はこれをドーピングと見なすべきかどうかということです」

「いや、それは無理筋でしょう」

比較的年齢の若い、元短距離の男子選手が発言した。

「ダンジョン内での訓練は、言ってみれば高地トレーニングと意味的な違いがありません。薬物を使用するわけでもありませんし。実際高田選手からは何も検出されなかったんですよね？」

「アスリート・パスポートに基づく血液検査でも、まったく問題はありませんでした」

元短距離選手は鷹揚《おうよう》に頷くと、しょうがないといった体でペンを両手で弄《もてあそ》んだ。

「来年のオリンピックにしても、それを行ったことがある選手全員を出場禁止にするなんて、現実的じゃないでしょう？」

「いや、しかし……」

「頂点を競うアスリートたちは、ルール違反でなければなんでもやります。実際、私たちもそうでしたし」

「それに、いまさらダンジョン訓練を禁止することなんて不可能でしょう」

「なぜです？」

「考えてもみてください、高田選手やアーチェリーで話題になった、斎藤選手でしたっけ？　それに、箱根九区の長井《ながい》君もおそらくそうでしょうが、彼女たちを見る限り、まだダンジョンで鍛えていない選手が、すでにダンジョンで鍛えた選手に勝つことはほぼ不可能です。ここで禁止してしまえば、その差は永遠に縮まらない。不満が続出するでしょうね」

「かといって、すでにダンジョンに入っている選手を排除することもできません。なにしろ今までは禁止されていなかったんです。法の不遡及《ふそきゅう》の原則は憲法にも記載されたルールですよ。実行したら違憲です。ＪＡＤＡの独自ルールとはいえ、裁判で訴えられたら確実に負けるでしょうね」

「そもそもダンジョン内の訓練は、血液検査にも尿検査にも引っかかりません。実際、高田選手もそうでした。それをどうやって検出しようと言うんです？　好記録を出したという理由でドーピングだと主張するんですか？」

ダンジョントレーニング反対派は、そう言われてしまえば反論のしようがなかった。

「大学入試センターがＤカード取得者の識別方法をＪＤＡに依頼したと聞いていますが」

「いやいや、仮にＤカード取得者を識別できても、その後どうするんです？」

なにしろオーブ問題があるのだ。とりあえずでＤカードを取得する人は多い。しかも今は、学生の取得が激増していると聞く。言わずと知れた念話のせいだ。

「Ｄカードを持っているだけでドーピングだなんて言い始めたら、今でも日本人の数パーセントは失格になるでしょう。現役アスリート年齢ならもっとずっと高率になるでしょうね。もはやＤカードの有無でカテゴリーを作る方が現実的なくらいです」

全員に適用しない場合は「どこからが違反なのか？」といった線が引けなければ、ルールを策定できるはずがない。

「しかしあれほど差があるのでは、クリーンでフェアなスポーツの未来が――」

「高地トレーニングと同様、全員がダンジョントレーニングを始めるだけじゃないですか？　テニスやサッカーの試合中に、念話を利用したコーチングが行われる可能性が問題になるのが関の山でしょう」

そうばっさりと切って落とされると、比較的若い世代は全員が頷いていた。

「高地トレーニングの分野で有名なレバイン博士は、個人的な考えだと前置きした上で、『身体を環境に順応させようとする創意工夫は、順応が自然に行われる限りにおいて、すべて倫理的で合法的だ』と述べていますよ」

「ダンジョントレーニングもそれに準じると?」

「どこからどう見ても準じているとしか思えませんね」

それ以上の反論が難しいと感じたのか、議長が話をまとめに入った。

「ともあれ、大分で不破選手がどんなタイムを出すかが注目されます。また、トップレベルの探索者が、どんな運動能力を示すのかの情報も必要ですね」

「議長。一度ＪＤＡにお願いして、そういう探索者を紹介してもらい、非公式の記録会を行ってみるというのはどうでしょう?」

「確かに。正確な情報がなければ、何事も判断できませんし」

いかに専門家といえども情報がなければ判断はできない。

「では、当面ダンジョントレーニングについての勧告は行わず、動向を注目しておきましょう。また、ＪＤＡにお願いして、非公式記録会をなるべく早い時期に行う方向で調整します。何か異議はありますか?」

この件に反対する委員は一人もいなかった。

「それではこれで閉会します。本日はありがとうございました」

各専門委員は、今でも自分の競技団体に強い影響力を持っている。

高田選手の記録を見る限り、ダンジョントレーニングは、自己血輸血もエリスロポエチン製剤も、まるで意味がないと思えるくらいに凄い効果を示していた。

必死でドーピング検査を逃れようなどとしなくても、ダンジョンでトレーニングをしていればＯ

Kだなんて、実はアスリートの心や体にも優しいのではないかなどと、ほぼ全員が考えていた。

　そして、いつそれが禁止されてもいいように、今のうちに訓練させておこうと考えた指導者も多かった。

SECTION :

代々木八幡 事務所

「この間、高田さんが言ってた通りになりましたね」

事務所の居間でＴＶの電源を入れてから三時間後、三好が嬉しそうに言った。

画面の中では、今しがた終了した別府大分毎日マラソンで注目されていた不破正人《まさと》が、ブッチギリのタイムで勝利して優勝インタビューを受けていた。

「それでは不破選手。まずは、優勝おめでとうございました」

「ありがとうございます」

「それにしても驚異的な記録でしたね。二時間〇分四十三秒。従来の日本記録を、なんと五分も縮めて堂々の世界記録です。それまでの不破選手の自己ベストは、二時間八分二十一秒ですから、ほとんど八分近く縮まっているんです」

インタビュアーは、大げさに驚いたようなアクションを取った後、これからが本題とばかりに真面目な顔を取り繕った。

「先週の大阪国際で高田選手が、やはり自己ベストを八分以上縮めて世界記録を作られました。前日にはお二人を東京で見かけたとの情報もありますが、何か関連があるのでしょうか？」

「まずは僕のことを訊いてくださいよ」

不破は笑いながら冗談めかしてそう言った。

「あ、これは失礼しました。あ——これで不破さんもグランドチャンピオンシップへの出場権を手に入れたわけですが、やはり最終的な目標は来年のオリンピックでしょうか？」

「そうですね。オリンピックも一つの目標ですが、これからはちょっと違うこともやってみようかと……」

「え？」

インタビュアーが素で疑問符を浮かべる。

聞きようによっては、二十歳で世界記録を更新した選手が、世界選手権にもオリンピックにも出場せずにマラソンから離れるかのような言い方だったからだ。

それに気がついた不破は、慌てて付け足した。

「いや、ほら、大学卒業まで、まだ二年もありますから、いろんなことにチャレンジしてみたいなと、まあ戯《ざ》れ言ですよ」

「これからの選手が、いきなりマラソンをやめられるのかと驚きましたよ」

「ははは」

少しおかしくなった空気を元に戻そうと、インタビュアーはお茶の間向けの話題を振った。

「そういえば、高田選手との噂が報じられていますが、実際のところはどうなんです？」

「高田さんを推してきますねぇ。高田さんは怖い先輩ですけど、それ以外は特に……あ、強《し》いて言えばトレーニング仲間でしょうか」

「お二人で何か特別なトレーニングを？」

「ええまあ」

「ええ？　それはどのような？」

「そこは、秘密のトレーニングということにしておいてください」

不破は茶目っ気たっぷりにウィンクをしてみせた。

「分かりました。突然世界記録を叩き出しちゃうようなトレーニングでは仕方ありませんね」

インタビュアーは笑いながらそう言った。

カメラの向こうでＡＤが巻きを指示しているのが見える。そろそろしめようと彼女は最後に用意していた台詞を言った。

「それでは不破選手、最後に何か一言お願いします」

そう言われた不破は、カメラの方へ一歩乗り出すと、拳を突き出して叫んだ。

「キャシー教官！　やりました！　ありがとうございました！」

「え？　ええ？　ちょっと待っ――」

そこでカメラはスタジオへと返された。

「あ、中継が切れたようですね。別府大分毎日マラソンを世界記録で優勝された不破選手の喜びの表情をお伝えしました」

そうして番組はＣＭに入った。

「不破選手って、ああいう性格なのか……」

「まさか生でキャシーの話をするとは思いませんでしたね」

「だけど、マラソン本番の前日にブートキャンプを受講するって、スポーツ選手ってバ……どっかおかしいのか？」

　思わず言い直した俺に苦笑しながら、三好が答えた。

「でも世界記録で優勝しちゃいましたよ？」

「だよなぁ……しかし、こいつら、本当に代々木攻略に力を貸す気なの？」

「それは……どうですかね？　最前線は無理だと思いますけど」

「ふーん」

　とは言え、俺たちも別の意味で最前線に行くのは問題になっている。〈マイニング〉の件があるからだ。まさかこれほど足枷《あしかせ》になるなんて、取得したときには想像もしていなかった。

　世の中は、しばらくセーフエリアの開発にかかり切りになるだろうし、六条《ろくじょう》さんたちも、なんらかのメドが立つまでは二十一層に入り浸りそうだから、〈マイニング〉による新しい層の開拓は難しそうだ。

「そのうちどうにかしないとなぁ……」

「受講者の代々木攻略の件ですか？」

「いや、〈マイニング〉の未確定層の話」

「あー、ちょっと困りますよねぇ。三十一層も鉄になっちゃいましたし」

　物理量方式を試すにしても、何をドロップさせればいいのか分からない。セーフエリアでの生産の絡みがあるから、ここは厳選したいところだろう。

今後の攻略に大きな影を落とすかと思えた〈マイニング〉問題は、この後、思わぬところで解決することになるのだが、それはまだ少しだけ先のことだった。

二〇一九年　二月四日（月）

SECTION：

代々木ダンジョン　相談スペース

その日、十八層から戻ってきた渋チーは、ダンジョンの受付で呼び止められ、別室でＪＡＤＡから出された依頼についての説明を、商務課の職員から受けていた。

「と、そういった依頼がＪＡＤＡ様から来ていますが、お引き受けになりますか？」

「俺たちを名指しで？」

聞いたこともない組織からの依頼に首を傾《かし》げながら、林田《はやしだ》が尋ねた。

「いえ、代々木のトップ探索者の方に依頼したいそうです。林田康生《こうせい》さんのチームを推薦したのはＪＤＡです」

「ふーん。で、ＪＡＤＡってなんだ？」

「日本アンチドーピング機構と言いまして、日本のスポーツ界でドーピング検査等を行っている組織ですね」

「アンチドーピング？　そんな組織が俺たちに何を依頼するって？」

それまでの話を聞いていなかったかのような口ぶりで、喜屋武《きゃん》が疑問を口にした。

「非公式の記録会を行いたいそうです」

「記録会？　なんでそんなものを？」

「依頼目的は、探索者のトップにいる人たちの運動能力が知りたいということのようです」

「ふーん……いいじゃん、林田。面白そうだし」

そう言って林田の肩に手を回した喜屋武が、楽しそうに耳打ちした。

「またまたファンが増えそうなイベントだろ？」

「あのな……で、報酬は？」

そこで提示された金額は、一日のバイト代としては破格だが、ダンジョン探索と比べれば、さほど高額でもない金額だった。

「ちょ、渋くない？」

東《あずま》が眉間にしわを寄せると、喜屋武がそれをなだめた。

「まあまあ、そう言うなよ。俺たちだって実際のところ、どのくらいやれるか興味があるだろ？それに、うまくここでアピールできれば、来年の代表になって一躍ヒーローかもよ」

「来年って、オリンピックか？」

「そうそう。正式な代表が決まるのはこれからなんだろ？」

「いや、そうだけどさ。いくらなんでもその野望はどうなの」

目立ちたがりの喜屋武の話は、現実的な東には荒唐無稽にしか思えなかった。

「ダイケンはどう思う？」

「俺は別にどっちでもいい。大して興味はないが、絶対に嫌ってほどのことでもない」

「よし。じゃ、あとはデニスだな」

「うーん。ま、俺もどっちでもいいかな。そう言うハヤシダはどうなんだよ？」

「そうだな。誰も反対しなかったし、若干一名滅茶苦茶乗り気になっているやつがいるから、一日くらいなら引き受けてもいいか」

「よし！　決まりだな！」

「ありがとうございます。ではこちらが詳細となります」

　そう言ってＪＤＡの職員は、テストの詳細が書かれた用紙を林田に渡した。

「足のサイズ？」

「陸上用のシューズは、ＪＡＤＡで用意するそうですので、サイズを記入してくださいとのことです」

「そりゃ、助かる。ん？　日付に幅があるけど」

「その間ならいつでもいいそうです」

「じゃ、一番早い日にしておいてくれるかな。さっさと終わらせて本業に復帰しないと」

「分かりました。それではそのように手続きをしておきますので、当日直接本蓮沼の国立スポーツ科学センターへ向かってください」

「分かった」

　渋チーがヒーローになる日は近い……かもしれない。

二〇一九年　二月五日(火)

SECTION :

アメリカ合衆国 ニューヨーク ロウアー・マンハッタン チェルシー

七日から、ファッションウィークのウィメンズが、ラルフ・ローレンを皮切りに開幕するニューヨークでは、昨日からメンズがスタートしたこともあって、あちこちでファッションイベントが行われていた。

『君は存在感がありすぎて、服が負ける』

ディレクターに言われた言葉を、なんとなく反芻《はんすう》する。

『君の存在感に対抗できるのは、ショーの目玉くらいなものだが――』

新人でキャリアもないのに、いきなりそんな服は回ってこない。

オーラが欲しくてダンジョンにこもったのに、今度は存在感がありすぎてＮＧだなんて。

彼女はその皮肉さに、くすりと笑った。

毎日が夢のように過ぎていったが、ここに来てみないと分からないことも数多くあった。

様々なファッションイベントに対する抗議デモなどもそうだろう。

とは言え、一、二年前までは環境負荷の高いファッション業界に対する抗議デモなどが激しく行われていたらしいが、前回のファッションウィークから、英国ファッション協会が毛皮の使用を禁止したり、サスティナブル対策に力を入れたりしたことで、そういったデモも激減したらしい。

そのせいか今年は、ファーを使わない代わりにフェザーを利用したラグジュアリーブランドが増えていた。鳥と獣にどんな違いがあるのか分からなかったが、今、彼女が考えていることはたった一つだった。

あの羽を美しく見せるにはどうしたらいいだろう。

遥《はるか》は言ってみれば技術者だ。

着せられた服をいかにデザイナーの意図通り見せるか、それが自分の仕事なのだ。着せられた服の素材の硬さや性質は気にしても、それが何でできているのかを気にしたことはあまりなかった。だが素材に対する理解も、もしかしたら必要なのかもしれない。

存在感を消して歩く。まるで服だけがその存在を主張しているように。

しわの寄り方、ドレープを美しく見せる距離角度、そして加速度。

観客の視線を引きつける緩と急——

深く、深く思考の海に沈んでいた彼女が、はっと気がつくと、メイン会場の一つになる、チェルシーピアーズのスタジオ59のベンチの前で変な仏像がこちらを見ていた。

あまりのおかしさにその写真を撮って「へんなぶつぞー」と書いたメールを涼子に送ったところで、芳村《よしむら》たちにも何かを送ろうと思い立った。

そう言えばもうすぐバレンタインだ。

彼女はスマホで、チョコレートショップを探し始めた。

SECTION :

市ケ谷　ＪＤＡ本部

「初めまして、佐山と申します。今回はよろしくお願いいたします」

そう言って手を差し出したのは、少し顔色の悪い細面で眼鏡をかけた、いかにも学者然とした男だった。

「初めまして、芳村です。こちらはパーティメンバーの三好です。こちらこそよろしくお願いいたします」

彼は先日ＪＤＡに依頼を申し込んだ農研機構の研究者だ。

依頼の詳細は聞いていないが、護衛依頼だということらしい。本来ならもっと大人数のパーティに依頼する内容に思えるが、対象人数が少なかったことと、実際にオレンジを持ち帰ったパーティに依頼したいという先方の希望でお鉢が回ってきたらしい。

（しかし、本当に初心者っぽいぞ）

（ほら、鳴瀬さんたちって、〈収納庫〉やアルスルズのことを知ってますから）

（あー、大人数のパーティじゃなくても大丈夫だと思われてるってことか）

「まずは契約内容の確認ですが――」

指名依頼の仮契約はＪＤＡと依頼者の間で交わされている。

料金は、ＪＤＡに標準的な計算式があるのだが、著しく問題のある金額になる場合は、相談のもとに決定するということになっているそうだ。実は今回はこれに当たるということで、直接面会することになっていた。

「契約内容は、研究者一名をできる限り安全に二十一層に連れて行って、活動後、地上へと連れて帰ること。また、ダンジョン滞在中の一般的な食と住の提供。それでよろしいですか？」

「はい」

「活動というのは何を？」

「主要なものは、ＪＤＡさんに同定を依頼された柑橘の枝を持ち帰ることです」

「枝？」

「はい。あまりに不思議な柑橘だったので、果樹茶業研究部門で挿し木してみようということになりまして」

　俺は鳴瀬さんを見て、ＪＤＡ的にそれが許される行為なのかどうかを確認した。

　彼女は微かに頷いてＪＤＡがそれを許可していることを教えてくれた。

「分かりました。まあ、ダンジョン内でホテルや旅館のような待遇を期待されても困りますが、標準的な探索者の待遇くらいでしたら大丈夫でしょう」

　緊張をほぐそうと、軽いノリで言った俺のセリフを、佐山は神経質そうに眼鏡のブリッジを押し上げ、瞬きをしながらまともに受け止めた。

「よろしくお願いします」

　俗に言う護衛依頼というやつは、道中の安全を保証するのが仕事で、対象者の仕事にはタッチしない。以前はその境界が曖昧だったらしいが、内容をめぐるトラブルが起こってからは、ノータッチが基本になったそうだ。もちろん手伝いのためのオプションが設定されていれば別だが。

「では、こちらにもサインをお願いします」

俺は三好から受け取った書類を彼に差し出した。

「なんです、これ？」

「ＮＤＡです。この探索の間に見聞きした我々の情報には守秘義務が生じるというものですね」

「守秘義務？」

「例えば、彼女が魔法を使ったとします」

俺は三好を掌《てのひら》で指して言った。

「え？」

「あなたは、彼女がその魔法を使ったことを誰にも伝えることができません」

探索者のスキルや行動は、基本隠蔽《いんぺい》される傾向にある。

誰しも切り札は他人に知られたくないからだ。それが命に関わるとなれば、なおさらだ。

「もし、伝えた場合は？」

「活動に支障が生じたとして、過去一年分の我々の収入と同額が賠償金額となります」

「え？　一年分ですか？」

「はい。本来ならそれ以降の探索活動全体に関わる問題なのですが、さすがに生涯年収の減額分を請求するのは躊躇《ためら》われましたし、計算も難しいので一年分としました」

「すでに周知の事実の場合は？」

「例えば彼女が〈鑑定〉を持っていることは、周知の事実ですので、そういう情報はＮＤＡの範囲外です。もっとも〈鑑定〉の詳細については、ＮＤＡに含まれますのでご注意ください」

「分かりました」

　別にそんな話を他人に吹聴するつもりはなかったし、多くても一千万くらいだろうと、佐山は漠然と考えてサインした。単一パーティの過去一年分の収入が、今年に限って言えば、バーレーンの歳入規模に匹敵するなど、夢にも思わなかったからだ。

　ＮＤＡの締結が終わると、鳴瀬さんが後を引き取った。

「それで、依頼料のことですが――」

「え？　商務課の方に、指名依頼の標準価格の算定根拠は伺っていますが」

「おそらく商務課では、指名依頼の標準価格は、そのパーティがダンジョン関連で得た過去一年間の収入の日割りを基本として算定するとご説明したと思いますが――」

「そう伺いました」

「ただ、その算定方法で金額に問題が生じる場合は、契約時にお互いの話し合いで合意を得るのが通常の手続きとなります」

「問題？　プラスアルファが必要だということでしょうか？」

　佐山は自分たちの依頼を振り返ってみた。

　なにしろ初心者丸出しの一般人を、つい最近までは深層と呼ばれていた二十一層まで安全に送り届ける仕事だ。危険割り増しがあってもおかしくはない。

　それを聞いた鳴瀬さんは、首を振った。

「佐山さん。Ｄパワーズの過去一年間の収入を日割りにすると、大まかに言って十二億〜十三億円になるんです」

「は？」

　佐山は自分の耳を疑った。

　日給十二億？　イラクディナールでもソマリアシリングでも、絶賛下降中のボリバル（注14）でもない、日本円で？　それは仮にボリバルだったとしても支払えるような額ではなかった。

　もし、それが本当なら……と、そこで彼は、先ほど交わしたＮＤＡの内容を思い出した。

「ちょ、ちょっと待ってください。じゃ、さっきのＮＤＡの違約金って……」

「四千五百億円ちょっとですね」

「うぞっ……」

　佐山は目を点にして固まった。

「まあそれは守秘義務を守っている限り課せられないわけですから問題ないとしてですね、さすが

（注14）　ボリバル
ベネズエラの通貨。

二〇一八年の十一月くらいまでは一円が〇・七ボリバルだったが、あっというまに急落して、ちょうどこの頃は、三十ボリバル弱程度になっていた。その後に続く史上最速のインフレは記憶に新しい。

に標準価格での依頼には無理があると思うのですが」

佐山は、大慌てで頭を上下に振った。

「い、一般的に今回のような仕事をされる探索者さんの収入はどのくらいでしょう？」

「そうですね。パーティ単位ですと、一日の最低ラインが二十万円くらいでしょうか」

月に二十日稼働するとして、一日二十万なら月収四百万だ。

大金のように思えるが、六人パーティなら、一人六十六万程度にしかならないわけで、二十層を越えられる探索者の収入としては格安といえた。

しかし、それはあくまでも最低価格だ。

佐山は多くても百万円程度で収まるだろうと考えていたが、最低ラインが二十万だとすると、どう考えてもそんな金額で収まるはずがない。なにしろ依頼した相手の日収は十二億なのだ。金額だけなら最上級のパーティだと言えるだろう。

「ちょ、ちょっと上司に連絡して予算を確認してまいります。少しお待ちいただけますか？」

「はい。会議室内は携帯が使えませんので、ロビーでどうぞ」

「分かりました」

そう言って、佐山は汗をかきながら部屋を出ていった。

「鳴瀬さん。彼、まさかあのまま潜られるんですか？　せめて初心者セットくらいは用意していただかないと……」

「それを芳村さんが言いますか」

彼女は思わず苦笑した。

確かに普段着でふらふらと入ダンしていたのは自分だが、あれはダンジョン内のことをよく知らなかった頃の話だし、さほど危険のない一層にしか行かなかったからという理由もある。

それでも、二層以降ではフロアに比して防具が貧弱だと、親切心を全開にするおせっかい探索者は非常に多く、俺たちも散々アドバイスという名の説教を受けた。

今回の行き先は二十一層だ。そこで防具なしは、探索者のおせっかい心に火を付けるのに十分だろう。

「護衛依頼では、護衛対象の服装に規定はないんです。それが原因で負傷した場合は自己責任ですね」

「意外と厳しいんですね」

「危険地帯へ行くのに準備を怠ったのが原因で負傷したら、大抵は自己責任だと思いますよ」

サファリパークで、勝手に自動車から出てライオンに襲われたら、それは外に出た者の責任ということだろう。

その時、部屋の外から、バタバタと走る音が近づいてきた。

「戻ってくるにしては、早くないですか？」

三好がそう言った瞬間、勢いよくドアが開くと、赤毛の髪を無造作にカットした、エネルギーにあふれている男が飛び込んできた。

『ひゅー、どうやら間に合ったみたいだぞ』

「え、ロビン・ウィリアムス？」

その男の顔を見て三好が思わずそうこぼした。確かに似ているが、もっと似ている肖像画を見たことがあるぞ。

「というよりこれは、あの偉大な……」

「ああ！」

「「ガウスだ！」」

俺と三好は顔を見合わせながらそう言った。

そう、その顔は、クリスチャン・アルブレヒト・ジェンセンが描いた数学者のガウスにとてもよく似ていたのだ。髪型は違っていたが。

『ガウス(注15)？　惑星怪獣のことかい？』

『怪獣？』

『あれ？　去年までクランチロールでやってたけど、あれって、日本のトクサツじゃないの？』

研究機関の人（？）がクランチロールで特撮をチェックしてるとは、時代だなぁ……

『いや、俺たちが言ったのは、数学者の方ですけど……』

『そいつは光栄だ。そういやちょっと似てるかもしれないな』

まんざらでもなさそうに、彼は顎に手を当てて微笑《ほほえ》んだ。

『ミスター・アーガイル。挨拶どころかノックもしないで、何をやってらっしゃるんですか』

飛び込んできた男の後から、シックにモノトーンでまとめたファッションに身を包んだ、いかにもできる女然とした背の高い女性が現れて、彼の行動に突っ込みを入れた。

『あ、これは失礼。あー、私はネイサン＝アーガイルだ。ネイサンと呼んでくれたまえ。ここはＤパワーズの打ち合わせに使われている部屋であってる？』

「ネイサン＝アーガイルって……」

鳴瀬さんが驚いたように目を見開くと、つかつかと彼の前に出て言った。

『失礼ですが、ＤＦＡのアーガイル博士ですか？』

『そうだ。君は？』

『ＪＤＡのミハル・ナルセと申します。Ｄパワーズの専任管理監を拝命しています。博士が来日されるという話は、私も耳にはしていましたが、どうしてここに？』

ＷＤＡの大物が来日するとなると、通常その相手をするのは国際協力課だ。

この課はダンジョン管理部の下にある課で、主にＷＤＡとの連絡や連携を行っている。

『もし、場所をお間違えなら、国際協力課までご案内させていただきますが』

『いや、目的はここで間違いない。デミルから聞いたんだが、今日ここでＤパワーズの指名依頼の話が行われてるんだろう？　二十一層へオレンジを取りに行くっていう』

「デミル？」と、俺が首を傾げると、鳴瀬さんが、「デミル＝アンダーソンは国際協力課の課長で

（注15）　ガウス
ウルトラマン80、十九話に登場する怪獣の名前。

す」と簡潔に教えてくれた。

『確かにそうですが、それと博士がここにいる関係がよく分からないのですが』

『簡単さ。私たちも便乗させてもらおうと思ってね』

『はい？』

「おい、三好。今便乗がどうとか言わなかったか？」

「奇遇ですね、先輩。私にもそう聞こえました」

『お待ちください博士。今は、指名依頼契約の真っ最中ですよ。便乗と申されましても……』

『固いこと言うなよ。ちょっとだけだよ。な！』

彼は、親指と人さし指で小さい隙間を作ると、片目をつぶって笑みを浮かべた。

「なんだか、滅茶苦茶フリーダムな人っぽいぞ」

「このいい加減さで、よくＷＤＡの偉い人になれましたね……」

『普段は、きちんとした方なんですけど、今回はちょっと舞い上がってまして』

俺たちの話を聞きつけたのか、彼に付いてきていた女性が、済まなそうに言った。

『え、日本語が――』

『少しですが』

さすがにＷＤＡ本部。主任研究員クラスのアシスタントは、ドクトレート（博士号）以上に語学力が重要視され、三か国語が最低ラインだと後で鳴瀬さんが教えてくれた。

アーシャもそうだったけれど、多少なりとも日本語が話せる人は意外といるようだ。うかつなこ

とは言えないな。

『それはどうも失礼しました。私はＤパワーズのケイゴ・ヨシムラです。彼女はアズサ・ミヨシ。ワイズマンって言うほうが有名ですけど』

『うわぁ、ご高名は存じております。私は、シルクリー＝サブウェイです。博士のアシスタントをしています。シルクリーとお呼びください』

　ご高名ときたか。さすがはワイズマン。その名前は、ＷＤＡにも鳴り響いているようだ。

　鳴瀬さんと博士が微妙に噛み合わないやり取りをしている間、俺たちはシルクリーさんから、彼が今回来日した理由について説明を受けていた。

『じゃあ、あのレポートを読んだんですか？』

『はい。最初はなんの妄想かと思いました』

　そのストレートな物言いに、俺たちは思わず吹き出しそうになりながらも、至極もっともな話だと頷かざるを得なかった。

『確かに。私たちも、自分たちの身近で、それが起きるまでは信じられませんでしたから。それにしても、いきなり主席研究員の方がいらっしゃるとは』

『それは――』

『そこから先は、私から話そう』

　鳴瀬さんと身振り手振りを加えながらやりとりをしていたアーガイル博士が、急にこちらを振り返ると、そう言って近づいてきた。

『アズサが提出したダンジョニングのパテントに関する申請は、各種研究機関で追試の最中だが、それよりも大きな反響を呼んだのが、添付されていたレポートだ』

『ああ』

例の『ダンジョン内作物のリポップと、現行作物のダンジョン内作物への変換』か。

『ことにＦＡＯ（国際連合食糧農業機関）のボズがうるさくてね』

『ボズ？』

『ＦＡＯのＡＧ（農業消費者保護局）に所属しているアンブローズ＝メイガス博士です』

ボスの聞き間違いだろうかと首を傾げた俺の様子を見て、シルクリーさんが解説してくれた。なるほど、ambrose → brose → boz ってわけか。

『例のウケモチ・システムとやらにひどくご執心ってわけだ』

『パテントはともかく、ウケモチ・システムについては、先物市場の混乱などを心配しているんですが、大丈夫でしょうか？』

『ボズに言わせれば「世界から貧困が、少なくとも食の上では消滅するかもしれないというのに、ブルジョアどもが流通を牛耳って遊んでいる市場がどうなろうと知ったことか」、だとさ』

『ええ⁉　本気ですか⁉』

この人たち、アナーキストか何かなのか？

先物市場は本質的にヘッジ市場だ。だが、高価格で推移している現在の穀物市場を睨んで、先物市場で買い持ちしている人々は多いに違いない。もし、この情報で、穀物価格が暴落したりしたら、その人たちは大損を——

『まっとうにリスクヘッジが目的で先物を運用しているのだとしたら、上がろうと下がろうと大した問題じゃないさ。それがリスクヘッジというものの本質だろう？』

言われてみればその通りだ。それで儲けようなどと思っていない限り、ただ上振れするリスクが発生せず、保険代が無駄になっただけに過ぎない。だんだん俺もそんな気がしてきたぞ。

『まあ、リスクヘッジ以外が目的のやつらにとっちゃ、どうだか分からないけどな』

そっち方面のほうが、恨みパワーも実行力も大きい気がするんですけど。

『実際、地球上の食料は、穀物に関していえば、全人類を賄える程度に作られている。しかし、問題は偏在だ。ＦＡＯの報告は？』

『いえ、お恥ずかしいことに』

『心配ない。世界の大勢は君たちと同じで、そんな報告書に目を通したりはしないよ』

博士がそう言って説明してくれた内容によると、世界は、総人口の継続的な増加と途上国を中心とした所得水準の向上に伴う食用・飼料用需要拡大に加えて、バイオ燃料原料需要の増加に伴い、今後も需要が供給を上回る状態が継続して食料価格は高止まりするという。

そして、各地域とも生産量は拡大する見通しにもかかわらず、アジア・アフリカ・中東地域において、それは消費量の伸びを下回ることになるそうだ。

『その結果、アジア・アフリカ・中東地域の純輸入量が拡大して、食料の偏在化傾向は拡大していくことになるだろう。そこでこれだ』

彼はシルクリーさんから折りたたんだ紙を受け取ると、それを机の上に広げた。

『これは？』

そこに広げられたのは、世界地図だった。

『赤いバツが、世界中で確認されている一次ダンジョンの位置だよ』

世界中のダンジョンは、ほぼ一日の間に現れたとされている。それらのダンジョンは、便宜上一次ダンジョンと呼ばれていた。

それ以外に、年にいくつかずつ増えていくダンジョンは、二次ダンジョンと呼ばれている。

一次ダンジョンは、北緯三五～四〇度あたりを中心に散らばっていて、エリアＩＤが増えていくほど両極方向へ広がっていた。さらに不思議なことに、人がまったくいない地域を避けるように配置されている。

もっともそれは、人がいないから見つかっていないだけなのかもしれないわけだが、そう考えて探しに行った探検隊の成果は、三年経った現在でも、ほぼゼロだ。

『こうしてみると、日本が特に多いのも不思議だね』

彼は、指で太平洋上の北緯三五度線を日本の方へ辿《たど》りながらそう言った。

『まるで、太平洋を渡ってきたダンジョンを作る何かが、日本にぶつかって、南北に分かれたようじゃないか』

博士の指は、日本にぶつかると、そのまま日本列島を南に辿り、東南アジア方面へと進んでいった。そうして、その面積に比して、発見されているダンジョンの数がとても少ない東アジアに、くるりと指で丸を描いた。

『そして青いバツが二次ダンジョンだ。こいつも不思議なことに、二次ダンジョンは、巨大な一次ダンジョンの傍《そば》か、そうでなければ――』

　彼はサヘル地域を指さした。そこには、先日話題になった、ダーコアイダンジョンを始めとする四つの青いバツが記されていた。

『――貧困地域にできることが多いんだ』

　確かに世界の貧困地域に青いバツが散見される。

『まるで、ダンジョンが、この発見のためにそれを作ったみたいにすら思えるね』

　彼は冗談だか本気だか分からない様子で、そう言った。

　それを聞いた鳴瀬さんが、博士の話に割って入った。

『お待ちください。お話は分かりましたが、それは博士がこの場に来られたことに直接関係はないように思えますが……』

　確かにそうだ。ＦＡＯがどう考えているのか知らないが、ウケモチ・システムの実用化に関しては、実務者レベルの人員が派遣されてくる方が自然だ。いくらＦＡＯのボズとかいう人と知り合いらしいとはいえ、ＤＦＡの主席研究員じゃ畑違いと言ってもいい。

『何と言うか――とある問題があってね、実はそのことを話しに来たんだ』

『とある問題？』

　ＤＦＡが問題と言うからには、食品として何かがあったということだ。しかも直接相談が必要なほど重要な何かが。

　彼は鳴瀬さんに顔を近づけると耳打ちするように囁いた。

『この部屋の防諜《ぼうちょう》は？』

『防諜⁉　防音じゃなくてですか？』

　携帯の電波は届きませんけどと言う鳴瀬さんの言葉に、博士は小さく肩をすくめると、顔をつきあわせるようにして小さな声で話し始めた。

『君たち、あれを食べてみたかね？』

『え？　ええ、まあ一応は』

『何か変化は？』

　それを聞いた俺は不安げに眉根を寄せた。

　変化と言うからには、なにか特殊な現象が確認された可能性が高いからだ。

『お腹《なか》を壊したりはしませんでしたし、その後も特には……何か問題が？』

『うろこが生えたり、尻尾が生えたりは？』

『はぁ⁉』

　俺は驚いて博士を凝視したが、いたずらっ子のような顔で笑っているのを見ると、どうやら冗談のようだ。

『角なら生えそうですね』

『悪い悪い。実はね――』

真顔に戻った彼の（注16）話は、実に驚くべき内容だった。

『Ｄカードを――』

『――取得してしまう？』

俺と三好は思わず顔を見合わせた。俺たちの周りで、あれを口にするような関係者にＤカードを所有していない人はいない。だから、まったく気がつかなかったし、そんなことは想像もしていなかったのだ。

「でも先輩、もし本当にダンジョン産食物がステータスに影響を与えるんだとしたら、あり得なくもないと思いますけど」

Ｄカードを所有していない人間にステータスは存在しない。少なくとも計測はできない。だがダンジョン産食物がステータスに影響を与えるとするならば、体内蓄積値が一定量を超えた瞬間、Ｄカードを取得したとしても不思議はないのかもしれない。

『驚くべき現象だということは分かりますが、それだけだというのなら、博士がわざわざ来日してまで直接伝えるほどのことですか？』

三好が不思議な顔をして訊いた。

『本来なら、その答えはＮＯだね』

人類がＤカードを取得しようとした大きな原因はスキルオーブだ。

会員制の宝くじに当選するためには、まず会員にならなければならないのは当たり前だ。だが、入会試験の難易度がそれなりに高かったために会員になれなかった人は多かった。

その流れで行けば、食べるだけでDカードを取得できるダンジョン麦は福音だ。だが――

『食べるだけでヒトとは別の何かになってしまう食べ物、なんて視点だと、忌避感があるかもしれませんけど』

『その視点ってやつが問題なんだ』

この現象は、ダンジョンを肯定的に捉えるなら、人類に対する福音だが、否定的に捉えるなら、人類に対する侵略だと言うこともできるだろう。

『ですがダンジョンについては、どちらかといえば肯定派の方が主流って気がしますが』

人が多く亡くなっていた初期の頃はともかく、ある程度落ち着いた現在では、そこから得られる利点の方が大きいと見なされている。プロ探索者はそれなりに稼げる仕事だし、上位陣には憧れの対象になるような人も多く、子供のなりたい職業ランキングの上位にも、そろそろ顔を出しそうな勢いだ。

『まあ、そうだね』

（注16） 彼の話

お詫び。

実は三好と芳村がダンジョン小麦の副作用を知るシーンは七巻のSSに書かれているのですが、本編内にその話がないとSSを読んでいない人が混乱してしまうのと、本編にSSを丸ごと含めることもはばかられたので、SSのあのシーンはなかったことにしてください（ぺこり）、もちろんSSが再録されることがありましたら、修正しておきます！

『でしたら――』

　ネイサン博士は、俺の言葉を手で遮ると、鞄《かばん》の中からバインダーノートを取り出して、確認するようにそれを開いた。

『君たちのウケモチ・システムは、確かに素晴らしいよ。うまくすれば、世界に横たわっているある種の問題を解決してしまう可能性を秘めている』

　一台のウケモチ・システムで生産される穀物の量を考えれば、台数によっては、ダンジョンのある貧困地域の食糧問題を解決する可能性は確かにあるだろう。実際に普及させるためにはハードルも多いだろうが。

『それに、それを食べなければ飢えて死ぬなんて立場に置かれた人間が、ただＤカードを取得するからというだけの理由で、それを食べないなんていう選択肢はまずあり得ない』

　それを飲まなければ死ぬという状況なら、泥水だってすするだろう。将来の腹痛を心配するより、今の渇きを癒やす方が重要だからだ。

『他に影響がないとしたらなおさらだね』

　探索者五億人に向けて血道を上げている国も多い。それだけダンジョン産の食物に期待しているということだ。

『だが、世の中には、他人の命を、人道的な価値観を利用するための都合のいい駒くらいにしか考えていないバカが大勢いて、アズサのレポートは、そういう類いの人間を刺激したようだよ』

『刺激？』

『ダンジョン産食物に反対する奇妙なムーブメントが起こり始めているようだ』

『え？　そんな運動が起こるほど普及していますか？』

パラパラと持ち込まれる、食用になるかもしれないアイテム——例えばポーションなども最初はそういう扱いだった——の分析でＤＦＡ自体はそこそこ忙しいらしいが、本格的にダンジョン産食物だといえるようなものが、社会に普及したなんて話はついぞ聞いたことがない。

　せいぜいがオーク肉くらいのものだが、これにしたって、ごくわずかな量しか流通していないし、もっと言えば、流通していると言えるかどうかすら怪しいレベルだ。そんな運動が起こるほど世界に影響を与えているとは、とても思えない。

　ネイサン博士も顔を横に振って否定した。

『ダンジョンが原因で発生する格差の問題や、その出現がもたらす急激な社会変動を原因とした社会運動というのは、旧時代のマルクス主義理論や集合行動論で説明しようと思えばできなくもないだろうが、資源動員論の観点から考えても、社会運動が発生するほどの資源が自然に蓄積されていたとはとても思えない状況だ』

『つまり、誰かが意図的に？』

『おそらくそうだね。そういう状況で、ダンジョン産食物の摂取による目に見える副作用は、いかにもプロパガンダに利用されそうな現象だってことさ』

　視点によってどちらにでも転びそうな内容だけに、先に植え付けられる印象は強い。ポジティブな世論を形成しようと、様々な資料やデータを準備している間に、感情のみに訴えるネガティブなパフォーマンスで印象を植え付けられたとしたら、その普及には大きな障害になるだろう。

聞けば博士は、この現象の発覚を遅らせるために、わざわざすべての麦を処分した後、動物実験用の麦を採取に行くという名目で来日したらしい。言ってみれば時間稼ぎだ。その間に関係機関がなんらかの対策を取るのだろう。

「どう思う？」

俺は三好に日本語で訊いた。

「個人的なレベルの話をすれば、ここでダンジョン産食物にネガティブな印象が付いたところで、うちにはたいした影響がありません」

確かにそういったムーブメントが大きくなったところで、俺たちに直接の被害はない。せいぜいが、今まで投資したあぶく銭がパーになるかもしれないだけだ。

これが本当に影響を及ぼすのは、ウケモチ・システムに期待しているらしいＦＡＯや、その恩恵を受けられたはずの貧困地域に住む人たちだろう。

だが、幸いこのシステムはまだ普及どころか正式に発表すらされていないから、仮にそれがダメになったところで、その人たちの現状は今と同じだ。大きな影響はない。

「ですけど――」

「なんだ？」

「一見大きな影響がなさそうに思えますが――もしも、この裏に誰かがいたとしたら、そのさじ加減一つで超飛び火しますよ」

「なんだよ、超飛び火って」

俺はその頭の悪そうな表現に思わず苦笑した。

「さっきネイサン博士が仰ったじゃないですか、この社会運動には資源が足りないはずだって」

「それで？」

「社会運動の資源は、言ってみれば金と人とネットワークです。社会にそれほど影響を与えていない問題に対して社会運動を起こそうとする人が用意できるのは？」

「まあ、カネだろうな」

ネットワークはともかく、人については賛同者がいないだろう。アルバイトでサクラを雇うという手もあるだろうが、そんな運動が大きなムーブメントになるはずがない。せいぜいがマスコミ向けの道化芝居だ。

「そうです。そしてそのさじ加減を間違えると、この運動は、先輩が気にしていた探索者と非探索者の分断に繋がるんですよ」

「なぜ⁉」

俺は思わず腰を浮かした。

ダンジョン産の食物に忌避感を抱かれたところで、探索者が排除されるというのは論理に飛躍がありすぎる。ステータスの増加にしたところで、ダンジョン産の食物を摂取した結果、目に見えて何かが変わったなんて報告はないのだ。あくまでも噂レベルに過ぎない。

『どうかしたのか？』

　俺の勢いに、何事かと驚いたネイサン博士に、今の三好の話を簡単に説明した。

『いいですか、先輩。アメリカはフロンティアスピリットにあふれた国ですが、十分裕福になった国でもありますから、ダンジョンができた当初、何人かが犠牲になった後は積極的にダンジョン探索をする人が少なかったんです』

　興味本位にダンジョンに入った結果、戻ってこなかった数がそれなりにいて、かつ大きく報道されたとすれば、いかに無謀な人間でも躊躇くらいはするだろう。関わり合いになりさえしなければ、今の生活にはなんの影響も出ないというなら、なおさらだ。

『その結果、グリーンカードの技能者枠に探索者枠が作られたんですよ。しかも取得までの期間は、たったの二か月』

　現職のハンドラー大統領は、不法移民にはとても厳しい政策をとった人だ。移民にもかなりの制限を課したようだから、合法的に入国できる探索者枠が大人気だったことは想像に難くない。

　しかも、通常のＤＶ抽選永住権なら、下手をすれば年単位で時間がかかる。それを、自分の国でＷＤＡカードを取得して申請するだけで、わずか二か月後には永住権をゲットできるとなれば、申請が殺到してもおかしくはない。

『それで、ダンジョンがある地域には、難民というか移民がどっと押し寄せたわけです』

『ＢＰＴＤがあるＮＹは大人気だったろうな』

『ただでさえ、人種のサラダボウルなんて言われてますし、ＮＹは民主党が優勢でリベラルっぽい人が多いですから』

『それは分かったが、それとダンジョン産食品の排斥運動にどんな関係があるんだ？』

『これに、アメリカの農業に携わる季節労働者が関わってくるんです』

アメリカ、特にカリフォルニアやフロリダあたりの大農園で働く季節労働者の半数は、実は外国人労働者だそうだ。だが、ハンドラー大統領の政策で、この人員が大きく足りなくなっていたところに、探索者枠の労働者が殺到したらしい。

『その結果、労働者の大部分が探索者枠に置き換えられて、国内の失業者が激増しました』

『なるほど……』

探索者を一年もやれば、ステータスのこともあって、色々な意味で優秀な人材になる。ブルーカラーではそれが特に顕著だろう。雇う側としては、国粋主義者でもない限り、同じ給料なら優秀な人間を雇いたいはずだ。

その結果、探索者枠の人たちが、探索者をやっていない人たちから、仕事を奪っていったように見えたであろうことは容易に想像できた。

『仕事の奪い合いや、文化的なすれ違いの結果、愛国主義者が台頭するわけだ』

『定番の流れですね。そういうわけで、移民排斥問題を中心に、社会運動資源としての人とネットワークには十分な蓄積があるはずなんです』

『そこに今回のカネが流れ込むかもってことか』

『ダンジョン産作物と結びつけようとしたら、探索者を繋ぎにするのが自然でしょ？』

本来ならダンジョン産食物の排斥運動だが、金が流れ込む先によっては、移民排斥運動に探索者排斥のカバーを被《かぶ》せて活動するかもってことか。

『他にも、ＢＩＧ４（アメリカの４大プロスポーツリーグ）の台頭選手が探索者上りで占められたり、社会の色々な場所で、探索者の後塵《こうじん》を拝するようになると、まるで自分たちが劣っているもののように感じられ始めるそうだよ』

黙って三好の話を聞いていたネイサン博士が、そう付け加えた。ＷＤＡの社会学研究者も類似の見解を示しているそうだ。

『裏にいる人が誰だかは知りませんが、フレーミングを間違えると、野火は果てしなく広がって、手に負えない事態になるかもしれません』

そこまで騒ぎが大きくなれば、ダンジョン産作物は、口にしただけで敵に同化する悪魔の食物になりかねない。しかも、一度行ってしまえば、二度と戻ってはこられないのだ。ゾンビに齧られるとか、吸血鬼に噛みつかれるとか、感覚的にはそういうものと同じだろう。

異界の食物は、多くの神話や物語で元の世界に帰れなくなる原因だ。イザナミもペルセポネーも、そうして異界に縛られた。

そういった話が、感情的に受け入れられやすい文化的な素地はあるのだ。

『んで、裏にいそうなのは誰なんです？』

『アズサのレポートがすでに出回っているとして、利害の問題から、一番過剰に反応しそうなのはバイオメジャーだな』

ウケモチ・システムが普及して、最大の被害を受けるのは種子の供給者であることは確かだが、遺伝子組み換え作物で、散々敵対してきた同士が結びつくだろうか？

『そういう運動とは相容れないポジションのように思えますが……』

『先輩、昨日の敵は今日の友って言うじゃないですか』

いや、どう考えても今日の敵だろ。

『自分たちが散々やられているから運動家の情報にも詳しいだろうし、上手くすれば、遺伝子組み換え作物からダンジョン産作物に矛先をそらすことができると考えたかもしれないぞ』

『すみませんが――』

それまで黙って聞いていた鳴瀬さんが、椅子から立ち上がって声を上げた。

『博士は、Ｄパワーズが提出したパテントの調査と、試験用の麦の採取のために来日されたんですよね』

『まあ、建前はそうだね』

『大変興味深いお話でしたが、それとは関係ないのではありませんか？』

『直接的には、その通り』

『では、そのお話はそこまでにしてください。今は指名依頼の契約中です』

そう言って、鳴瀬さんが視線を向けた入り口には、佐山さんが所在なさそうに立っていた。

『彼は？』

『今回の依頼者です』

　三好が、そうネイサン博士に説明した。

「え、えーっと。お邪魔では？」

　佐山さんは恐縮しながらそう言った。

「佐山さんとの契約中です。邪魔なのはこちらの方々ですから、どうぞご遠慮なく」

　鳴瀬さんがにこやかにそう言った。

「それが、先ほどの件を上司と相談したんですが……」

「はい」

「最大で一日十万円以上の経費は難しいということでして……」

　なにしろ年度末も近い。多少は予備費があったとしても、潤沢とは言えないのだろう。

「その金額で、二十層から先への護衛依頼というのは、おそらく引き受け手がいないと思われますが……」

「そうですか……仕方がありませんね、とりあえず私が私費で建て替え――」

『なんという好都合な展開だ！　これぞ天の配剤か！』

　佐山さんたちの様子をシルクリーさんに翻訳してもらいながら聞いていた博士が、突然話に割り込んだ。さすがの鳴瀬さんも、その唐突さに眉をひそめた。

『アーガイル博士……』

『そう渋い顔をするな、ミハル。話は聞いたぞ、その男の――あなた、名前は？』

『え？　私ですか？』

　突然名前を聞かれて、焦った佐山さんは少し噛んだ。

『シ、シゲル・シャヤマです』

『そうか！　シゲル、私は、ネイサン＝アーガイルだ。今回はよろしく頼むよ！』

『は？　よろしく？　今回⁇』

『依頼料で揉めているのだろう？　共同依頼にしてくれるなら、依頼料はこちらで持とうじゃないか。二十層へ行ける探索者なら、一日三千五百ドルから四千ドルってところだろう？』

　おお、さすがはアメリカ。こっちの最低ラインの倍くらいが相場なのか。もしかしたら護衛人数が三人だからなのかもしれないが。

『え。そ、それは助かりますが……いきなりなぜです？　何か条件が？』

『なに、後からこちらが割り込むのだ。先にちょっと二層まで行かせてもらえれば問題ないさ』

『二層？　それでしたらもっとお安く――』

『他の探索者じゃ困るんだ。Ｄパワーズを拘束するという点では同じだから心配するな』

『はぁ……』

　何がなんだかよく分からないといった体で、佐山さんが曖昧に頷いた。

『二十層って……ネイサン博士のダンジョン探索歴はどうなってるんです？』

　念のために俺が訊くと、彼は自信満々に胸を張った。

『これでもＷＤＡの主席研究員だからね！　もちろん――』

『素人です。博士の最高到達回数は、記録によるとＢＰＴＤの一層ですね』

どや顔をしているネイサン博士を尻目に、シルクリーさんが補足した。

『博士の専門は、ダンジョンから算出した食料の分析と同定、後は安全性の確認と、社会学的な研究への提言ですから、ダンジョンに入ることなどほとんどないんです』

『はい？』

「完全な素人三人を連れて二十一層か……」

「どうせ断れませんよ。諦めてください」

三好がため息をつきながら、ＮＤＡの英語版を取り出した。

「あの、あまりにイレギュラーな話ですから、お断りすることもできると思いますが……」

鳴瀬さんにそう言ったが、ネイサン博士は、もはや契約は成ったものとばかりに、向こうで佐山さんと親交を深めているようだった。

「ここで断っても、職権を乱用して依頼をねじ込んできそうですし……まあ、ＪＤＡさんへの貸し一つってことで」

「先輩。ここは恩返しってことにしておいた方がよくないですか？」

そういえば最近うちのせいで天手古《てんてこ》舞いがどうとか言ってたような……だけど——

「この依頼を引き受けても、あんまり恩に着てくれそうにないぞ」

「引き受けても断っても実務に関係なさそうですもんねぇ……」

三好が差し出したＮＤＡを、博士は、ろくに文面を読みもせずにサインした。

シルクリーさんが苦言を呈しながら文面を確認して、具体的な賠償金額を聞かされたとき、目を大きく見開いて、もう一度博士に力説した。

『ミスター・アーガイル。たとえ同僚でも、絶対に口を滑らさないでください！　そんなことをされたら、うちの予算をゼロにしても間に合いませんから！』

　普段はおとなしそうな彼女の恐ろしい剣幕に、ネイサン博士はたじろぎながらも頷いていた。

SECTION : 代々木ダンジョン　二層

契約が終わった後、佐山さんが採取の準備を行っている間に、俺たちはネイサン博士の用事を済ませるべく二層へとやってきた。

すでに畑は、ほとんど自然に返っているも同然だったが、麦は変わらず三好が収穫した時点の状態を保っていて、金色の穂を揺らしていた。

『おお！』

さっくりと鎌でカットされた麦の穂は、しばらく後に何事もなく元の姿を取り戻した。

『一粒の麦は、地に落ちて死ななければ一粒のままだが、死ねば多くの実を結ぶというが……ここは初めから永遠だ』

感動した様子でしゃがみ込んだネイサン博士は、子供のような無邪気さで麦を観察していた。

『まさにエレウシスの秘儀だな』

（エレウシスの秘儀ってなんだ？）

（ほら、あったじゃないですか。デーメーテールが小麦の作り方を教えてくれたって話）

（ああ）

（その教えた場所がエレウシスです）

（へー）

秘儀は農業崇拝に基づく宗教的実践から生まれた、言ってみれば秘祭の一種だったらしい。

デーメーテールは、エレウシス王ケレオスたちの厚意に報いるため、彼の息子であるトリプトレモスに、ドラゴン風の空飛ぶ戦車を与えて、世界中の人々に麦の栽培を教えるように命じたそうだ。なんとも微妙なお礼だ。トリプトレモスがそれを喜んだかどうかは分からない。

シルクリーさんに撮影されながら、ひとしきり動物実験用の麦を刈り取っていたネイサン博士が、ゆっくりと立ち上がって呻《うめ》きながら腰を伸ばすと、おもむろに俺たちに尋ねた。

『それで、君たちはこの畑をどうするつもりだね？』

『そうですね……』

世界で唯一無二のダンジョン内麦畑で、ダンジョニングの実例だとはいえ、知らなければ単なる草むらだ。放っておけばいつまでもこのままだろう。

とは言え、どうやらこの麦の情報は世界に拡散したらしい。今後は、色々なところからこの畑を探しに来る組織も増えるだろう。

もしも何も知らない人間がこの麦を引っこ抜いたりしたら、仮にリポップするとしても、その場所は二層のどこかだ。もう一度見つけることはかなり難しいだろう。

もっとも、ダンジョニングを確かめるという俺たちの目的はすでに達成されているから、別に荒らされたところで困りはしないのだが……

「なあ、三好。色々面倒くさくなりそうだから、ここはＪＤＡに返却するか」

「え？」

「ほら、ここって一応、世界に一つしかないダンジョン内麦畑だろ？」

「ですね」

「今なら喜んで引き取ってくれないかな？」

「うーん……管理するとしたらダンジョン管理課でしょう？　例のデバイスやセーフエリアで天手古舞いだとか言ってませんでした？」

「俺たちは二人しかいないが、向こうは組織だ。多少の無理は利くさ」

「多少ですかね？　まあ、私としては、小麦の優先的な利用権さえ残しておいてもらえれば、後はなんでも構いませんけど」

「よし、決まりだな」

「まあ先輩が文化的な英雄を目指すはずありませんし、そういうのはパスだろうなと思ってはいましたけど。トリプトレモス役は、各国の政府や団体に押し付けたいってことでしょう？」

「さすがは三好、よく分かってる」

　そんな役どころは絶対に御免だ。いいことなど一つも想像できない。

『話はまとまったかな？』

『ＪＤＡに返却しようと思います』

『返却⁉　この奇跡の畑を？　もしかしたらもの凄い富を生むかもしれないのに？』

　富は生むかもしれないが、さっきのムーブメントの話もある。ウケモチ・システムだって開発はするが、普及はさせたい人に任せたい。とにかくうちには、世間から押し寄せるタイダルウェーブに正面から立ち向かえるようなマンパワーはないのだ。

『面倒のくっついた富には、あまり関心がないんですよ』

『そう言えば君たちはあのオークションの開催者か……持てる者の余裕ってやつだな。実にうらやましい』

　ちょっと、うちの研究に寄付してくれない？　と真面目な顔で切り出されたときはどうしようかと思ったが、合同会社Ｄパワーズの理念からすれば、ダンジョン研究の基金くらいは設立してもおかしくはない。実際ブートキャンプは、同じような理念から作られたものだし。

『それはおいおい考えます』

『ホントに？　そいつは朗報だ！』

　言ってみて良かったとばかりに博士はいい笑顔を浮かべた。

『ま、それはともかくＪＤＡに返却するのは、できればやめてほしいんだがね』

『なぜです？』

　どうやら彼は、土地の管理を他人に任せるのなら、土地の権利を保有したまま第三者——例えばＦＡＯ——に任せてほしいようだった。

『最大の問題は圧力だ』

　管理をＪＤＡに一任した場合、外部の圧力に対して抵抗できるかどうか怪しいそうだ。むしろ権利者がいた方が、それを盾にはねつけられる。

『ここがフリーになった場合、この場所を確保したい者は多いだろう？』

「はっ、先輩！　なら、畑をオークションにかければ！」

「借地をオークションにかけられるわけないだろ」

「ちぇーっ。いっそのこと、ここの麦でクッキーでも焼いて『Ｄカード取得ッキー』とか言って売り出し……ああっ！」

「どした？」

「『始めるくん』が売れなくなっちゃうじゃないですか！」

「あのな……」

『アズサは何を慌ててるんだ？』

　突然慌て始めた三好を見て、ネイサン博士が不思議そうに首を傾げた。

『実にくだらないことなので、気にしないでください。畑のことは考えておきます。それよりそろそろ戻りましょうか。佐山さんも待っていることですし』

『いいとも。動物実験用の麦や、周囲の環境標本は採取し終わったから、後は観光だな！』

　それを聞いたシルクリーさんが、大げさにため息をついた。

『ミスター・アーガイル。ＮＹではお仕事が山積みになっていますが』

『はとバスのツアーなら、半日ものも多いですし、バリエーションも豊富ですよ』

せっかく東京まで来たんだ、少しくらいならいいかなとそんな提案をしてみたのだが――

『はとバス？　君は運転手もやるのかい？』

『え？』

『ツアー代はすでに支払ったんだ。ここで二十一層へ行かないなんて話はないだろ？』

『ええ⁉』

『いや僥倖《ぎょうこう》だったよ。本当なら君たちの申請を見た後、とにかくすぐに飛行機に飛び乗りたかったんだが、引き継ぎだのなんだの厳しい監視者がいてね』

彼はおどけた様子で、斜め後ろに立っているシルクリーさんへチラリと視線を投げかけた。

『とにかくできるだけ急いで出発したんだが、成田に着いたら、まだ十五時じゃないか』

『時差ボケで死にそうになりながらＪＤＡに問い合わせたら、次の日――今日だね――に君たちが、ネミの湖のほとりまで、聖なる木立の枝を切り取りに行く契約をすると聞いてね。これは便乗しなければと、職権を乱用して割り込んだのさ！』

『職権を乱用って……』

『ミスター・アーガイルは正直な方なのです』

シルクリーさんが諦めたように言った。

『はあ。でも我々は、逃亡奴隷になって森の王を殺しに行くわけじゃありませんよ？』

『なに、世界の秘密が、そこで待っているってところは同じだろ？』

そうして彼は、秘密を共有するように、小さくウィンクした。

『麦の確認に来たら、オレンジまで登場しているとは。これぞ神のお導きってやつだね』

SECTION:
代々木ダンジョン八層

麦畑を見物した俺たちは、地上に戻ると佐山さんを拾って再入ダンした。そうして何事もなく八層まで下りてきていた。

『どうぞ。ただの豚肉ですけど』

あらかじめ、現実的な意味でもスピリチュアルな意味でも、食べられないものを訊いてみたが、全員特にないということなので、予定通り八層の屋台で豚串を購入した。代々木の観光と言えば、ここは外せないからだ。

もっとも、その実態は、自衛隊あたりが代々木の情報拠点として運営している店って気もする。こんな不安定な商売、そういった組織でもなければ続くはずがないからだ。

『ふむ。なんというか……焼き過ぎた豚肉だね』

『豚肉ですね』

博士とシルクリーさんが、そう言いながら少し硬くなった豚肉をぐにぐにと咀嚼《そしゃく》していた。

『しかし、ミスター・アーガイル。あなたはユダヤ教徒だと伺っていましたが……』

『あははは、我々は信仰は持っているが、宗教は信じていない普通の人だからね。言ってみれば世俗派だろうか？　だから、豚でも平気で食べちゃうよ』

彼は、豚へのタブーの奥底には、清浄な遊牧生活を行っていたユダヤ民族が持つ、不浄な農耕を行っていたエジプトへの選民意識があったなんて研究も——と、アシスタントに解説していた。

　そうして、豚肉のアミノ酸のバランスの良さや、ビタミンB1の豊富さについて力説して、自分のことを、まったくイーシュ・カシェル（律法的に非の打ちどころのない人）とは言えないねと笑い飛ばしていた。

「いいのか、あれ？」

　食事を用意する手前、食のタブーについて質問したら、全員タブーはないと聞いていたので特に気にしなかったが、博士はユダヤ教徒だったのか。

「先輩。私の知り合いに、銀座のヘイスティングス・マナーで食べる、嵐五ーシェフのブーダン・ノワールが大好物のユダヤの方がいらっしゃいますよ」

「ダメ素材の二乗じゃん！」

　ブーダン・ノワールは、豚の血と脂を使ったソーセージで、大抵はリンゴのソテーやソースを添えて食べる。

　ユダヤ教のカシュルートだと、血はタブーだし、豚もカシェル（食べてよい食物）ではない。

　しかし、考えてみれば、日本の仏教だって無数に宗派があるわけで……いや、そういう問題じゃないか。

「ユダヤ教もヒンドゥー教に劣らず懐が広いな……」

　アーシャパパのヒンドゥー教もそうだったが、ユダヤ教も律法を守る度合いが人によってばらばららしい。強固な戒律を持つ大宗教は、大抵懐が広く、バリエーションがありすぎて門外漢には理解しがたいもののようだ。

「これって、オークじゃないんですか？」

佐山さんが、串に刺された白っぽい肉を見ながらそう言った。

まあ、そう思うよね。俺も最初はそれを期待したし。

「残念ながらオーク肉は結構な稼ぎになることもあって、全量外でさばかれるそうですよ。後は、ゲットした探索者が、自分で食べるくらいでしょうか」

「へー。んぐんぐ……そう言われるとただの豚肉ですね」

「ははは。まあ、ただの豚肉ですから」

初めての探索で、アドレナリンがどばどば出ているのか、皆さん、それほど疲れた顔を見せてはいない。

もっともモンスターは、ほとんど見えないところで始末しているし、ルート間の移動しかしていないから、感覚的にはそこらの森を歩いているのと大差ないだろう。

「どこまで行けると思う？」

俺は九層へ下りる階段の方を見ながら、三好に尋ねた。

「そうですね。出るのが遅かったから、もうすぐ夕方ですし、ここが無難ですかね」

「探索者も多いしな」

「ゲストがみんな探索とは無縁そうですから、明日は十八層まで下りて、二十一層はあさってが無難でしょう」

§

「御劔《みつるぎ》さん、なんですって？」

昨日、斎藤さんが言っていたNYファッションウィークが開幕した。もっともウィメンズは七日かららしいが。それを受けて激励メールを送ったらその返信が来ていたらしい。ばたばたしていて気がつかなかったが、テントを張り終わってからスマホを見ると着信していた。

開いてみると、なんと英文だ。

借りた国際スマホの入力に日本語がなくてよく分からなかったらしい。

「NYはずいぶん刺激になってるってさ。右も左もよく分からなくて、アワアワしちゃいそうだって。でもなんとかここを凌《しの》げれば、ロンドンにも連れて行ってもらえるかも、だと」

「なんだか三段飛ばしくらいで階段を上っちゃってますね」

実際はそれどころじゃなくて、まさにフロア間ワープだろう。

「本人は、なんだか場違い感が半端ないです、なんて言ってるぞ」

「世界が変わるときってそんなものですよ。先輩、コーヒー」

俺は、例のドデカバックパックから取り出すふりをして、魔法瓶タイプのサーバーを取り出すと、マグカップに注いで彼女の前に置いた。折りたたみの簡易テーブルだ。

「言うじゃないか」

　それをフーフーと吹きながら、三好がすまし顔で言った。

「忘れてらっしゃるようですが、私、ついこないだまで学生だったんですからね」

「ああ、最初に社会人になったときのことか。そういやそんなだった気も……」

「それに、社会人からプーになったのは、もっと最近ですよ」

「それは場違い感ないだろ、全然」

「そう言われればそんな気も……いえっ！　先輩と一緒にしないでください。私はちゃんと社会で生きていく予定なんですから。アウトローになんか絶対なりませんから！」

「いや、それは手遅れじゃないの……」

　俺は眉をハの字にしながら、グラスに同意を求めた。

「ケンッケンッ」

「なっ、そうだよな」

「ケンッケンッケンッ」

「先輩、いつからグラスの言葉が分かるようになったんです？」

「いや、全然分からん」

「ケン!?　……グルルルルル」

「いや、おい、ちょっと待て！」

「ガウッ！」

「ってー!?　こいつ最近マジ噛みしやがんの！」

腕に噛みついて、ぶらーんとぶら下がったグラスを、そのまま三好の前へと突き出して、なんとかしろよと目で要求した。

「先輩がからかうからですよ」

三好がグラスに手を差し出すと、やつはパカっと口をあけて俺の腕から離れ、三好の胸に頭をこすりつけながら、こっちを勝ち誇るように見ていた。

いや、そんなんで勝ち誇られてもな。第一あるんだかないんだか微妙な三好の――

「先輩、今何か良からぬことを考えてませんか？」

「カ、カンガエテナイヨ？」

周囲には、ここで夜を明かす予定の探索者たちが徐々に集まり始めていた。

佐山さんは影にドゥルトウィンを潜ませながら、凄い勢いで周囲の植物に齧りついていた。

「なにやってるんですかね？」

「さあな。八層の植物相《フローラ》でも確認してるんだろ」

ネイサン博士は、興味深そうに探索者や俺たちの様子を後ろ手に観察しながら、シルクリーさんと一緒に、あっちにふらふら、こっちにふらふらと移動していた。こちらにはアイスレムをくっつけてある。それで、珍しくグラスが表に出てきて、俺たちの周りをうろうろしているわけだ。

警備隊長か？と聞いたら、フンスと鼻の穴を広げて胸を張っていたから、どうやらそういうつもりらしい。こいつらの中心には、まるで強迫観念のように、召喚者を守るというルールが居座っているようだ。

残りのグレイシックは事務所の警備で、グレイサットはキャシーにくっついている。カヴァスはいつも通り三好の影の中だ。

「フローラっていうと、ＮＹボタニカルガーデンで、新種の凄いバラを咲かせた精霊の女の子でしたっけ？」

「その時はまだフィオリーナだけどな。って、お前、前の事務所の漫画、まだ漁《あさ》ってたのか」

「時々は掃除くらいしておかないと。先輩、全然行ってないでしょう」

「そういやそうだが……」

事務所で使っていた関係で、三好はまだ、おれの前の家の鍵を持っている。

「ちゃんと、手入れをしておかないと、家って人がいないとすぐに傷んじゃうそうですよ」

「……で、本音は？」

「あそこのこたつ、落ち着くんですよねー。奥の十六畳にもこたつ入れませんか？」

「全然使ってない部屋に、微妙な額の電気代の請求があったのはお前の仕業だったのか……あまりに微妙な請求額に、漏電？　とか、盗電？　とか心配していた俺の立場は……」

「良かったじゃないですか。心配事が片付いて」

「あのな……だが、こたつか」

俺は難しい顔で、自分のマグカップに熱い液体を注いだ。

「なんです？　微妙なリアクションですね。先輩って、こたつ好きそうですけど」

「こたつはいいよ。気持ちいい。あれが嫌いなやつはまずいない。だけどなぁ……」

「なんです？　ま、まさか、あのこたつ、妙に気持ちがいいと思ったら、何か人外なものが憑《と》りついてたりするんですか⁉」

「あほか。いや、ほら、こたつって、ダメ人間製造装置だろ」

「はぁ？」

「まだまだ寒いこの季節、事務所にこたつが入ったりしたら、お前、そこから出る自信ある？」

「うっ……」

「すでに出社という社会の強制力すら失ってしまった俺たちに、こたつにあらがう力が残されていると思うか？」

「ご飯も、買い物も、ネットで注文すれば持ってきてくれますしねぇ……」

「座椅子に腰かけたまま、手の届く範囲に必要なものが積みあがっていく様子が目に見えるようだぞ？　そこで毎晩酒盛りでもしてたら、立派なダメ人間の出来上がりだ」

「ちょっと食事にワインが付くだけでも？」

「こたつで飲んだ瞬間、それは酒盛りなの。それが日本の法であり、摂理ってやつなの」

　力説する俺を、軽くスルーした三好は、ほんわかした表情でよだれをたらしそうにしながら、欲望を駄々洩れにしていた。

「ああ、お鍋を囲んで、日本酒をきゅっとやりたいですねぇ」

「前から思ってたんだが、お前、趣味がまるっきりおっさんだよな」

「こたつに入ると、高貴な者でもおっさんになるんですよ。それがジャパニーズコタツの魔力ってもんです」

「誰が高貴な者だよ、誰が。だが、こたつで鍋か……いいな、それ。なんだか俺も欲しくなってきたぞ。仕方ない、戻ったら買いに行くか」

「やったぁ！　――って、これ、戻れなくなっちゃうフラグですかね？」

「そんな大層な内容かよ」

そう言った俺たちの目の前を、高速で移動する物体が横切った。

その物体は、軽く日ごろの動作速度の三倍には達しているようだった。着ている服が赤いわけではなかったが。

「あの先生、休憩の意味って知ってるのかな？」

「翠《みどり》先輩が、理系の男は、ブリンカーやシャドーロールをくっつけてる競走馬と一緒だって言ってましたよ」

「周囲も足元も見えないってことか」

相変わらずの理系男論評は、一体大学生活で何があったのかと訝しむレベルだ。

「だけど中島さんって、その筆頭みたいな人だったぞ」

「実はそういうのがいいとか？」

「……人の好みは難しいな」

「まったくです」

俺たちは目を閉じて、頭を振った。

そういうわけで、食事の準備以外やることのなくなった俺は、仕方なく、入ダン前に届いていたメールを読んでいたのだ。

「だけど、アーシャの時からそんなに経ってませんよね。なのに一気に英語でメールまで書けるようになるっていうのは、学習速度が速すぎませんか？　やっぱりＩＮＴのせいでしょうか」

「そこは、彼女の努力のたまもの、と言いたいところだが、それだけじゃ説明できない上達スピードだ。もしかしたら、意識せずに、例の集合的無意識とやらに接触してるのかもしれないぞ？」

「それはぞっとしませんね。精神的なものでも、生物都市（注17）はお断りですよ」

「あの後の広明《ひろあき》くんには、一生機械に触れたい誘惑と戦って生きなければならない、過酷な人生が待ってるんだぜ？」

「つらい時には、ふと楽になりたくなりますよね」

かの物語の場合、それは機械に触れるだけで済むのだ。

言ってみれば、つらい仕事中に、マウスでクリックするだけでＳＮＳだのネトゲだのに逃避できるのと同じだ。誰がその誘惑にあらがえるだろう。

俺には無理。

『なんだか面白そうな話じゃないか』

突然、後ろから声を掛けられて振り返ると、ネイサン博士が人の良さそうな顔をして立っていた。

この人、興奮しているときと普通の時のギャップが激しいよな。

シルクリーさんは、その後で、いつものようにそっと控えていた。

『いや、ただの漫画の話ですから』

『ジャパニーズマンガの話も興味深いが、ダンジョンで得られるステータスが、現実世界の知性に影響を与えるかもって話も捨てがたいね。あ、私にもコーヒーをいただけるかな』

　日本語だったはずなのに、どこから聞いてたんだ、この人。

　殺気や害意がないからアルスルズも反応しないし、意外と厄介な人なのかもしれない。

　考えてみれば本局の主席研究員を任されるような偉い人なのだ。一筋縄でいくはずがないか。

　俺はバッグから二つのマグを取り出すと、それにコーヒーを注いで、彼と、彼のアシスタントに渡した。

『それが事実なら、スポーツ選手だけじゃなくて、研究者連中もダンジョンに向かい始めるかもしれないよ。砂糖ある？』

　俺はパックに入った砂糖を、佐山さんを目で追いかけて苦笑している博士に渡した。

『まあ、あれは別の動機のようだけれども』

　彼はそこここに生えている植物を、採集したり写真に撮ったり、実に楽し――もとい、忙しそうだった。

　脳のエナジーをチャージだとばかりに、これでもかと砂糖を入れた博士は、それをかきまぜたスプーンを立てて言った。

『最初に押し寄せるのは、たぶん数学者だな。特に数論の』

『なぜです？』

『今どき数論なんかに進むやつは、超のつく天才か、己[注18]を知らないアホだけだからさ。前者はわずかな知性の拡大にかけて、後者は面白がって突撃してくるに違いない』

『先輩は後者ですね。ドン[注19]・キホーテタイプってやつです』

『お前も、人のことは言えないだろ』

『私はどっちかというと銀月の騎士ポジですよ。先輩を村に帰す役どころです』

『ドン・キホーテは正気に返らない方が幸せだったかもしれないよ?』

『おっと、博士は、ドン・アントニオ支持者ですね。でも大丈夫。先輩は変なところが現実的なので、頭に羽が生えないタイプなんです。ただ問題は、正気のまんま突っ込んで行っちゃうところなんですよね……』

わざとらしく腕を組んだ上に目まで閉じて、「やはり私が村に帰してあげなければ」と呟きながら、うんうんと頷く三好だったが、コスプレ衣装まで作って、背中をどつきまくったのはお前だったような気がするぞ。

『そいつは大変だね』

ネイサン博士が、俺たちのバカ話に、にこにこしながら相槌《あいづち》を打ったとき、佐山さんが、はぁはぁ息を切らして目をキラキラさせながら戻ってきた。

「いやー、ダンジョンって楽しいですね!」

そのあまりのストレートさに、俺たちは苦笑するしかなかった。

（注17）　生物都市

諸星大二郎（作）『生物都市』より

数多の逸話（あまりの完成度に盗作を疑われたとかね）を持つ、諸星先生の手塚賞受賞作。宇宙から来た何かによって機械と生物が一緒くたになっていく話。もちろん知識も一緒くた。でも最後は、宇宙船見れなかった………（三点リーダーは三つ）なお、広明くんは主人公。

（注18）　己を知らないアホ

博士個人の感想です。感想ですったら感想です。

（注19）　ドン・キホーテ

ドン・キホーテは、騎士物語にのめりこみすぎて変になった男（アロンソ）が、キホーテになってトラブルを引き起こすコメディ。

サンソン・カラスコ（アロンソの友人）扮《ふん》する銀月の騎士が、後編の六十四章でキホーテに決闘を挑み、負けたら村に帰って一年間静かに暮らすように言って彼を打ち負かす。

もちろん彼が正気を取り戻すことを期待していたわけだが。続く六十五章では、それを聞いたアントニオがネイサン博士と同じ懐疑的な意見を差し挟む。

前編は爆発的なヒットを記録したが、原稿が買い取りだった作者は、貧乏のままだった。にもかかわらず十年後に執筆した後編も同様で、彼はその翌年この世を去る。

奇しくもユリウス暦とグレゴリウス暦の違いから、見た目、シェークスピアと同じ日に死んだように見えるというおまけ付きで。

二〇一九年　二月七日（木）

SECTION：

代々木ダンジョン　十八層

八層で普通の探索者らしい夜を明かした俺たちは、その翌日に十八層の地を踏んでいた。

『おお、ナットジオ(注20)で見たヒマラヤのベースキャンプのようだ』

『本当ですね』

そんなことを言いながら、はためくタルチョの前で、無理矢理佐山さんを巻き込んだ撮影会が行われていた。ネイサン博士は、彼のポーズ指導に余念がない。

麦畑の視察に来ただけのはずなのに、こんなところで何をしているのだろう、あの人たち。

「ツアー料金を払ったんだから、最後まで楽しまなきゃ損みたいなことを言ってましたもんね」

「……ここは一応ダンジョンの深層なんだけどな」

とは言え、来ることができるなら、今の十八層は、まさに観光地のようなものだった。俺たちは、そのフロアのあまりの変貌に、前回同様驚いていた。

数多くのカラフルなタルチョが結ばれ、今にもプジャ（儀式）が始まりそうな風景は以前のままだったが、探索者のキャンプの方が――

「なんの展示会ですか、あれ」

三好が目を細くして、呆れた様子で言った。

「さすがにコンパニオンはいないな」

「きれいなお姉さんの代わりに、機械が愛嬌《あいきょう》を振りまいてますよ」

そこはファルコンインダストリーを中心に、ダンジョン用ポーターの展示会場と化していた。各国の探索者が見守る中、ポーターたちが前足?を可愛らしくフリフリしている。

だが、その背中には――

『ありゃＭ２のツインマウントか？　まるでどこかの艦載機銃だが……こっから先はあんなのが必要なのかい？』

唖然《あぜん》としている俺たちの後ろから、記念撮影を終えたネイサン博士が声をかけてきた。

『どうでしょう。確かに三十一層で七・六二ミリは、ほとんど効果がなかったそうですが』

それ以前に、あのときは満足な数もそろっていなかっただろうけど。

『ん？　行ったことが？』

『うちの三好が、ですけどね』

『さすがはＳランク探索者だ』

「ＪＤＡが代々木に建物を増築してるわけですよ。あんなのが普及したら格納庫のスペースが足りませんよ、絶対」

「まったくだな」

代々木のプロ探索者数は多い。もしも国産高級車と同じくらいの価格帯に収まるとしたら、すぐに数百台は売れるだろう。もしかしたら四桁に届くかもしれない。

とは言え、重機関銃を搭載している機械の馬に、日本の道路を歩かせられるはずがないし、ポーター用のキャリアカーを用意したところで、武器部分を持ち出すのは難しいだろうから、結局代々木で預かる以外の道はないのだ。

『君たちはああいうものを使わないのかい？』

『俺たちは、そんなに大層な探索はしませんから。命あっての物種というやつですよ』

『ふーん。聞いていた話とずいぶん違うな』

ネイサン博士の意味深な発言に、誰からだよと、内心顔を引きつらせつつも平静を装って、全力で聞こえなかったふりをした。

§

『あら。あれって、アズサたちじゃないの？』

二十二層のお守り任務から戻ってきたところで、ナタリーが十七層へと向かう入り口の方向を指

（注20） **ナットジオ**

Nat Geo

ナショナル・ジオグラフィックのこと。日本だと「ナショジオ」だが、アメリカだとこう略す。
雑誌の方は二〇二三年六月に、最後に残っていたライターを全員解雇したニュースが流れてきた。時代の流れとは言えなかなかショッキングな内容だ。

差した。

『んん？　本当だ。なんでこんなところにいるんだ？』

『あ、じゃあ、私は先にキャンプに貴金属を届けに行ってきます』

シルバーに近いプラチナブロンドの、少し年下に見える男が、サイモンに向かって敬礼した。

『おお。モーガン。お疲れさーん』

ＤＡＤのマイニング使用者モーガン＝ルーカスは、きれいな姿勢で敬礼するとＤＡＤのキャンプに向かってポーターを伴い歩いて行った。

その後ろ姿を見ながら、ナタリーがほうと息をついた。

『誰かさんたちと違って、礼儀正しくていい子ねぇ』

『ナタリーの毒牙にかけるには、ちょいと早いんじゃ……ごっ！』

ジョシュアが真顔でそう言いかけたとたん、ナタリーの肘が彼の左わき腹に叩き込まれた。そのあまりの鋭さに、さすがのジョシュアも左肘でガードするのが精一杯だった。

『ジョーッシュ？　何か仰いましたか？』

『い、いや、ちょおっと、イーングリッシュジェーントルマンなジョークをだな……ははは』

『あんたいつから、英国紳士になったのよ……はー、どうしてうちのチームはこんな腐れ男ばっかりなの』

『成熟した男性と言ってくれよ』

ジョシュアたちのやりとりを苦笑しながら見ていたサイモンは、地上に戻ったときに受けた指示を思い出しながら言った。

『残念だが、見かけてしまった以上仕方がない。上に言われた無理難題をこなしに行くか』

『ああ、あの笑っちゃいそうなミッション？　彼女たちへのアプローチとしては悪くないと思うけれど、アメリカ大統領が誰かと友達になるのは無理じゃないの？　立場ってものがあるでしょ』

ナタリーが匙《さじ》を投げるように、身も蓋もないことを言い放った。

だが、友達になれとアドバイスしたのはサイモン自身だ。まさかミッションとして自分に降りかかってくるとは思いもしなかったが。

『それでも、やれと言われたら、やらなきゃいけないのが宮仕えのつらいところさ』

『宮仕え？　お前、〈異界言語理解〉の時、上の言うことを全スルーして来日しなかったか？』

ジョシュアが嘘くせぇと鼻をつまみながら、突っ込みを入れた。

『俺たちゃ、一応大統領直属だからな。上は大統領だけ。あのとき、彼はなんにも言ってなかっただろうが。それに結果は最良……とは言えないが、ほぼそれに近いじゃないか』

サイモンはあたりを見回すように腕を広げてそう言った。

『結果オーライにも程があるだろ。しかし、そのミッションって誰が考えたんだ？　ＣＩＡあたりのプランニングにしちゃ、ぶっ飛びすぎてて、ちょっと信じがたいんだが』

『あいつらの周りに、信じがたくないものなんか一つもないだろ』

サイモンが親指で芳村たちの方を示すと、ジョシュアは、やっぱりお前かと言いたげな視線を彼に向けた。

『それはいいが、緊張感の薄い貴金属採取のお供はそろそろ飽きたよ。いいかげんモーガンも慣れただろうし、こっちはあいつのチームに任せて、さっさと三十一層に向かおうぜ』

日々平穏な探索の付き合いに、少々飽きが来ていたメイソンが言った。

モーガンたちが代々木の二十二層に慣れたら、あとは彼のチームに任せて、サイモンたちは三十一層でポーターの武装テストを行う予定になっていた。ついでにランク5のポーションも備蓄するつもりだ。

『モーガンチームとバックアップはどうなってる？』

『半分は上でブートキャンプ待ちだ。最近はキャシー教官にこき使われているらしいぞ。キャッチフレーズは「世界平和」だと』

『なんだそりゃ？』

メイソンが眉間にしわを寄せて訊いてきたが、まさか世界平和のために、基盤をＰＰパッケージに詰めるお仕事を手伝わされているとは、夢にも思わなかっただろう。

『さあな。んじゃま、とりあえず行ってくるわ。先に飯食っててていいから』

『了解。戻ってきたときは豆しか残ってないようにしとく』

『健康へのお心遣い、痛み入るね』

サイモンはジョシュアに向かって、笑いながら中指を立てた。

§

『よう、ヨシムラ。久しぶり！』

そう声をかけられて振り返ると、サイモンが笑顔で手を挙げていた。

『あ、こんにちは。貴金属の収集は順調です？』

『あー、あれなぁ……』

『あれ？　何か不都合でも？』

『〈マイニング〉というよりも、ポーターがな』

どうやら彼らは、〈マイニング〉のテストを兼ねた貴金属取得ミッションに、ポーターのテストも行っているらしかった。

『あれ、誰が仕留めたことになるのか、いまいち分かんないんだよ』

『え？』

二十二層の初戦では、まったく貴金属がドロップしなくて、ＪＤＡがガセネタを流したんじゃないかとまで思われたそうだ。だが、それは、ポーターが倒したモンスターを、〈マイニング〉使用者が倒したものと見なされていなかったのが原因だったらしい。

『どうやら使用者がポーターに触れている場合は、使用者の功績として認識されているようだったが、そうでない場合は誰の功績になっているのかさっぱりでな』

距離か、それまでの行動か、はたまたパーティ内でランダムなのか。誰かの功績としてカウントされていることだけは確かのようだが、〈マイニング〉使用者の功績扱いされてもドロップしない場合があるせいで、条件がさっぱり絞りきれないそうだ。

『なるほど……って、それ言っちゃっていいやつです？　売り上げ的に』

『ポーターを鉱物運搬に使うやつはいるだろうが、鉱物取得のために使うやつは、今のところいないだろうから問題ないだろ』

　そもそも、見た目から分かる通り、今のところ、ポーターに搭載されている大口径の銃や砲は、素早いターゲットには、まるで向いていないそうだ。だから代々木の貴金属の収集は、〈マイニング〉使用者が個人で倒した方が効率がいいらしい。

『大群相手にずらっと並べて一斉砲火とか、デカブツ相手に撃ちまくるのがせいぜいだな。結局名前の通り荷物持ちが最大の利点だろ、ありゃ』

『ゲノーモスや大きなサイズで動きの遅い中ボス戦なら活躍しそうじゃないですか』

『まあ、三十一層でも使ってはみるけどな』

　そう言ってサイモンは、話題を変えた。

『まあ、それはいいんだが、実は、ちょっと頼みがあるんだ』

『頼み？』

「先輩、先輩。なんだかいつもと違って、微妙に仕事の気配が漂ってますよ」

「仕事の気配？　なんだそれ？」

俺はサイモンを見直してみたが、いつも通り、へらへらしているだけにしか見えないし、そのくせ立っているだけで、にじみ出るような格好良さがあって、ちょっとイラっとさせられるところも同じだ。

「よく分かんないぞ」

『おいおい、英語で頼むよ』

『いや、三好が、微妙に仕事の気配があるから注意しろって』

『先輩。本人に言ってどうするんですか……』

サイモンは、苦笑いしながらぼりぼりと後頭部をかくと、察せられちゃ、仕方がないとばかりに切り出してきた。

『実は、三十二層まで運んでもらいたいものがあるんだそうだ』

サイモンが何か、封筒のようなものを取り出して、封を切りながらそう言った。

『運ぶ？』

『ん？　お前ら〈収納庫〉持ちなんだろ？』

それを聞いた俺は内心驚いた。

ＪＤＡが〈収納庫〉を所有しているという事実は、組織の都合上それなりに多くの人が知っていてもおかしくないが、俺たちがそれを持っているのは、鳴瀬さんと四角い人だけのはずだ。あの二人が、そういう情報を外部に漏らすとは思えない。

『どうしてそう思うんです？』

『そりゃもう、俺くらいになると、見ただけで――』

『へー、先輩、どうやらカフェは閉店しても良さそうですね』

三好が冷たい目でサイモンを見ながら、カフェ三好の閉店をほのめかした。

『おいおい、待てよ！　ちょっとした冗談だろ！　実はな――』

どうやら発端はＮＡＳＡにＪＤＡから秘密裏に売却の打診があったことらしい。興味があるか？程度の打診だったらしいが、その対象がとんでもなかったせいで、すぐに大統領まで報告が上がってきたそうだ。

それをサイモンが知っている時点で、どこが秘密裏なんだよと愚痴の一つも言いたいところだが、こいつら大統領直属だし、知っていてもおかしくはないのかもしれない。

現代社会における秘密の意味は、以前とは大きく異なっているようだ。

『そんな話が時間を気にせず出てくる以上、お前らの預かりサービス以外考えられないだろ』

そうして俺たちの預かりサービスは、そのシステム上、預かったオーブを誰かが使っていることが前提になるわけだ。

三好は、仕方がないとばかりにため息をつくと、残念ですがと体中で表現しながら言った。

『そういうのはお引き受けしていません。大体ポーターがあるでしょう？』

『いや、お願いしてるのは俺じゃなくて、大統領』

大統領⁉　ってアメリカの？　民主主義のはずなのに、世界一の権力者の？

『は？　……い、いや、私たち日本人ですし、たとえアメリカ大統領のお願いでも聞けることと聞けないことが――』

大統領のお願いかー。ひょっとしたら日本人の方がかしこまっちゃいそうな気がするな、などと考えていると、命令書らしきものの先を読んだサイモンが奇妙な呻き声をあげた。

『ああ？　なんだ、この報酬？』

『え？　だめですよ。少々お金を積まれたって。一つ引き受けちゃったら切りがない――』

命令書から顔を上げたサイモンが三好に目を向けると、『97の(注21)スクリーミング・イーグル一ケースって書いてあるぞ』と言った。

その瞬間、三好は背筋をピンと伸ばして立ち上がり、アメリカ海軍風の敬礼を決めた。

『お任せください、サー！』

「おい、三好……」

俺は眉間を押さえながら、三好を正気に戻すべく、その手で彼女の背中をはたいた。

「あたっ！　え？　あ……むーん。しかし……先輩、スクリーミング・イーグル一ケースですよ。しかも97。大統領のコレクションですし、本物は間違いのないところでしょうし、保存だって期待

（注21）　スクリーミング・イーグル

カリフォルニアはナパの北で作られる伝説的カルトワイン。
年間生産量の少なさ（大体五千本～九千本くらい）も手伝って今ではすっかり手に入らないワインになった。
一九九二のファーストビンテージや、一九九七のパーカー一〇〇ポイントなどがことさら手に入れにくい代表格。

できます。ここを逃したらもう二度とまとまっては手に入らない気が……」

欲望と原則のはざまで苦悩する三好は、がりがりと頭を掻きむしっていた。煩悩が人を苦しめる原因だということが、嫌というほどよく分かるシーンだ。

「たった一往復ですし、四日間の報酬としては破格……あ、いや、金額になおせばそうでもないですけど。ぐぬぬ……」

世界には金で買えるものと買えないものがある。

大抵は愛がどうとかいう寓話に落とし込まれていたりするが、愛も金で買えそうな現代、手垢《てあか》の付いたこの言葉が最もリアルに感じられるのは、極まった趣味の領域だ。

無制限の大金で頬をはたけばどうにかなる可能性はあるかもしれないが、そもそも確かな本物を持っている人間を探すこと自体が大変だ。振りかざした金に向かって、偽物が本物を駆逐する勢いで集まってくることは間違いない。

「まあいいだろ。俺も一回くらい飲んでみたいし」

「先輩っ！」

三好がキラキラした瞳で、拳を胸の前で握りながら嬉しそうな声を上げた。

「どうせ欲望に忠実に行動しているだけみたいなもんだしな、俺たち」

「え？　それは先輩だけでしょ」

ええ!?　フォローしてやったのに、ここでまさかの梯子《はしご》外し!?

『どうやら話はまとまったようだな。持ってってほしいものは横田にあるらしいぞ……って、なん

だこりゃ!?』

『どうしたんです?』

『ガスタービン発電設備一棟?　いくらスキルったって、持ち運べるもんなのか、これ?』

俺たちはそのリストを見せてもらった。

被災地とかへ持っていくトレーラータイプに近い発電システムのようだが、ついでのように居住区までついている。巨大とはいえ、〈収納庫〉に入るのかと言われたら、入ってもおかしくはない質量だ。しかし、これ、燃料はどうするつもりなんだろう。

『これならまあ、何とかなるとは思いますけど』

『そりゃ凄い』

『だけど、これ燃料はどうするんです?　A重油かな?　結構必要なんじゃありません?』

『一応、オプションとして別のリストには含まれてるみたいだが……』

それを聞いて三好が口を尖《とが》らせた。

『ええー?　それじゃ場合によっては二往復ですか?　一週間とかかかりそうですし、オプションはパスですね。燃料は、地道にポーターで運んでくださいよ』

それを聞いたサイモンが顔色を変えた。ポーターにどのくらいの燃料が詰めるのかは分からないが、二十二層に付き合うよりも暇で面倒な作業になることは確実だ。

『それこそ、何往復すればいいんだよ!?』

『そこはほら、デモンストレーションってことで。何十台か連ねてキャラバンにするとか』

三好は、一往復でお腹一杯とばかりに、無責任に適当なことを言っている。

『途中でモンスターに襲われるのを防ぐ護衛任務をギルドに依頼するのか？　ますますフィクション化してきたな……あー、一応オプションの報酬にＤＲＣ（注22）がどうとかと書いてあるが――』

サイモンがそう言っても、三好は特に乗り気じゃなさそうだ。ＤＲＣの各畑ごとの生産本数は、スクリーミング・イーグルと大差ないが、畑の種類もそこそこあるし、価格も最初から高いため、買おうと思えば買えるのだ。特に今の三好なら楽勝だろう。

『うーん、それは別に……』

サイモンはそれを聞くと、ぺらりと紙をめくった。

『正規代理店もののルフレーヴのモンラッシェ？　垂直で一ダース？』

（注22）　DRC

ドメーヌ・ド・ラ・ロマネコンティ社（Domaine de la Romanée-Conti）

世界最高のドメーヌと名高い会社。

とはいえ、あのロマネ・コンティでも四百五十ケースくらいはあるし（大抵六千本弱くらい。もっと少ない年もある）、モンラッシェでも二百五十ケースくらいは生産されている。

ワインで五百ケース以下の商品は、ほぼ店頭に並ばないが、もとより高額なこともあって、大枚をはたく覚悟さえすれば買えないことはないレベルだ。

ちなみに、ルフレーヴのモンラッシェは製造自体が二十五ケースしかない。DRCの十分の一なのだ。しかも市場に出てくるのはその半分。

どっちが美味いかと言われると、そこは好みとしか言いようのない領域なのだが、希少性でいうと確実にルフレーヴだ（畑が狭いだけとも言う）

それを聞いた三好の動きが止まった。あ、これ、やばいやつだ。

『そういや依頼人はアメリカ大統領でした……も、もしかして二〇一六年は？』

『んー、九一から始まって、ビンテージは連続していないんだが……お、入ってるぞ。予約扱いで今年の五月以降引き渡しの注釈が――』

その瞬間、さっきの三倍くらい気合が入った敬礼を三好がした。

『なんでもお申し付けください、サー！』

『うおっ！』

そのあまりの勢いに、サイモンがちょっと引いた。

人類最強かもしれない男を引かせるとは、三好の気合もなかなか凄い。主に自分の趣味の領域だけに発揮されるところが残念だが。

「シュペール《最高》！　大統領、シュペール！　ですよ、先輩！」

三好は俺の肩を両手で摑んで、がくがくと前後に揺さぶった。

なんで、フランス語……あ、ルフレーヴだからか。

「いいですか、先輩。二〇一六年のブルゴーニュは四月の終わりごろに大変な霜害に襲われて、ムルソーからシャサーニュあたりは大被害を受けたんです。特にモンラッシェみたいなグラン・クリュ畑は、標高が高いこともあって全滅に近かったんですよ」

三好が鼻息も荒く言った。

「そういう年って、生産しないんじゃないの？」

「それがブドウの出来は悪くなかったんです。しかもモンラッシェですよ？　結局単独で一樽以上作れそうなドメーヌはなくて、最終的には七つのドメーヌが自社のブドウを持ち寄って、まとめてルフレーヴで醸造したんです。たぶん二樽分くらい。都合六百本（注23）ですね」

「はぁ」

「しかも、わざわざ、L'EXCEPTIONNELLE VENDANGE DES SEPT DOMAINES（七つのドメーヌによる例外的な収穫）って、会社まで作ったみたいなんですよ」

「で、当時は指をくわえて見ているしかなかったと」

「そりゃそうですよ。というか、たとえ今でも直接買うのは無理だと思いますよ、たぶん。ああ、そんなボトルが私のところに……うっとり」

「いや、うっとりって……まだ引き受けてないだろ」

「これを引き受けずして、何を引き受けるというんですか、先輩！　ＤＲＣのモンラッシェは買えますけど、ルフレーヴのモンラッシェは買えないんですよ！」

（注23）**六百本**

実際には、二〇一九年の五月下旬に六百八十三本がボトリングされた。ルフレーヴの割り当ては五十七本。数が多かったのはＤＲＣの二百八十本で、次いでコント・ラフォンの百二十九本。

蔵出し価格で、一本あたり五千五百五十ユーロだったが、価格はともかく、普通の客に手に入れる手段はない。もちろん作者にもない。ぐっすん。

一九九一年にフルーロから買い取った畑の広さは、わずか〇・〇八二一ヘクタール。年間生産量はたった一樽で、しかも半分はセラーで寝かせられるため市場には出ない――大抵は特別な顧客に売られていくわけだ。

たまに出てきても怪しい海外の酒屋やオークションでは、偽物の可能性だってあるだろう。それが正規輸入代理店直。さすがは権力者。そんな話を立て板に水のごとく語った三好は、はふーと息をついて、再びうっとりしやがった。

これはダメだ、逆らうのは無理だ。

「しかしなぁ、世界中から類似のオファーが来たらどうするんだよ」

「大丈夫ですよ。同じような支払いのできる組織なんて、ほとんどありません。可能性としては個人のコレクターですけど、そういう人たちは世界の命運よりコレクションの方が大切ですから」

いや、それもどうかと思うけど、コレクターってのはそういうものか。

「本場のフランスにならあるんじゃないか？」

「エリゼ宮のコレクションは一九四七年から行われてて、現在じゃ、一万二千本のワインがあるそうですからね」

「なら――」

「でも、オランド大統領が、経費節減の一環で一部の高額なワインを放出して、リーズナブルなワインを購入し、残金を国庫に戻すっていう政策をとったんです。二〇一三年に結構なボトルがオークションにかけられました」

「ははぁ、じゃ、とんでもないものは――」

「その時放出されたワインは一割ほどだったそうですが、支払いに使えるほど残っていないと思いますよ」

「なら、安心か」

三好が酒で買収できると分かったら、どんな組織が、何を持って現れるか分からないからな。それが急遽《きゅうきょ》かき集められたものだったりしたら、当然偽物も含まれるだろう。〈鑑定〉を恐れて、意図的に偽物を混ぜたりはしないだろうが。

「各ドメーヌやシャトーの地下セラー、後はモルドヴァあたりの、べらぼうに本数を持っているセラーの地下深くには、なんだか凄いのがあるかもしれませんけど」

「一九世紀末のラフィットみたいなやつ？」

「私は体験したい派なので、もはや文化財みたいなボトルはちょっと……」

さすがの三好でも、それは開けられないのか。まあ、俺も無理だな。

『それで、どうするんだ？　引き受けたと伝えていいのか？』

話が一段落したと見たのか、サイモンが答えを訊いてきた。

『もちろんです。しかしさすがはホワイトハウスですね。こんなストックを持っているとは』

『いや、これは、ハンドラー大統領個人のコレクションらしいぞ』

『え？　そんなの放出しちゃっていいんですか？　ルフレーヴだけでも売りに出したとしたら、たぶん十万ドル以上しますよ』

そもそも売りに出ないから、値段なんかあってないようなものだが、一応相場感というものはあるそうだ。レストランやホテルで顧客に提供するときのためだろう。

アメリカ大統領の給与は年四十万ドル。プラス五万ドルの非課税経費みたいなのがあるそうなので、都合四十五万ドルだ。

もっとも、現在のハンドラー大統領は、当選前に一ドルでやるぜーと言っていた大富豪なので十万ドルなんて大したことはないのだろうが……

『さあなあ。まあ金は国に売りつけた体裁をとるだろうが、あの大統領だからなぁ……全然大丈夫じゃないから開けるときは呼んでくれ、くらいは言い出しそうだ』

『いいですよ』

『え、いいのか？』

『二〇一六なんて貴重ですし。いくら大統領でも、そうホイホイとは手に入らないでしょう』

サイモンは、オペレーション・トモダチ2をクリアか？　と、一瞬喜びかけたが、ふと思い立って訊いてみた。

『で、それっていつ頃の話？』

『早くて二〇三〇年代ですね。それくらいならご存命でしょうし、お元気でいてくださいとお伝えください』

『はぁ？』

それを聞いたサイモンは、十年以上先の話に、からかわれたのかと目を見開いた。

　そもそも大統領の任期は最長で八年だ。ハンドラーが一期でやめて、八年後に再選されれば別だが、年齢的に難しいだろう。ただの友人なら大統領でなくなってから親しくなっても構わないが、このミッションとは意味が違う。

『いや、だって、ルフレーヴのモンラッシェですよ？　十年やそこらじゃ、ただのしょっぱい液体というか石です。ガチガチですよ。そりゃスケールは感じられるでしょうけど、開ける意味はあまりありませんね』

『そういうもんなのか？』

『そういうもんなんです。こういったコレクションを、個人でお持ちの大統領ならお分かりだと思いますけど』

『了解』

　サイモンは分かったんだか分からないんだか分からない微妙な顔で頷いた。

『あ、それで搬送する日時なんですが、まばらにスケジュールが入っているので、すぐにとはいかないと思いますけど』

『そこは問題ない。準備ができたら連絡するから、あとはそちらのスケジュールに任せるそうだ。報酬は先に送らせとくから』

『え、まさかの先払い？』

　驚く三好を尻目に、サイモンは当たり前のように言った。

『お前らみたいなフリーダムなやつらは、ちゃんと押さえておかないと、いつ気を変えるか分かったもんじゃないからな。さすがに飲んでしまえば翻《ひるがえ》せないだろ？』

『失礼な。そんなことしませんよ』

『まあまあまあ。それで上が安心するんならいいじゃないか。で、いつ開けるんだ？　俺もぜひご相伴に――』

『はいはい、じゃ連絡します』

『よろしく頼むぜ。なにしろキャシーのやつが、世界を救うためだとか吹きながら、うちの隊員をこき使ってるらしいからな』

　にやりと肉食獣の笑みを浮かべながらサイモンが爆弾を投下した。

　キャシーのやつ、どうも仕事が早いと思ったら、そんなところで人員をキープしてたのか……

『へ、へぇ～。あれじゃないですか、ブートキャンプの適性の事前調査的な』

『ほほー、事前調査「的」な、ね？』

　ゴゴゴゴゴと背景に書き文字が見えるような、肉食獣同士のマウントの取り合いにビビった俺は、さりげなく後ずさりつつ、『さて、俺たちは仕事がありますので、今日はこれで』と、逃げ出そうとした。

『仕事？』

『二十一層へ行かなきゃいけないんですよ』

『あの連中を連れて？』

　サイモンは、俺たちのさらに後方で、てんでバラバラに好き勝手なことをしている三人を親指で指して、大変だなというような顔をした。

『まあ、お前らなら平気か』

『どういう意味です？』

その質問に少し考え込んだような顔をしたサイモンは、俺に近づいて小声で言った。

『俺たちが十八層へ来たり戻ったりする時間だが――短いと思わなかったか？』

先日彼が地上へ戻るまでにかかった時間は、わずか九時間だ。早いなんてものじゃない。

『さすがは世界のトップエクスプローラーだと思ってましたけど』

だがそこで彼に聞かされた話は、まさに驚くべきものだった。

『実はな、強くなると明らかに格下のモンスターに避けられるようになるんだ』

『は？』

ダンジョンのモンスターに見つかると、連中は勝手に襲ってくる。少なくとも俺には逃げられた経験などなかった。

『逃げるんじゃなくて避けられるんだ。俺たちの経験で言うと、接敵前に遠ざかろうとするように感じる』

接触してしまえば、逃げたりせずに襲いかかってくるが、その接触自体を避けようとするってことか。

『そんな話、聞いたことがありませんよ』

『そりゃ、こんなことが実感できるやつは少ないだろうし証明もできないからな。客観的に見れば、ただの所感だ』

　だが、もしもそれが本当だとしたら、上位の探索者たちが深い階層へ潜れるようになる理由も分かる。自分たちの最前線までに遭遇するモンスターが自然に減っていくのだから、戦闘時間のロスやリソースの消費が減るわけだ。

　そして、三年のうちにさまよえる館が出現していなかった理由も説明できる。格下を乱獲しようにも、遭遇を避けられるのでは三百七十三は遠いだろう。

『代々木の十層や、ゲノーモスは？　誰でも襲ってくるでしょう？』

『ありゃ、避けるなんて余地がないだろ』

『ああ、まあ、確かに』

　どちらも密度が凄いから、逃げるならともかく、避けるなんて状況じゃない。

『それに強さの比較は、一匹じゃなくてある程度の範囲内にいるモンスター全体と行われるんじゃないか？』

『ああ、群れになったオオカミは強い的な』

『そうだ』

　そこで、俺は我に返った。

『でもまあ、今の俺たちにはあんまり関係ありませんね。早くそれが実感できるようになりたいものです』

『ほー』

腕を組んで、うんうんと頷く俺に、サイモンが胡散《うさん》臭いものを見るような目をした。

『と、ともかく！　聖なる湖と、切り立っていないゆるやかな丘の下にあるアリキアならぬオレンジの木立まで彼らを案内しなきゃいけなんですよ』

『あのオレンジか！　そういや、金枝なら三十二層にあったぞ』

『それは本当かい？』

俺の後ろから突然ひょいと顔を出した、ネイサン博士が興味深げにそう訊いた。

『ええ。オークに宿る立派なヤドリギのことなら、三十二層を見守るかのごとくに』

『なんと、セーフエリアか……うむむ』

ネイサン博士は腕を組んでうなりながら、ちらりちらりとこちらを見ている。子供か！

『行きませんよ』

『そこを、こう、なんとか』

『ダメです。予定外の行動は、ＪＤＡだって心配するでしょうし。それに、次のスケジュールだってあるんですから』

『では、その予定の後ならいいだろう？』

博士はいいことを思いついたとばかりに、両手を広げて歓迎のポーズをとった。

その向こうでは話を聞いていた佐山さんが「聖なる木か……」と呟いて、考え込んでいる。ああ、そういえば、この人も植物関連の専門家だったたっけ。

『ミスター・アーガイル。引き継ぎもろくにせずに飛び出してきて、何日も予定を引き延ばすのはさすがに……』

このままではまずいと思ったのだろう、シルクリーさんがそう言ってたしなめた。なにしろ本来の目的地は代々木の二層だ。用事など一日もかからない。

『な、なら、一旦帰ってもう一度くれば！』

『お仕事が溜《た》まっていると思いますけど』

『ぐぉおおお！　宮仕えなどくそくらえだ！　若い奴らは、スリーコードで突っ走れ！』

『若くないでしょう？』

『のおおおおおお！』

ネイサン博士は、両膝を突き体を反らして頭を抱え天を仰ぐと、心の叫びをほとばしらせた。

『そうだ！』

何か素晴らしいことを思いついたかのように、輝かんばかりの笑顔で突然立ち直った彼は、とんでもないことを言い出した。

『代々木に分局を作ろう！』

『はぁ!?』

おっさん。いくらなんでもフリーダム過ぎるだろ。

二〇一九年　二月八日(金)

SECTION：代々木ダンジョン 二十一層

翌日、十八層を早い時間に出た俺たちは、午前中に二十一層の湿地帯へと足を踏み入れた。

雪山層で難儀をするかと思っていたが、セーフエリア関連で下層に下りる自衛隊の隊員たちが多いのか、メインルートは思ったよりも踏み固められていて比較的歩きやすかった。

さりげなく少し下がった三好が、アルスルズのせいでドロップし始めた鉱物を、こっそり瞬時に収納していた。〈収納庫〉は、熟練すれば触れなくても収納ができるようになるそうだ。鉄球を打ち出し続けていたら、いつの間にかできるようになっていたとかで、なかなかの職人芸だが、これは、怪盗待ったなしじゃないか？

「うわぁ、春真っ盛りのムーアって感じですね、ここ」

佐山さんが楽しそうに、水辺のヒースに似た植物に駆け寄ろうとしたとき、グラスが突然現れて、彼の襟元をくわえて止めた。

「ぐぇっ」

カエルが潰れたような声を上げた佐山さんが駆け寄ろうとした場所で、小さなドラゴンのようなモンスターが飛び出して、辺りのヒースを切り裂いた。

素早く駆け寄ったグラスに鋭い爪で切り裂かれると、それは黒い光に還元された。

そこでふふんと胸を張ってどや顔を決めてしまうのがグラスクオリティだが、一応護衛は忘れていないようだ。

「危ないですから、指定された場所以外で急に駆け出したりしないでください」

「は、はあ……すみません。なんだか普通にここまで来れちゃったので、あまり意識しませんでしたけど――」

そう言って辺りをきょろきょろと見回した。

「――ここって、ダンジョンの二十一層だったんですよね」

ダンジョンの二十一層は、つい最近まで、探索者たちが到達していたもっとも深い層に近い場所で、そもそも初心者が来られるような場所ではない。

危険な肉食獣がうようよしている熱帯雨林やサバンナよりも、さらに厳しい場所なのだ。

今回は、護衛対象が三名もいたため、アルスルズの露払いエリアを広めにとって、積極的に狩りをさせたのだが、そのせいで俺たちがやることはほとんどなかった。つまりごく近距離の戦闘自体がほとんど起こっていないように感じられたはずだ。

（意外と上手くいったよな）

（コンダクターを雇って、闇魔法（Ⅵ）を使わせたら、三十二層ツアーができそうな気がしてきましたね）

（誰でもいけると誰が来るか分かんないぞ。農協(注24)月へ行く化するかもよ）

（さすがに現代であれは………人命が懸かる仕事は私たちには無理っぽいので辞めときましょう。キリッ）

（何が、キリッだよ、何が）

『ミスター・サヤマの気持ちは分かる。ここまで、まるでピクニックのように歩いてこられるなんて、ほとんど信じられないことだよ』

『そうですよね……食事といい、そこらのファミリーキャンプと変わらない感覚でセーフエリアまで行けるというのなら、世界中の研究者が殺到しそうです』

『確かにそうだ。宣伝しとこうか？』

ネイサン博士がこちらを振り返って、恐ろしいことを言いだしたが、シルクリーさんがそれを遮るように言った。

『絶対にやめてください、ミスター・アーガイル。それはＮＤＡに抵触する可能性があります』

特に、安全性や待遇の詳細を説明しようとするのはダメですと、彼女は拳を握りしめながら力説していた。ネイサン博士は、それをニコニコと楽しそうに聞いていた。

「あれだけ彼女に言われれば、ネイサン博士も宣伝なんかしませんよね」

「甘い、甘いな三好。あのおっさんは、一見常識人っぽい振りをしているが、その実、ルールなんか屁とも思っていない節があるぞ」

（注24）　農協月へ行く
筒井康隆（著）『農協月へ行く』
お金があって無知な人が、好奇心と虚栄心で知らない世界に旅行に行って大騒ぎする話。
読みようによっては酷いが、読みようによっては面白い本。

反社会的な行動を取るというよりも、目的のためには反社会的な行動かどうかを気にしないタイプだ。ナチュラルに危険なやつだ。

「ああ、同類ってこと？」

「バカ言え、少なくとも俺は、日本の法律をそれなりに守ってる」

「自慢するようなことですか、それ……」

メインルートを外れて、少し小高い丘が連なるエリアに入ると、春のムーアから、もう少し多様な植生が現れる。

アブやハチが飛び回っていてもおかしくない風景だが、虫の類いはまったく見当たらない。代わりに草むらを揺らす数メートルもある蛇だの、突然飛んでくるカエルドラゴンだの、高速で飛び回る、羽がカミソリみたいな、でっかいトンボだのが時折姿を見せていた。

ラブドフィスパイソンとウォーターリーパーはアルスルズが始末していたが、ウィッチニードルだけは空を飛ぶし速いので、遠くにいる間に俺が〈生命探知〉で捉えて、こっそりと〈水魔法〉で始末していた。

『こういう場所を見ていると、荷物を運ぶのに馬を使えれば楽だと思うんですけど。十八層で見たポーターですか？　ああいうのより安く上がるんじゃ？』

佐山さんがあたりを見回しながらそう言った。

無理にハイテクを使わなくても、ローテクが使えるんじゃないのかって話だろう。都市伝説として有名な『一方、ロシアは鉛筆を使った』ってやつだな。

『ステイツで以前、試されたことがあったんだ。だが、続かなかったそうだよ』

ネイサン博士が、以前行われた動物の利用実験について説明していた。

なにしろ生き物は手間がかかる。馬ならさらに大量の水や餌が必要だ。行った先でそれが手に入るならいいが、それが期待できない場合、当然馬が飲む水や餌を持っていく必要があるわけだ。

そしてその量は想像以上に多かった。

サラブレッドやアラブの大きい馬なら、軽い運動をするだけで、水は一日で三十リットルは必要だし、餌だって十五キロくらいは食べるそうだ。数日引き回すだけで、馬に乗せられる荷物が馬に必要なもので埋まるという、本末転倒な状況が生まれるのだ。

それでも、餌や水を消費した分、拾得物を載せられるんじゃないかという期待もあったのだが、いかんせん臆病な大動物だ。

モンスターに襲われればパニックになるし、それで怪我でもされれば殺処分するしかない。馬を抱えて帰れるはずがないからだ。かと言って、馬に専門の護衛を付けるとなると、さらに荷物は増えて、もはや何のために連れて行くのかもよく分からない。

階段があるから馬車や荷車を引かせることも難しく、結局、物を運んだり、乗って移動するための動物は、ダンジョン内に適応できなかった。面倒が多すぎたのだ。

『なるほどねぇ。そこらに生えている草を食べさせるってわけにはいかないんですか』

『草よりも水だね。マップが完成している今ならともかく、当時は行った先に水や草があるとは限らなかったんだ』

『じゃあ、今なら？』

『特定の場所への移動には使えるかもしれないが、大動物はモンスターに襲われたときに守るのが難しいからね』

　結局利用は見送られたそうだ。

『それに、どうせここへは連れてこられないよ』

『どういう意味です？』

　佐山さんは不思議そうに訊いた。

『アリキアの森と聖地に、馬は近づけないからさ』

　それはネイサン博士の冗談だったのだろう。アリキアはネミの森があった古代都市の名前だ。馬はウィルビウスを殺した動物だったため、その森へは入ることができなかった。

　何か深い意味があると思ったのだろうか、ふーむと考え込んだ佐山さんに向かって、俺は、「あの丘を越えたあたりから、オレンジの森が広がっていますよ」と告げた。

　今頃はカヴァスとアイスレムが、先行して露払いをしていることだろう。時折、モンスターたちの断末魔のようなものが聞こえ、三好が怪しげな動きをしていた。

　博士たちが見上げた丘の上には、奇妙な円筒形のシルエットが人工物然と立っていた。

　ネイサン博士は、難しそうに眉をひそめ、三好を振り返って訊いた。

『アズサ。あれはなんだ？』

『今日泊まるホテルですよ』

『……気のせいかな、今、ホテルと聞こえたような気がするんだが』

『正確には、うちの拠点ですけどね』

ダンジョン内に立っている大きな人工物を見たネイサン博士は、先日ＷＤＡに提出したスライム退治のパテントの実験的な設備だと説明する三好の言葉にとても驚いていた。ＤＦＡとは無関係な領域なので、どうやらそのことを知らなかったようだ。

『あんなことができるなら、セーフエリアじゃなくても開発が可能なんじゃないか？』

『室内にポップされる可能性がありますから、規模が大きくなると危険が増えるんです』

三好のやつは実験的設備だなどと言っているが、現在のイグルー一号は、ウストゥーラに守られているはずだから、対スライム装備の実験としての意味はない。

第一次ベンゼトスプラッシュシステムは、畑でスライムに完敗したし、応用は特許を見た別の誰かがやってくれることを期待しよう。

『致命的な場所にポップされたりしたら、街が崩壊してもおかしくないということか』

『ダンジョン内の建造物は、常に、確率的なリスクを負っているってことですね』

三好が微妙にネガティブな言い回しで警告を発した。スライム退治のパテントを所有している組織としては、安易にポジティブな発言をして、後で訴訟でも起こされたら困るからだ。

「あ、あの。もうオレンジを見に行っても構いませんか？」

ダンジョン内の事情に疎い佐山さんが、待ちきれない様子でそう言った。

「道沿いなら、大体大丈夫ですよ。急なリポップの対策に、ドゥルトゥウィンをつけておきますから。

トンボの場合は伏せてください」

「了解しました！」

佐山さんは、採取用のクーラーボックスと機材を背負い直すと、スキップするように、丘の向こうへと駆けていった。昼食まで、まだ一時間くらいはあるだろう。

「適当な時間で切り上げて、向こうの建物まで来てくださいね！」

「りょーかいでーす！」

彼は、こちらを見もせずに、手を振って丘を越えた。

俺たちのガードが、グラスしかいなくなったので、ネイサン博士たちには自由行動を許可せず、一緒にイグルー一号まで移動してもらった。

（先輩。ちょっと外で待っててください。バッテリー交換とか、色々やってきますから）

（分かった。終わったら連絡してくれ）

『ネイサン博士。ちょっと向こうを見てみませんか』

俺は荷物を下ろすと、そこから小さな釣竿を二本取り出した。

『前回来たときに見つけた湖なんですが、魚のようなものがライズしてたんですよ』

『魚？　水中にいるモンスターは、いくつか見つかっているが……』

『それを、確かめてみませんか？』

そう言って一本の釣竿を彼に渡した。

『これはあれかな、日本じゃＧＹＯって驚くところかな？』

ネイサン博士は、その竿を受け取りながら、おちゃめなポーズでそう言ったが、目が笑っていなかった。

あれから色々と調べてみたが、ダンジョン内にいわゆるモンスターではない魚類は発見されていなかった。もしもここに魚がいて、ついでにリポップしたりすれば、ここは、魚が無限に獲れる漁場ということになる。二十一層から地上まで、〈保管庫〉なしで生魚を運ぶのは骨が折れるだろうが……

（三好。グラスは借りて行くぞ）

（了解です。こっちにはライラプスがいましたから大丈夫です）

俺が、グラスに周辺の警戒と警護を頼むと、グラスは仕方ないな、任せておけとばかりに、湖に向かって先に下りていった。

お前が先に下りて、俺たちの警護はどうするんだよ……

体が小さいだけで、能力はほかのアルスルズとそれほど変わらないらしいが、こういうところが、ちょっと抜けてるんだよな、こいつ。同じヘルハウンドでも、性格や個性が異なってくるというのは面白い現象で、まるで本物のペットのようだ。

俺たちはグラスに続いて丘を下り、湖のほとりで竿を伸ばした。

ダンジョン内に食物連鎖が確認されていない以上、そこにいる魚が餌を食べるのかどうかは分からない。もしも食べないのだとしたら、餌を模したタイプのルアーは、見向きもされない可能性が高い。

そこで、適当なスプーンをいくつか持ってきたのだ。

博士は、タックルの中から、迷わずスライド系のスプーンを選択した。

『ネイサン博士って、釣りにもお詳しいんですか？』

『NYじゃ、子供たちに釣りを教える行政サービスまであるからね』

『本当に？』

『もちろんさ』

博士の話を聞く限り、それは、東京都が子供たちを集めて、釣り教室を税金で開催しているようなものだった。凄いな、NY。

『それに、私だって、毎年五月の解禁日になれば、ドライブがてらロングアイランドへ繰り出して、ペコニック(注25)やガーディナーズでフルークを釣るよ』

『フルーク？』

『知らないかい？　フラッティーな魚だけど』

平たい《フラッティー》？　ヒラメやカレイかな？

『ドア・マットはまだ仕留めたことがないけどね』

ドア・マットというのは、一メートルを超えるような大きなフルーク(注26)のことらしい。そんなサイズのカレイはいないから、やはりヒラメの類いだろう。しかしオヒョウって寒い海にしかいないよな……温かい海だと普通のヒラメの育ちもいいのかな？

『じゃあ、俺はこれで』

俺が取り出したのは、スプーン界のレジェンド、トビーだ。

なにしろシェークスピアだって、「トビーかトビーでないかそれが問題だ」と言って（注27）いる。

『さて』

タックルをセットして立ち上がると、ネイサン博士が、なかなか堂に入ったキャストでルアーを飛ばし、スライド系を意識したリーリングを始めた。

通常、池や湖を岸から攻める場合、沢筋から池に注ぐポイントを攻めるのがセオリーだ。

しかし周りを見る限り、そんな場所はなさそうだし、水中から枯れた木などが突き出ていたり、オダが沈んでいそうな場所も見当たらなかった。

仕方なく、適当にキャストしてリトリーブを繰り返していると、ごつんと何かにあたる手ごたえがあった。ん？と合わせて竿を立てると、一気に横に走り始めた。

「うわっ！　何か来た！」

省スペースのテレスコピックロッドは強度がなく、簡単に折れる。

弓のようにたわむロッドを気にしながら、ドラグで調整してだましだまし寄せていく。ふと見ると博士が自分の釣りを切り上げて、地面に置いてあった、ネットを拾って伸ばしていた。

『レインボーのランカーサイズのような引きだ』

『モンスターじゃないことを祈っておいてください』

しばらくすると、ヒットした魚が寄ってきた。一応それがモンスターで、テッポウウオよろしく攻撃してくることも想定はしていたが、アルスルズたちが動かないところを見ると、モンスターではないようだ。

　寄ってきた魚は、美しい銀色に微かにピンクの色が浮かんでいるスマートな魚だった。かなり大きくて用意していたネットには、とても収まりそうになかったが、ネイサン博士がそれをすくい上げ、体を半分ネットの外へはみ出させながら、草むらの上へと放り投げた。

『こいつは立派なスチールヘッドだな。三十インチ（七十六・二センチ）はありそうだ』

　スチールヘッド？

『いや、ちょっと待ってください。スチールヘッドって、降海型のニジマスですよね？』

『そうだよ』

『この湖のどこに海へ降りるルートがあるって言うんですか』

　俺はあたりを見回しながら言った。

　この湖は、見渡す限り内陸湖のように見えた。つまり流出する河川はなさそうだった。

『そういわれれば不思議だが――』

　ネイサン博士は頭を上げて周囲を見回した後、ネットの中の魚に目を落として言った。

『――そもそもダンジョン内に魚が棲息《せいそく》していること自体が不思議だからね。こういうこともあるんだろう』

　いや、あるんだろうって。

　まれには陸封でスモルト化する個体もいるらしいから、最初の一発でそいつがかかった可能性も……いや、ないな。

『しかもイギリスのムーアあたりをイメージして作られた風景の中に、太平洋北部、主にアメリカが原産の魚とか、雑にもほどがありますよ』

もしも三代《みしろ》さんのイメージが影響しているんだとしたら、アトランティックサーモンやノーザンパイクは、日本だとメジャーとは言えないから棲息していなくても不思議はない。サケっぽい銀色の魚、みたいな認識だったのかもしれないし。

もしも三好なら、絶対サクラマスだったに違いない。理由？　美味いからだ。

『いや、イギリスにもスチールヘッドは――作られた？』

ネイサン博士がイギリスのスチールヘッド事情に言及しようとして、何かを思いついたのか、怪《け》訝《げん》な顔をして眉をひそめた。

そう言えば、ダンジョンに虫や魚がいなかった理由や、階層の環境が作られるんじゃないか仮説は、俺たちの勝手な想像で、全然一般的な話じゃなかった。

『で、これ、どうします？』

俺は、草の上で暴れるのを諦め、鰓《えら》だけをパクパクと動かしている銀色の魚体を指さしてごまかした。

その推論の根底には、俺と三好の経験だけでなく、Dファクターと〈メイキング〉への知識があるのだから、説明のしようがない。そこを省略してしまうと、ただの思いつきに過ぎないし、議論の俎上《そじょう》にすら載せられないのだ。

『そりゃあ、食べてみるしかないだろう』

ネイサン博士は不審そうな顔をしながら、そう言った。

おいおい、ＤＦＡの主席研究員が何を言ってるんだ。食の安全性を守るのがお仕事だろ……

『え、危険かもしれませんよ？』

『なに、人類が食べている食物の大部分は、誰かの犠牲の上に安全性を確認したものばかりだよ。それに――』

博士はイグルー一号を見上げた。

『――彼女がいれば大丈夫だろう？』

『ああ』

そういや三好は〈鑑定〉持ちだ。

しかも最近レベルアップしたらしく、説明が増えたりしたそうだ。ダンジョン産のオレンジにも効果があったから、魚にも使える可能性は高いだろう。

『じゃ、今晩はスチールヘッドのソテーですね』

『実に楽しみだ。我々はダンジョン産の魚を口にする、世界で最初の人間になる栄誉を与えられたんだからね』

ネイサン博士は両手をこすり合わせながら、楽しそうに言った。

『しかし、あれだな』

『はい？』

『彼女が一人いれば、ＤＦＡなんかいらなくないか？　本来なら長期間かかる検査も一瞬だ』

いや、ないかって言われても……

『一人の人間にすべてを頼ることの危険性はよくご存じでしょう？』

俺は、魚からフックを外して、手早く締めると、竿を片付け始めた。

三好の〈鑑定〉に依存したシステムができあがってから、三好が突然死んだりしたら、システムを再構築する間、ダンジョンから出てくる食に対して世界は無防備になる。

そんなことをネイサン博士が分かっていないはずがない。

『ちぇっ。彼女が引き抜ければ楽ができると思ったのに……』

ちぇって……この人時々子供みたいになるんだよな。

俺は苦笑いしながら魚をぶら下げ、博士たちと一緒にイグルー一号へと向かった。

（注25）　ペコニック

ロングアイランドの東側にある湾の名前。大ペコニック湾と小ペコニック湾がある。同様に、ガーディナーズも同じ辺りにある湾の名前。

（注26）　オヒョウ

世界最大の「カレイ」

芳村は、その大きさから、オヒョウがヒラメの仲間だと勘違いしているが、実はカレイの仲間。ただし、これは例外で、一般的には食性の違いからカレイ科よりもヒラメ科の方が大型になりがちだ。ちなみに、ここで登場するフルークは、Summer Flounder（夏ヒラメ）と呼ばれるヒラメの一種らしい。

（注27）　言っている

ハムレットを知らなくても、この言葉は知っているというくらい有名な台詞、to be, or not to be: that is the question: のこと。

これをもじって、Toby, or not Toby と言ったのは、確かABU社の昔の偉い人だった気がする。……詳しいことは忘れてしまったが、開高健氏の著作にもある。「トビーか、トビーでないか。それが問題だ」は、なかなかの名言だと思う。

SECTION :

東京都北区赤羽　ナショナルトレーニングセンター陸上トレーニング場

「ふーん、初めて来たけど、二十三区内の都営地下鉄駅前にしちゃ、なんというか——控えめな感じだな」

「はっきり寂れてるって言ってやれよ」

　朝十時になる少し前に、本蓮沼の駅を出た渋チーたちは、辺りを見回しながら失礼極まりない感想を述べていた。

「空が広くていいじゃねーか。ほら、遅れるから急げ」

　林田があくびをしながらそう言うと、全員が少し早足で駅から少し行った先にある、国立スポーツ科学センターへと向かった。そこで彼らは、すぐに近くにある陸上競技場へと案内された。

「へー、ここがナショナルトレーニングセンターか」

　東が興味深げに周りを見回している。

「モンスターとの戦闘シミュレーションなんてのはなさそうだけどな」

　今のところ探索者のトレーニングセンターはない。実戦で叩き上げるしかないわけだが、そのせいで探索者の正確な能力を簡単に測定できるような施設も、まだ作られていなかった。

「トラックにも屋根があるのか」

「一部だし、簡単に吹き込んできそうだけどね」

トレセン内に渋チーが足を踏み入れると、そこには大勢の人間が集まっていた。

「本日は、ご足労頂きましてありがとうございます」

「はいはい」

三塚《みつか》と名乗った女性が、吉田《よしだ》と名乗った男と一緒に頭を下げた。

他には何人かの男女が様子を見るように遠巻きにしていた。

「あの人たちは？」

「ああ、陸連の偉い人たちです。一応その目で確認したいとのことで」

「ふーん。じゃ、あのカメラは？」

「ＭＢＳの取材です。今年のＩＡＡＦ（注28）の放映権利者としての取材で……まずいでしょうか？」

三塚が恐る恐るそう言うと、喜屋武が笑顔でカメラに向かって手を振った。

「いやいや、全然。な、林田」

「お前な……まあ、面倒にならなきゃ別に構わない」

「ありがとうございます」

「おい、さっさと済ましちまおうぜ」

ダイケンが遠巻きにしている連中を見ながら不機嫌そうに言った。

彼は、ただの記録会だと聞いていたのに、人の目がありすぎて落ち着かなかった。積極的に喜んでいるのは喜屋武くらいだ。

「じゃ、まずはトラック競技からか？」

「はい、短距離からお願いします。まずは百メートルで」

「百メートルねぇ。うちで一番足が速そうなのはデニスかな？」

「うーっす。ご氏名承りましたー。じゃあ、走るっすよ」

デニスは、借りた陸上用のシューズを履くと、少し屈伸しただけでろくなアップもせずにスターティングブロックへと足をかけた。

「Set!」

「すみません。セットって何ですか？」

「え？」

その質問に驚いた三塚は、クラウチングスタートの方法と、スタート時のお約束をデニスに説明した。

「ああ、用意ドンの用意ってことっすか。了解です」

on your marks で位置に付き、set で腰を上げて、スターターピストルが鳴ればスタートだということを聞いたデニスは、もう一度スタート位置についた。

「Set!」

デニスが腰を上げた様子を見て、吉田は、彼がクラウチングスタートを練習したことがないことに気がついた。体重のかけ方がでたらめなのだ。

クラウチングスタートは、足を伸ばす力を前へ進む力へと変換するが、それはあくまでも姿勢の移行をスムーズに行った場合で、それには正しい練習が必要だ。そうでなければスタンディングの方が早かったりすることもある。

　これだけでコンマ何秒かの差が生まれるのだ。

「これじゃタイムは出ないだろうな……」

　そう呟いた瞬間、スターターピストルの音が鳴り響き、デニスがスタートを切った。

　思った通り、姿勢の移行はぎこちないものだった。吉田は期待できないなとばかりに下を向いたが、その時、隣にいた三塚が吉田の脇腹を肘でつついた。吉田が顔を上げると、大きく目を見開いた三塚の指が震えながら今日のためにメーカーが持ち込んだトラックタイマーを指差していた。

「よ、吉田さん……あれ」

　そこには、とんでもない数値が表示されていた。

「えっ……九秒四六⁉」

　観戦者から、驚いたようなどよめきが上がる。

「そんな馬鹿な！　スタブロの使い方も姿勢の移行も、あれほどグダグダなのに、そんなタイムが出るわけ――か、風は？」

　超音波風速計の数値は、マイナス１・２を示していた。

「む、向かい風⁉」

「十メートル毎《ごと》のスプリットタイムも計測してありますから、後で確認しましょう」

「あ、ああ……そうだな」

　スタート地点では、デニスのタイムを見て、東が手を叩いて喜んでいた。

「おおー、デニスやるじゃん。で、あれって速い(注29)の？」

「さあな。だが、あのくらいでいいなら俺にも出せそうな気がするぜ。おい、林田！　俺にも走らせろよ！」

喜屋武が林田に向かって声を上げると、林田は苦笑しながら頷いた。

まあ、大体こうなるとは思っていたのだ。

「しゃーねーな。すみませーん！　他のやつも走っていいですか？」

声を掛けられた三塚は、コクコクと頷いた。

それを見て喜屋武は、「よっしゃー！　なっちゃう？　ヒーローに！」と腕を回しながらスタートブロックへと足をかけた。

(注28)　ＩＡＡＦ
国際陸上競技連盟（International Association of Athletics Federations）のこと。この年の十一月にワールドアスレティックスへ改名されるが、現時点ではＩＡＡＦ。

(注29)　速いの？
ウサイン・ボルトの九秒五八が、この時点の世界記録です。

SECTION :
東京都北区西が丘　国立スポーツ科学センター

記録会が終了した後、国立スポーツ科学センターの一室では、ＪＡＤＡのアスリート委員会と学術委員会合同の検討会が行われていた。

「しかし、トップエンドの探索者というのは凄いものですね」

この季節にしては異例のことに、最高気温が二〇度近くまで上がったこの日、高コンディションの中、渋チーたちが叩き出した記録は異常と言ってもおかしくなかった。

その一覧を見ながら、物腰の柔らかそうな学術委員の坂上が感心するように言った。

「確かに、百メートルと二百メートル、そしてマラソンに関しては、まだまだ世界記録が大幅に伸びる可能性があると、以前、ＳＭＵ（注30）のワイアンド博士が仰ってましたが……」

長距離は時間の関係で計測されなかったが、計測した短中距離および、フィールド競技ではほとんどが世界記録かそれに近い結果を記録していたのだ。

「坂上さん、感心するのは分かりますが、ワイアンド博士の発言は、栄養学、生体力学、医療支援、指導法、リアルタイムのデータ収集といった幅広い領域で科学的な知見を積み重ねることで、身体能力の向上を目指すという大がかりなものでしょう」

坂上が発した能天気な台詞に、神経質そうな男が眼鏡のつるをいじりながら言った。

「この記録をマークしたのは、なんの練習もしていない、言ってみればただの素人ですよ」

「素人というのはどうでしょうか。彼らだって探索者の世界ではトップレベルにいるわけですから、単に訓練の質が違うというだけでしょう？　大地を毎日、ただ駆けていただけの高地民族が、陸上競技で凄い記録を叩き出すことは歴史的にもあったことでしょう」

「現在とは走る技術に差がありすぎますよ。それなしでトップを争うのは無理でしょう」

そんな話を聞くとはなしに聞きながら、三塚と共に記録会を進めていた吉田は、自分の現役時代を思い出していたのか、思わずぽつりと呟いた。

「しかし、これは……真面目にトレーニングしてきた選手は驚愕《きょうがく》するでしょうね。屈辱を感じるとまで言えるかもしれない」

探索者がダンジョンに潜っている期間は長くても三年だ。下手をすると十年以上同じスポーツを極めようとしてきたアスリートがその差に愕然とすることは間違いないだろう。

三塚は議長に向かって記録表を掲げ、結論を告げた。

「結果は明らかでしょう。同じ技術を持っていたとしたら、非探索者は、絶対に探索者には勝てません。それどころか勝負にならない可能性すらあります」

彼女はそれを目の前の机の上に放り出すと続けた。

（注30）　ワイアンド博士

サザンメソジスト大学運動能力研究所所長のピーター＝ワイアンド博士。
SMUは、サザンメソジスト大学。

「今までそれが問題にならなかったのは、トップレベルのアスリートは練習が忙しくてダンジョンに潜る暇などなかったし、トップレベルの探索者はダンジョンに潜るのが忙しくて、スポーツをやる暇などなかったという、ただそれだけのことにすぎません」

議長の隣に座り、目を閉じて腕を組んでいた浦辺というアスリート委員会の重鎮が、腕をほどいて目を開けた。

「両方やっていた者は、どちらも中途半端だったため、そこそこの成績にしか繋がらなかったということか」

「なにしろダンジョンができてから、まだ三年しか経っていませんから」

「高田や不破のような選手は、他にはいないと？」

浦辺は委員を睥睨《へいげい》しながらそう尋ねた。老齢にさしかかったとはいえ、いまだにがっちりとした彼の体格は、それなりに威圧感をたたえている。

「若い選手に、彼らのような——言ってみればダンジョンネイティブ世代の選手がいる可能性はあります」

高田と不破は、ちょうどダンジョンができた頃大学へ入学して、興味本位で代々木へ通っていたという点が共通していた。そうして、それによって徐々に記録が伸びているということに気が付いて、ダンジョン探索を練習の一環として捉えていた節があったようだ。

「ダンジョンができた当時、大学入学前後の世代には、同じことを考えていたアスリートがいてもおかしくありません。ダンジョンブームもありましたし」

その説明を聞いても、今ひとつ納得のいかない浦辺は、疑問を口にした。

「しかし、高田や不破だって、先日までは有望とはいえ普通の選手だっただろう」

その質問には、三塚に代わって吉田が答えた。

「聞き取りを行った結果、突然成績が伸びた原因は、これだとしか考えられません」

彼は、委員たちの前に置かれている資料の中にある、とあるサイトが印刷されたページを指し示した。

「ダンジョンブートキャンプか……しかし、あれは本来、ダンジョン攻略のための訓練プログラムだろう？」

「ブートキャンプの説明によると、ダンジョンで得られるなんらかの力は、何もしなければその一部が強化に使われますが、どんな力が強化されるのかは行動に依存していて、任意に選ぶことが難しいのだそうです」

「正しい訓練によって、その溜まっている何かを任意の力に割り振ると言うことか？」

「主催者によると、探索者の潜在能力を引き出すためのプログラムだそうです」

それを聞いた瞬間、坂上が思わず吹き出した。

「クンダリニー・ヨーガですか」

Dファクターをプラーナと言い換えるなら、それは、あながち間違いでもなさそうに思えた。

「古代インドあたりの怪しげな秘技みたいに聞こえますよ、それ」

坂上の台詞に、参加者からは、失笑めいた笑いが漏れた。

「つまり、ブートキャンプを受けたところで、それまでに蓄積された探索者としての潜在能力がなければ効果はないということか」

「逆に言えば、ダンジョンを練習に組み込んでいた選手は、このキャンプを受講することで、一躍世界のトップアスリートになる可能性があります」

　吉田の発言に、会議室が静まりかえった。

　アスリートたちにとって、そのことは何にもまして重要だったからだ。

「不破や高田の記録は、たった一回ブートキャンプを受けただけで大きく変わっています。サブ2（注31）アワープロジェクトも、このことを知ったら平常心ではいられないでしょう」

　渋チーの記録を見た指導者たちの興味は、すでにダンジョントレーニングへと向かっていた。

　高地トレーニングがドーピング扱いできない現状、ダンジョントレーニングをドーピング扱いするのは無理だというのが共通の認識ではあったが、それでもそれをよく理解できない指導者の中には、いい顔をしない者が多かった。

　だが、出てきた記録がそのすべてを吹き飛ばした。

　これに乗り遅れた者は、一瞬で過去の遺物扱いされることは間違いない。今までどんなに栄光の時間を過ごしていたとしても。

「……それで、そのブートキャンプですが、費用はどのくらいなんです?」

　恐る恐るといった感じで、三十代の女性指導者が手を挙げた。

「不破と高田は三万円だったそうです」

「三万円⁉　それで世界記録？」

「もっとも、組織枠だと三万ドルだそうです」

「なんだその違いは……」

あまりの料金差に、驚いた委員が思わず呻いた。

「しかし三万ドルでも安くないですか？　世界記録に支払われる報奨金を考えれば」

吉田の言葉に、アスリート委員たちはなるほどと頷いていた。

「しかし、応募してもすさまじい倍率で、選考されるのは相当難しいそうです」

それを聞いた浦辺は、こいつらは権力の使い方をちゃんと学んでないのかと呆れていた。

「日本陸連で、そのキャンプの枠を押さえることができるんじゃないのか？　こういう時のために献金しているわけだろう？」

「ちょっと待ってくださいよ、浦辺さん。陸連というところは聞き逃せません。そういうことなら水連だって手を挙げさせていただきますよ」

浦辺の台詞に議長が割り込んだ。浦辺は陸連の出身だが、議長は水連の出身なのだ。

日本のスポーツ団体は非常に複雑だ。

（注31）　**サブ2アワープロジェクト**
the Sub-2-Hour marathon project.
イギリスに本拠を置くマラソンで二時間を切るぜーというプロジェクト。ワイアンド教授も参加している、サイトもあるよ。　https://www.sub2hrs.com/

以前はある程度、公益財団法人日本スポーツ協会（いわゆる体協）がまとめていたが、一九八九年に日本オリンピック委員会が体協から独立したため、国体やアジア競技大会は体協への参加が必要だが、オリンピックはＪＯＣへの参加が必要になった。さらに、国際競技連盟主催の国際競技大会へは、体協へ加盟していなくても、直接当該競技の国際競技連盟に加盟していれば参加できる。もはや一般人には訳が分からないと言っていい状態なのだ。

「各競技団体がバラバラに申請しても、影響力が薄まってしまいませんか？　体協やＪＯＣに依頼した方が……」

「しかし体協やＪＯＣがとりまとめてその席を確保しても、加盟団体は軽く五十を超えるでしょう。各競技の連盟や協会に等しく枠が回ってくるんですか？」

カンカンガクガク、様々な人間が、自分の出身の競技団体の利害を代表して声高に主張を述べ始めた。

学術委員たちは呆れたようにそれを見ていたが、エスカレートするばかりで収束しそうにない議論に、坂上が待ったを掛けた。

「まあまあ、みなさん、落ち着いてください。この問題は、おそらく、最終的にはスポ庁預かりで、実際の管理は日本スポーツ振興センターあたりがやることになるんじゃないかと思います。各競技への割り振りについては全体の数が出てから改めて話し合えばいいでしょう」

なにしろここはＪＡＤＡの会議ですから、と彼はさりげなく当てこすった。

「それで、結局議員の先生たちにお願いするわけですか？」

「日本のためだと言えば、国会の先生方も断りにくいだろう。それに、大して後ろ暗い話でもないわけだし、ここで力を貸しておけば来年のオリンピックの立役者にもなれる」

「そりゃ、食いついてきそうな方もいそうですね」

こういう会議をしている者たちには共通の錯誤があった。

それは政治マターにしてしまえば、なったも同然であり、相手の都合などお構いなしで自分たちの考えの通りになるという、通常ならあり得ない発想だ。

しかしそんな中に、こいつらもしかしてバカじゃないのかと、その議論を冷めた目で見ていた男がいた。

菅谷《すがたに》恭也《きょうや》、三十四歳。

現役時代からアウトロー扱いされていた男で、なまじ実績があっただけに、あちこちに厄介者扱いされたあげく、こんな委員会に放り込まれてくすぶっていたはぐれ者だ。

これはＪＡＤＡ、日本アンチドーピング機構の専門委員会だ。

アスリート委員会は、アスリートの視点からドーピング検査や教育活動などの助言や提案をするのが仕事だし、学術委員会は同様にドーピング検査や教育活動に関する調査研究を審議する委員会なのだ。

「それがなんでこんな話になってんのかね……」

しかも争っている内容自体もおかしかった。

技術のウェイトが極めて大きい球技等ならいざ知らず、目の前にあるのは陸上の話なのだ。一年で選手をダンジョンに馴染《なじ》ませるくらいなら、すでにダンジョンに馴染んでいる連中に競技の基礎技術を叩き込む方が早いのは自明の理だ。今日の記録会を見てもそれは明らかだろう。連中を選手として登録しただけで、世界記録は続出だ。ただし、今なら、だろうが。

もっとも、ここで議論をしている連中には、すでに自分たちが預かっている選手がいて、それを切り捨てるということが難しいのだろう。

しかしこの男は違っていた。

「潜在能力か……」

その男は渋チーたちが出した記録の一覧を眺めながらそう呟いた。

こうしてこの日、日本スポーツ界は、不幸にもブートキャンプへの参加を、政治マターにしてしまった。

SECTION :

代々木ダンジョン二十一層

『いやあ、もの凄く美味かったね！』

イグルー一号のリビングで、スチールヘッドのバターソテーを堪能した博士が、ご機嫌な様子でそう言った。『焼くときにメープルを掛け回したりするんだよ』と言われたときには、ホントかよと驚いたが、考えてみればバルサミコを使うソースと、甘いという点では同じようなものなのかもしれない。

『で、どうやったらダンジョン内で、こんな施設を維持できるんだい？』

『ミスター・アーガイル。質問はタブーですよ』

知らなくていいことは知らない方がＮＤＡを守りやすい。シルクリーさんは、極力その方向で行くようだった。

『三十八億ドルで、ダンジョン内に施設が建てられるんなら安いと思うがなぁ……』

そうぼやくのを聞いて、俺は三好に目配せした。

（な）

（本当でした！）

一見常識人っぽい皮を被っちゃいるが、その実ルールなんか屁とも思っていないってやつだ。

『ミスター・アーガイル。そういう台詞は、まず予算を用意してから仰ってください』

いや、もしかしてシルクリーさんも大概なのでは……

昼食後、俺たちは、佐山さん本来の仕事である、枝の採取に向かうことにした。

「湖の奥に凄いのを見つけたんですよ！」

まるで魅入られたようにそう言う佐山さんに、ダメダメ理系病に侵された人共通の言動を見た俺たちは、仕方なく彼に付いて湖の向こう側へと赴くことになった。

『ネイサン博士たちはどうします』

『そりゃあもちろん付いていくさ。こんな体験は二度とできそうにないからね！』

海外旅行中の観光客みたいなことを言っているが、ここはダンジョンの二十一層だ。いましも三好の周りには、時折宝石の原石がドロップしていた。

人は一度痛い目に遭わなければ学習しないが、ダンジョンで痛い目に遭うと大抵は取り返しの付かない被害を被る。ただ、放置して、じっとこの中にいてくれるならいいが、辺りを勝手に散策でもされたりしたら、その方がずっと危険だ。連れて行く方がましだろう。

湖のほとりに沿ってオレンジの森を歩いて行くと、やがてひときわ大きなその木が見えてきた。まるで神々しいオーラをまとっているかのように立っているその木は、確かに他とは違っているようだった。

『あれですよ、あれ！　なんだか凄くないですか？』

『オレンジの樹高は、栽培下ならせいぜい三メートルだが、これは……』

ネイサン博士が見上げるその木は、オレンジというには立派すぎ、どう見ても十メートル以上はありそうだった。

『こんなオレンジは地上じゃ見たことがありません。どうせ接ぎ木するなら、これにしてみようと思ったんです』

そう言いながら、剪定《せんてい》用だろうか、佐山さんは小振りのナタを取り出した。

「ん？」

彼がそのナタを振り上げたとき、俺の〈生命探知〉に強く反応する何かが現れた。

そうしてそれを振り下ろすと同時に、凄い勢いでこちらに近づき始めた。

（三好！）

（こっちにも反応が出ました！）

『どうしたんだ？』

俺たちの様子がおかしいことに気がついたネイサン博士が、真面目な顔でそう言った。

『ちょっと面倒なのが来たみたいです。そちらの隅で固まっていてください』

三好が少し離れた場所に誘導すると、アイスレムとドゥルトウィンが彼らを守るように姿を現し、シルクリーさんが小さく息を呑んだ。何かが遠くで戦っていたことは知っていただろうが、近場で姿を見せたのはグラス《ちびっこ》だけだったからだ。

博士は逆に目を輝かせていたが、ダンジョン深層の危険が近づいてきているときに、それを忘れるようなことはなさそうだった。

（ただの研究バカで無鉄砲な人かと思ったら、そうでもないんだな）

（そりゃそうですよ。ＷＤＡの主任研究員といったら、未知に対する人類の盾ですよ。優秀だという程度で抜擢《ばってき》されるはずがありません）

（そりゃそうか……）

もしも地球に外宇宙から来訪者がやってきたとしたら、相対するのは人類でも最高の英知を持った人たちだろう。

（まあ、天才とナントカは紙一重だって言うもんな）

（先輩……）

「え？　ちょ、待ってくだ——んんーっ⁉」

焦ったような声を上げたのは、あの特別そうな枝を切り落とそうと、ナタを食い込ませたはいいが、切り落とすどころか、それが抜けなくなって四苦八苦している佐山さんだった。足元では、呆れたような顔をしたグラスが、お座りをしながらそれを見上げていた。

（あっちは？）

（翠先輩なら、中島さんとキヨミーと三人でダメダメ理系トリオの烙印《らくいん》を押しそうですね）

俺は思わず吹き出しかけたが、人間が、いまだに経験したことがない危険を正しく理解できなくても、それは特別なことではない。運が悪ければ現世に別れを告げる未来が訪れるだけだが——

「そうさせるわけにもいかないか」

まさかこんな面倒が待っているとは思わなかったが、こいつは一応仕事なのだ。仕事を完遂しなければならないという責任感は、社畜のＤＮＡに深く刻み込まれている。

俺は、〈メイキング〉でステータスをマックスに振り直した。見られていたとしても、適当に手を動かしているようにしか見えないはずだ。訊かれればおまじないだと答えればいい。

「〈危険察知〉は？」

そう訊いた俺に、三好は首を横に振った。

「スーサイド・リーフテイルの例もありますから、安心はできませんけど」

リーフテイルの場合、それが爆弾化して突っ込んでくるときに初めて反応したからだ。反応したときはすでに間に合わないなんてことにもなりかねない。

「そうだな。じゃ、少し下がってろ」

「了解です」

急激に近づいてきた反応が、少し向こうでわずかの間停止すると、枝をかき分ける音が聞こえて、そこから何かが姿を現した。

「人……間？」

十数メートル先に姿を現したのは、やや大柄な体格の人間のように見える何かだった。

ほとんど黒に見える暗緑色の、縁に奇妙な文様が金彩で刺繍《ししゅう》されているローブのフードを目深に被り、分厚いストールに口元を隠された闇の奥にはギラギラと光る目だけが強者のオーラを放っていた。

体に巻き付けたツタのようなベルトには短剣が差してあり、木の枝のようにも見える大きめの杖を持っていた。

「エンカイ様も見た目は人間でしたよ」

「そういやそうか」

焼かれそうなヘイトに燃え上がる瞳は、どう見ても、普通のモンスターには見えなかった。二十一層のモンスターリストにも、もちろん含まれていない。

「ハウンドオブヘカテみたいなワンダリングユニークか？」

「どちらかと言えば、エリアボスですね」

そいつを〈鑑定〉したはずの三好が答えた。

「エリアボス？」

「森の――王だそうです」

「んじゃ、ここはまさか、本当に……」

レーヤの二人は、拠点の周囲から動かないはずだから、湖の奥側の詳細を固定させたのは、おそらく佐山さんだ。その意識がネイサン博士の言葉に引きずられ、湖の奥に特別な木を作り出したとしても、驚くにはあたらない。

それにしても、二十一層のエリアボスで、王か――

「エンカイ級なら無事じゃ済まないぞ」

アルスルズでも一撃でアウトだろう。盾になれたとしても一発だけだ。

「本当にダメそうなら、アルスルズ空間へ――」

そう言いかけたところで、後ろからボキッという音が響いて、何かがドスンと地面に落ちた音がした。その瞬間――

「ＧＵＯＯＯＯ！」

辺りの空気を派手に震わせる雄叫《おたけ》びを上げた森の王が、短剣を抜いて突っ込んでくる。

エンカイは一瞬で移動して、三好は気が付きもしないうちに殺されかけた。ＡＧＩ（素速さ）２００にして、やっとややスローに感じられたとはいえ、あれは十八層だ。二十一層のエリアボスともなれば、どれほどの――

「え!?」

三好もそのときのことを警戒していたのか、森の王が動き始めた瞬間、その前に多くの鉄球を躊躇なく撃ちだしていた。エンカイなら腕の一振りで対処した攻撃だったが、森の王にはそれが直撃し、頭が潰れたような音を立てて、そのまま後方へと吹き飛んだ。

強者のオーラはどこへとばかりに、拍子抜けして立ち止まる俺の視線の先、森の王は、何回かバウンドしながら回転し、そのまま地面に倒れ伏した。

「弱っ!?」

確かに三好が撃ち出す最大サイズの鉄球は、もはや銃ではなくて砲だといえる大きさと威力だが、あれほど強キャラ感満載で登場しておいて、なんというていたらく。

数秒間、風がオレンジの葉を揺らす音だけが聞こえる中、全員がピクリとも動かない森の王を注視していた。

「先輩……黒い光になりませんよ」

「これ本当にモンスターなんだろうな？　コスプレした人間でした、なんてことになったらしゃれにならん。下手をしたら殺人だぞ……」

　正当防衛が成立しそうな状況ではあるが、結果だけ見れば過剰防衛も甚だしい。

「侵略者に協力する人間が登場するのは、定番の展開ですからね」

「勘弁してくれ」

　片手で額を押さえながら、仕方なく森の王に歩み寄ろうとした俺は、それがもぞもぞと動き出したのを見て足を止めた。

「あれ、頭が潰れてなかったか？」

　再生力の強いトロルや、アンデッドのゾンビだって、頭を吹き飛ばせば死ぬ。マルチヘデッドクリーナーは再生したが、そもそもヒト型で頭を吹き飛ばしても死なないモンスターなんか……

「先輩！」

　それはむくりと体を起こすと、再び奇声を上げて走り寄ってきた。

　だが、もう一度三好が鉄球を飛ばすと、まるで再現フィルムのように吹き飛んだ。

「なんだ、こいつ？」

　手応えがあるんだかないんだか分からない相手は不気味だ。

「なにか特殊な弱点があるタイプでしょうか？」

　神話などに登場する不死身のキャラには、大抵弱点がある。すでに三十二層まであることが明らかになっている以上、二十一層で絶対倒せないモンスターが登場するなんてバランスが悪すぎる。

どうにかして倒す方法があるんだとは思うが……

「背中に菩提樹《ボダイジュ》の葉の形をしたアザがあるとか？」

「そうそう、かかとに女神様が摑んでいた場所があるとか、お経を書き忘れた場所があるとか」

「それって弱点(注32)か？」

そもそも芳一君は不死身じゃないだろ。

「まあ、状況から考えれば、枝を折った逃亡奴隷じゃなきゃ倒せないってやつでしょうか」

「ネイサン博士は最初っからネミの森扱いだったしな。つまり、あいつを倒せるのは――」

俺たちは同時に後ろを振り返り、折れた枝を抱えて尻餅をついたままの佐山さんを見た。

「え？」

「逃げるぞ三好！」

いくら弱そうと言っても、装備もないド素人に二十一層のエリアボスを倒させるのは無理だ。

俺は、倒れていた佐山さんを拾い上げると、アルスルズに追い立てられるネイサン博士たちを先頭に、湖に沿って逃げ出した。

（先輩！　アルスルズに頼んだ方が早いですよ！）

以前、どこかの刺客を六人まとめて運んでもらったことがあるから、博士たちがパニックを起こして暴れたりしなければ、質量的にはいけるはずだ。だが――

（エリアボスだとしたら、エリアの外までは追ってこないはずだが、どこまでがエリアか調べとかなきゃ、レーヤが危ないだろ！）

（でもこのままじゃ、どっかで力尽きますよ）

なにしろ日頃は運動なんかまったくしていなさそうな人たちだ、長時間走れるとは思えない。

（本当に危なくなったらアルスルズに頼む！）

（仕方ありません。とにかく時間を稼ぎます）

三好は、森の王が起き上がり、追いすがってくる度に同じことを繰り返して時間を稼ぎ、彼の頭を都合九回吹き飛ばした。これだけやれば好奇心にまみれた猫だって死ぬはずだが、そいつは執拗《しつよう》に俺たち――というよりも佐山さんだろう――を追いかけ続け、オレンジの丘を登り切るまで追跡が途絶えることはなかった。

（注32）　弱点

菩提樹の葉はジークフリート、かかとはアキレウス、呪文は芳一。

二〇一九年 二月十日(日)

SECTION：

代々木ダンジョン エントランス

「いや、本当にありがとうございました」

代々木の出口で、佐山さんが俺たちに頭を下げた。

肩から下げている大型のクーラーボックスには、不死身のモンスターが守っていた、特別なオレンジの枝が入っている。

幸いそれは、光に還元されたりせず、普通の枝然として、そこに収まっていた。

「ですけど、もう二度とダンジョンはごめんですね」

そのときのことを思い出すかのように、佐山さんは苦笑しながら本音を漏らした。

あの後俺たちは、休憩もそこそこに、すぐに地上へと戻り始めた。

最初こそおとなしかったネイサン博士だが、十八層へ戻ってくる頃にはすっかり調子を取り戻し、三好が質問攻めにされていた。もっとも気合いが入っていたのは、アルスルズをどこで手に入れたのかだった。どうやら博士も大型犬が好きらしい。

ネイサン博士とシルクリーさんが、最後まで走れたことには驚いたが、それにはちゃんと理由があった。さすがはニュヨーカー、ジョギングは欠かせない日課なのだそうだ。あのネイサン博士ですらそうらしい。

「まあ、あんなことはめったに――いや、三回目か……」

エンカイやキメイエスも似たようなものだろう。考えてみればちょっとトラブルっぽいエンカウントが多過ぎないか？

「ええ!?」

「あ、いえ。ともかく、私たちもダンジョン内の植物を外に持ち出した後どうなるのかには興味がありますから、結果だけでも教えていただけますか」

「もちろんです。でも、論文にするまでは他言無用でお願いしますよ」

佐山さんが、冗談めかしてそう言った。

俺は笑って、「それはもう。そちらも他言無用で」と念を押しておいた。

「そ、それはもう！　あんな違約金、農研を逆さに振っても出ませんから!!」

ＮＤＡのことを思い出したのか、佐山さんはひきつった顔でそう言うと、ペコペコしながら到着したタクシーに乗り込んだ。そうして、それが角を曲がって見えなくなるまで、リアガラスの向こう側でずっとペコペコしていた。

「面白い人でしたねー。最後の方は、ネイサン博士と意気投合してましたよ。熱中するとダメダメな人でしたけど」

「自分の研究領域でダメダメにならないやつは、研究者なんかにならないんじゃないの」

俺がそう言うと、「なるほど、それは一理ありますね」と三好がポンと手を叩いた。

「しかし、森の王はやっかいですね」

強さ自体は二十一層のエリアボスどころか雑魚《ざこ》以下のような気もしたが、いかんせん倒せないのでは、どうしようもない。

「本当にあれを倒せるのが、枝を折った逃亡奴隷だけだとしたら――」

俺は佐山さんが去った方向をもう一度見た。

しかし彼がダンジョンに再び潜ることは、ちょっと考えられそうにない。

「別の人が別の枝を折れば、チャレンジャーは入れ替わると思います？」

「さあな」

ディアナ・ネモレンシスの伝承に、枝を折った逃亡奴隷がそこから逃げ出すなんてストーリーはない。彼は死ぬか、そうでなければ王になるしかないのだ。

チャレンジャーが入れ替わらないのだとしたら、佐山さんが二度と二十一層に向かわない以上、森の王は永遠に不死身のままあそこにいることになるだろう。知らずに足を踏み入れた者にとって、それはちょっとした災厄だ。

「あの崖の下の森から出てこないのが不幸中の幸いだったな。近づかなきゃ問題ない」

エンカイだって、山頂に行かなければ被害はないし、無理矢理山頂に連れて行かれる罠だって、あの部屋に入らなければ大丈夫だ。

そもそもあんなのがフロアをうろつき回っていたら大惨事だ。

「強力なモンスターは、そのテリトリーさえ侵さなきゃ、いないのと同じだからな」

発見されているエリアボスも例外なくそうらしい。違っているのはワンダリングユニークと呼ばれるモンスターたちだけだが、こちらはエンカウント例もごくわずかだし、自然災害と同じようなものだろう。

「でも、森の王になったらどうなるのか、ちょっとだけ見てみたかったですね」

「あの森から出られなくなったら困るだろ」

なにしろ自分からは辞めることができないのだ。次の逃亡奴隷に殺されるまで。

「冥王様っぽい何かかもしれませんよ？　王とか付いてますし」

「まさか」

三好は、んーっと背伸びをした。

「でもまあ、何事もなく無事に戻ってこられて良かったですね！」

「何事もなく？」

「え？」

「お前、趣味のアイテムに目がくらんで、大仕事を引き受けてなかったか？」

「ああ！」

三好が大統領から引き受けたのは、冷静に考えればかなり大規模なお仕事だ。もしも俺たちが引き受けなかったとしたら、それらの搬入には多大なコストと、何か月にもわたる期間が必要になったことだろう。

それらをすっ飛ばして、いきなり三十二層に電気の供給源が出現するのだ。ポーターの基地としても、開発の拠点としても大いに活躍するだろう。とは言え――

「この件が日本のお偉いさんたちにばれたら、どんな無理難題を吹っ掛けられることやら……」

俺はわざとらしく天を仰いで見せた。

ダンジョン管理課は〈収納庫〉のことを知っているが、俺たちがそんな面倒を基本的に断ることも知っている。ゴリ押せば、自分たちのオーブを使ってくださいと言われることも分かっているだろう。だから、そこを経由した依頼はよっぽどでなければ来ないはずだ。鳴瀬さんをダシにした、管理課そのものからの依頼はありそうだが。

事象そのものは隠しようがないし、俺たちにそういった手段があることもいずれはばれる。

問題は、どんな条件で依頼されたのかを知られることだ。同じ条件を出された場合、中立を標榜《ひょうぼう》しているように見せている俺たちには、非常に断りにくい状況が生まれることは間違いない。

そうでなくても、今回引き受けた相手はアメリカだ。仮に政府の依頼を断ったとしたら、アメリカ寄りの姿勢を気にする誰かが何を言い出すか分からない。なにしろ三好は、世界にたった一人しかいない〈鑑定〉保持者だ。その気になれば、ＥＢ－１ＥＡ(注33)で簡単にグリーンカードを取得できるだろう。本人の意向はともかく、その可能性が問題なのだ。

「いや、別にアメリカのために引き受けたわけじゃありませんし、仕事として引き受けたつもりもないんですけど……」

「お前の感覚だと、友人のためにちょっと手伝いをして、そのお礼にワインを分けてもらったってところだろ？」

「まあ、そうですね」

「だが、鳴瀬さんならともかく、お役人や偉い人がそれを信じるか？」

「ううっ……まあ、そうですけどー。あんまり意地悪なことを言ってると、先輩には飲ませてあげませんよ」

「うっ……いや、三分の一くらいは俺にも権利が」

いや、お前ら言い合うところは、そこじゃないだろうという突っ込みが聞こえてきそうなやりとりを、顔を突き合わせながらしていたところで、三好のスマホが振動した。

「誰だ?」

「鳴瀬さんです」

三好は、スマホを取り出しながらそう言うと、画面をスワイプした。

（注33）　EB-1 EA

グリーンカードのカテゴリーの中で、EB（Employment based）では、一番優遇されるカテゴリー。Extraordinary Ability。

ノーベル賞の授賞者とか、陸上の世界記録保持者とか、そういう人たちのためのカテゴリーで、Employment based なのに雇用主もいらず、自分で申請するだけで、どのカテゴリーよりも素早くグリーンカードが作られる。下手したら半月。凄いね。

SECTION :

市ヶ谷　ＪＤＡ本部　ダンジョン管理課

「二十一層の湖にスチールヘッドがいて、釣って食ったら美味かった？」

「だそうです」

　地上へと戻ってきたＤパワーズから探索の詳細を聞き取った美晴は、そのあまりの内容に、至急斎賀への報告が必要だと判断して市ヶ谷を訪れた。

　呆れたような顔をしてその報告を受けていた斎賀は、眉間にしわを寄せて尋ねた。

「……で、アーガイル博士は何をやってたんだ？」

「それが……博士が食べようぜとお誘いになったそうで、一緒に食べたそうです。美味しかったと仰ってました」

　斎賀はゴンと音を立てて机の上に額をぶつけて突っ伏すと、絞り出すような声で言った。

「……あの人はＤＦＡの主席研究員だろ」

「三好さんが鑑定して食用だったから、大丈夫じゃね？　と仰っていたそうです」

　斎賀は、がばっと上半身を起こすと、机を両手でバンバンと叩きながら、「その大丈夫の裏をとるのが、ＤＦＡの仕事・だ・ろ・う・が！」と激高した。

〈鑑定〉は便利で強力だ。書かれていることも本当のことだろう。だが、書かれていないことに対する保証はどこにもない。食の安全を守るというのは、その保証をひとつひとつ確認していく地道な作業でもあるのだ。

それに博士はＷＤＡのＶＩＰだ。ＪＤＡ管理のダンジョン内で何かあったりしたら国際問題になりかねない。

その様子を見ながら、美晴は、「課長、たまってるなぁ」と内心苦笑していた。

斎賀は最近、美晴の前で崩れることが多くなった。

有能であることは間違いないが、以前の真面目で堅い人という印象は、結構おちゃめなところもあるのね、と変化していた。

まあ、Ｄパワーズと関わって、ずっと平静でいられる人は、まずいないのだが。

「ＪＤＡ管轄のダンジョン内で、病気になったとか、死んだとか、人間をやめたとか、そんなことになったら責任問題だぞ」

「最近、人間をやめそうな人が多いですもんねぇ……」

「フリーダムな人だとは思っていたが、ここまでとは」

「向こうに照会した限りでは、一様に、良識のある真面目な研究員だと言っていましたが」

「猫かぶりも甚だしいな」

あまりのことに、ダンジョン内にモンスターじゃない魚がいたという驚愕すべき事実すらかすんでしまいそうだった。

「それで、博士は？」

「十九時三十分、成田発のＪＦＫ行きに空きがあったとかで、シルクリーさんに引きずられていきました」

「慌ただしいな」

そう言いながらも、斎賀は、やっと一つ問題が片付いたかと、多少は肩の荷が下りるような気分になっていた。

「ろくに引き継ぎもせずにこちらへ来たらしくって。一段落したら、すぐに戻ってくると仰ってましたよ」

その話を聞いて斎賀は目をむいた。

「戻ってくる？　何をしに？」

「なんでも分局を作るとか、なんとか……」

「なんだと？」

今のところＤＦＡには二つの分局がある。

アメリカのＦＤＡとの連携をとるための、通称ホワイトオークと、ＥＵのＥＦＳＡとの連携をとるための、通称ドゥカーレだ。

通称には、連携する施設がある場所の名前が利用されていた。

「ホワイトオークとドゥカーレは分かるが……代々木に分局？　なんの冗談だ？　日本には、食品の安全性を一元的に管理している組織はないだろ？」

日本の食品管理は、厚生労働省、農林水産省、環境省など複数の省庁にまたがっていて、アメリカやＥＵ以上にばらけている。

「赤坂のＦＳＣ（食品安全委員会）か？　いやしかしあそこは管理だけのような気も……」

「えーっと……」

「なんだ？」

「たぶん三好さんたちとの連携じゃないかと。例の麦に相当執着されていましたから」

「……そこか」

確かにあれには、地球の食料事情をテーブルごとひっくり返すほどのインパクトがある。それは間違いない。しかし、ＷＤＡの食品管理部の仕事は、その安全性を確かめることで、言ってみればそれだけだ。それに執着する理由が斎賀には理解できなかった。

「引きずられて行く前に、ＮＩＨＳ（国立医薬品食品衛生研究所）と、ＮＡＲＯ（農研機構）の食品研究部門、それに、東京大学大学院農学生命科学研究科のＲＣＦＳ（食の安全研究センター）に連絡されていたようです」

美晴は連絡を取らされた相手を、メモを見ながら報告した。

「厚労省管轄と農水省管轄か。一応日本のことも調べちゃいるんだな」

「麦については最優先でチェックするそうです。もっとも、『アズサが食べられるって言ってるんだから大丈夫だろ。ＦＡＯ（国際連合食糧農業機関）には話を通しておいたから』と仰ってました。二層の畑の管理も、そっちから人員を引っ張ってくるそうです」

「この時点で、ＦＡＯまで引っ張り出すのか？」

斎賀もウケモチ・システムとやらの資料には目を通していた。だが、まだ食の安全性すら公的には保証されていない。それにやはり一番分からないのは——

「WDAのDFA（食品管理部）が、どうして世界の貧困問題に口を挟む？」

「うーん、なんとなくですが……」

「なんだ？」

「人間だから、じゃないでしょうか」

そのあまりにも青臭い発言に、斎賀は赤面しそうになった。

世界の貧困を救えるかもしれない技術が目の前にある。そしてそれを必要な場所に届けられるかもしれない立場に自分がいる。ただそれだけの理由で、リスクをものともせずに突っ走れるものだろうか。

斎賀は目の前の美晴をもう一度見た。彼女は、ちょっと恥ずかしいことを言ったかなと、照れているようだった。

危なっかしいことこの上ないが、こいつらは、それをやっちゃうんだよなぁ……と斎賀は半ば呆れ、半ば畏敬の念を抱いた。

「そうか」

「い、嫌だなー、課長。そこで素にならないでくださいよ！」

美晴は、照れをごまかそうとしたのか、左手をパタパタとうちわのように動かして顔をあおぎながら、ストップと言うように右手を突き出した。

それが斎賀の机の上の書類をかすめて、何枚かの書類が机の下に散乱した。

「おいおい」

「あ、すみません」

そう言って、落ちた書類を拾い上げようとしたとき、そのタイトルが目に入った。

「代々木開発計画試案第六号？」

「あー、それか」

その企画書には、「代々木開発計画企画室」という、いかにもお役所然とした名前の組織名が書かれていた。以前斎賀が、二十一層の拠点のことを知られたら大事だと考えていた組織だ。

「なんですこのいかにも怪しげな計画は？」

「怪しげってな……端的にいえば、もっとダンジョンを利用しましょうっていう提案みたいなものだな」

「いまさらですか？　しかも第六号？　初めて聞きましたけど」

「だろうな。初年度あたりは色々と提案されていたが、実現不可能ってことで実験のための予算すら付かなかったはずだ。結局、試案という形で残されたとはいえ、ここ一年ほどは音沙汰もなかったんだが――」

「なんだか胡散臭いですね」

「おいおい、一応後援は東京都なんだから、下手なことを言うなよ」

「ＢＰＴＤのようにダンジョンを活用したいってことでしょうか」

「あそこは運用が主体だが、こっちは施設が中心の企画だ。みんな箱物が好きなのさ」

予算を付けやすいからなと斎賀が笑った。

「施設って……」

美晴はその企画書をパラパラとめくりながら呆れたように呟いた。

ダンジョンができて三年。ダンジョン内に恒久的な施設が造れないことなど、現時点では常識と言ってもいいからだ。二十一層に立っている非常識な建物を除いて。

「ま、その企画室ってやつに、どこからか天下った人だの、えらい議員さんだのが名前を連ねているってわけだ」

はぁ、と美晴は曖昧な相槌を打った。

「だけど、どうして突然試案が復活したんですか？」

一年もの間、なんの提案もなされていなかったのだから、その企画室とやらがなくなっていてもおかしくはないはずだ。

「そりゃ、お前のところのパーティのせいだよ」

「え？」

「セーフエリアが見つかっただろう？」

「はい」

「もしもそこが開発されるとしたら、上と結ぶ通信網の整備は喫緊の課題だ」

「それはそうでしょうけど」

「現時点で、ケーブルを引くことは不可能だ。だから無線中継の基地局をいくつか作って、冗長性を持たせた上で運用しましょうなんて話になるわけだが、そんな話はダンジョンができた当初からあった」

だが、ほとんどは机上の空論に過ぎなかった。

なにしろスライムへの対抗策と言えば、二十四時間監視するという人的リソースの投入がせいぜいだったからだ。浅い階層ならともかく、三十二層までそれを繋ぐためには、三十二層まで潜れる探索者が少なくとも数組はこれにかかりきりになる必要があるだろう。

つまり現実的とは言えなかったのだ。

「まあそんな人員はいませんよね」

「そこへ、お前が商務課へ持ち込んだろ？　例の液体を」

「ああ……」

「どうやらあれが契機になったらしい」

「三好さんは、例の畑を作ったとき、『第一次ベンゼトスプラッシュシステムは、ダンジョンに敗北しました』とか言ってましたよ」

「そこは工夫しようってことなんだろうが――これで、あの拠点の話がバレでもしてみろ、界隈《かいわい》は蜂の巣をつついたような騒ぎになるぞ」

果たしてそれがどんな技術で維持されているのか分からないが、あのパーティが公開していない以上、公開しても意味のない技術が使われている可能性が高い。

つまり、再現不可能な技術だってことだ。

だが従来の常識に囚《とら》われた人間は、それを技術の隠蔽だと考えるだろう。

「ぞっとしませんね」

「しないな」

企画室の連中がしつこく食い下がって、Ｄパワーズを暴走させたりしたら、結果は不幸なことになるだろう。

斎賀は美晴から受け取ったその資料を、机の上に戻しながら言った。

「どうせ今のダンジョン管理課に、これに注力するようなキャパはないからな。今のところは適当にお茶を濁しておくさ」

あくまでも施設試験のための場所を提供するくらいで済ませようと、斎賀は軽く考えていた。

SECTION：

茨城県つくば市藤本　農研機構　果樹茶業研究部門

「おお、佐山君！　ダンジョンはどうだった？」

佐山が帰ってくると聞いて、日曜日だというのにわざわざ出所していた主任の水木が、開口一番そう尋ねた。

「ええ、まあ。ちょっと死にそうになった気もしますけど」

「なんだって？」

佐山は、例のモンスターのことを思い出していたが、あれを説明しようとするとＤパワーズのＮＤＡに触れる可能性がある。そのことを考えただけで、内心滝のような汗が流れ出したので、その部分を語るのはやめにした。

「な、なかなか面白かったですよ。植物相なんかは目茶苦茶で、植物生化学の研究者あたりは発狂しそうになるんじゃないでしょうか」

「ほう」

「それでも皆、一度は行ってみるといいんじゃないでしょうか。なんだか世界の見方が変わるような気がするんです」

初めて海外旅行に行って、感銘を受けた若者のようなセリフを聞きながら、水木は、彼がずいぶん積極的になったように感じられて驚いた。

「そんなに面白そうなものがあったのかね？」

「それはもう。二十一層にはイギリス風の春のムーアが広がっていて、湖にはスチールヘッドが泳いでいるんですよ」

「ダンジョンの中で？　湖だよな？」

「カルデラっぽい湖で、見た限り出て行く川はなさそうでしたね」

「スチールヘッドは、降海型のニジマスじゃなかったか？」

　ダンジョン内の湖が、どこかの海に繋がっているのだろうか。

「詳しいことは分かりませんが、件のオレンジはもちろん、他にも色々と採取してきましたから、可能なら育ててみたいと――そういえば、どこで実験するんです？」

「君が出張している間に、陰圧温室を一部屋用意しておいた。まあ、花粉を外へ逃がさない程度のものだが」

「では早速接いでみましょう」

「今からか？　いくらなんでも早すぎるだろう？」

「ダンジョンの中と外では、環境もまるで違いますから。とりあえず低温で寝かせて、こちらの季節に合わせた接ぎ木もやりますが、そうでないものもやってみたいんです」

　水木は何かを言おうとしたが、確かに世界の常識が通用しないから、わざわざダンジョンの中まで人を派遣したのだということを思い出し、好きにやらせることにした。

「一応一～三年木をいくつかと、高接ぎ用のものを準備してある」

「ありがとうございます。色々やってみます」

「いくつかは静岡に回してくれよ」

静岡には、果樹茶業研究部門のカンキツ研究拠点があるのだ。

「もちろんです」

そう言って頭を下げると、佐山は、そそくさと用意された部屋へと向かっていった。

それを見送りながら、出張の報告書を作るのが先じゃないのかと、水木が苦笑いしていた。

§ § §

「うーん」

静岡のカンキツ研究拠点へと資料を発送した佐山は、あの特別なオレンジの木から一本だけ採取した枝を、二年目の温州みかんに接ぎ木して腰を伸ばしていた。

思ったよりも手際よく接ぎ木できたことに気をよくした彼は、その木を眺めながら呟いた。

「さあ、うまく接がれて大きくなってくれよ。あの実が地上でも採れるようになったりしたら、柑橘の世界が一変するぞ」

　彼は強くそう祈った。

二〇一九年　二月十一日（月）

SECTION：

代々木ダンジョン　エントランス

「こんにちは」

代々木のエントランスで、今からダンジョンに潜ろうとしていた渋チーの一行に、後ろから場違いなスーツを着た中年の男が声をかけた。

若いころは、それなりに鍛えていたことを感じさせる細マッチョな男だった。

「おいおい、俺たちのファンにしちゃ、年が行き過ぎてるな。おっさんには興味ねーよ」

突然知らない男に声をかけられた喜屋武は、失礼にもほどがある態度でそう言った。

それを見て東が慌てて彼を遮った。若い男ならともかく、年を取った男には社会的なステータスがある場合が少なくない。それは時折とても厄介な存在になることを、彼はよく知っていた。

「おい、喜屋武。やめろ」

そうして男に振り替えると、「失礼しました。何か御用ですか？」と、無難に応じた。

「これは失礼。私はこういうものですが」

男は懐から名刺ケースを取り出すと、それを開けて東に名刺を渡した。

「菅谷……恭也さん？」

肩書は、ＪＡＤＡ専門委員となっている。

「ああ、先日の記録会の。何かありましたか？　これからダンジョンアタックであまり時間は取れないのですが」

「それなら率直に言おう。君たちをスカウトに来たんだ」

「スカウト？」

「おいおい、おっさん。スカウトって一体何の？　映画にでも出してくれるってか？」

「映画ではないが、極上のストーリーに酔える舞台には違いないな」

「は？」

おっさん頭大丈夫かといった様子で、喜屋武が顔をしかめた。

それまで黙って話を聞いていた林田が、一歩前に出て口を開いた。

「ＪＡＤＡでスカウトってことは、スポーツ選手としてってことか？」

「さすがはリーダー。話が早くて助かるよ」

「おお！」

ヒーロー好きな喜屋武が声を上げたが、林田はそれを片手で制して、冷静に言った。

「だがな、あー、菅谷さんだっけ？　俺たちは探索者だ」

「それで？」

「稼げない仕事を引き受けるつもりはないってことさ」

「世界記録を出せば――」

「待った。俺たちを説得できる材料があるんだったら、そこのカフェにでも行こうぜ。ここじゃ目立ちすぎる」

「分かった」

菅谷は頷くと、ＹＤカフェに向かって歩き出した。

渋チーは、説得できる材料があるのかよと、お互いに顔を見合わせたが、こうなってしまっては仕方がない。彼らは林田を先頭に菅谷の後を追いかけた。

§

ＹＤカフェの目立たない席に陣取った六人が注文を済ませると、菅谷は、さっそくとばかりに話を切り出した。

「確かに今まで、オリンピックのメダルに関わるＪＯＣ報奨金はそれほどでもなかったが、リオから少し増額された」

「少し？」

「金が五百万、銀が二百万、銅が百万だ」

「はぁ？　ヒーローになるのはいいが、リターンがそれじゃ、さすがにやる意味ねーだろ」

一番乗り気だった喜屋武が、その金額を聞いて、そう言い放った。

仮にも渋チーは、民間パーティ枠とはいえ、代々木ダンジョントップ勢の一角だ。稼ぎもそれなりにある。

大会に出るだけだというのならともかく、練習や選考会にまで拘束されるとなると、収入として割に合わない可能性が高いのだ。

「まあ、待てよ。ＪＯＣの報奨金はそれだけだが、実際は各競技団体やスポンサー企業からの報奨金が支払われるし、それがデカいんだ」

「所属企業なんて、俺たちには関係ないだろ」

「それでも陸連なら、金が二千万、銀が一千万、銅が八百万だ。マラソンで日本記録を更新すれば一億だ」

「へえ。金十個で二億なら、まあまあか」

こいつら十個も金をとるつもりなのかよと、萱谷は内心苦笑した。

オリンピックの陸上競技は、男子なら混合リレーを入れても二十五種目しかないし、長距離を掛け持ちするなんて普通は不可能だからだ。

しかし、今なら可能なのかもしれない。ほとんどのアスリートがダンジョンになじんでいない今なら。

「競技って十個も出られるのか？」

「選考会を通過して、競技時間さえ被ってなければ可能だ」

「へぇ」

喜屋武が少し前向きになって身を乗り出したところで、背をゆったりと椅子に預けたまま、目を閉じてカフェオレを口にしていたデニスが突っ込みを入れた。

「喜屋武、だまされんなよー。この世界には税金ってやつがあるんだからな」

「え？　オリンピックの報奨金に課税されるのか？　それってなんだか詐欺みてぇだな」

喜屋武の歯に衣《きぬ》着せぬ言い草に、萱谷は苦笑しながら訂正した。

「詐欺はひどいな。今は一応ＪＯＣの報奨金は非課税ってことになってるよ」

「微妙な言い回しですよね」

萱谷は、東の冷静な返しに頭を掻《か》いた。

「競技団体の分は非課税枠が決まっていて、それ以上の部分には課税される。噂じゃ枠を広げるみたいだが、今のところは、金が三百万円、銀が二百万円、銅が百万円を超える場合、雑所得として課税されるよ」

「なんだよそれ、下手すりゃ半分以上持ってかれるってことじゃねーか」

ダンジョン税に慣れた彼らにとって、雑所得の税率は、ぼったくられていると言ってもいい数字だ。住民税まで合わせれば、最高税率は五割を超えかねない。馬鹿げていると彼らが感じても仕方がないだろう。

「なんか微妙だなー」

「しかし、君たちなら出られる競技はすべて優勝できる可能性があるだろう？　そんな選手は前代未聞だ。スポンサーだって引く手数多だろう」

萱谷はなんとかその気にさせようと、夢を語った。

「ゴルフやＦ１を見てみろよ。今や一人のスーパースターが何十億円も稼ぐ時代だぜ？　そんな特別なヒーローになれる可能性が、君たちにはあるんだ」

「ふーん。スーパースターか。芸能人と付き合っちゃったりできるかな？」

こいつは何を言っているんだ、と内心思った菅谷だったが、そこはいい感じの笑みを浮かべて頷いておいた。

「もちろんさ。より取り見取りだろうぜ」

スポーツ選手の奥さんの芸能人率は低くないからな。

「やめとけ、やめとけ。浪費家の妻なんかろくなもんじゃない」

チャラい見た目に反して堅実な林田が、鼻息を荒くした喜屋武をたしなめた。

「妻？　いや、ちょっとしたアクセサリーみたいなもんだろ。妻は妻でも、つまみ食いってやつだよ、つまみ食い」

上手いこと言ったとばかりにゲラゲラと笑う喜屋武に、東が小さくため息をついた。

「お前、いつか女に刺されるぞ」

その言葉にうんうんと頷きながら、デニスが言葉を継いだ。

「第一さー、喜屋武がスーパースターになれたとしても、そいつは邯鄲《カンタン》の夢ってやつだろ」

「夢をかなえるのは簡単ってことか？」

「ちげーよ。一夜の夢みたいなもんだってこと」

「なんでだよ？　非公認ったって、一応世界記録だったんだろ？」

「バカだな、俺たちゃしょせんトリプルなんだぜ？」

つまり下手をすれば千人近い人間が、彼らの上にいるということだ。今はスポーツをしていないだけで。

仮に彼らが世界記録を作ったとしても、そんな連中が押し寄せれば三日天下は間違いない。

「ま、そういうわけだから、もう少し思慮の浅い連中をスカウトするんだな」

メンバーのやりとりに苦笑しながら立ち上がろうとする林田を引き留めるように、萱谷が慌ててもう一つのプランを口にした。

「な、なら、仕事を頼めないか？」

「仕事？　それなら、ギルド課に指名依頼を出せよ」

「いや、それだとまずいんだ」

「……犯罪の片棒は担がねーよ」

「違う！　合法的な事業の立ち上げだ！　共同事業ってことにしてほしいんだ」

「共同事業？」

探索者は稼げるが、いつまでもは続けられない。

あと十年や十五年はこのままでもたいした問題はないだろうが、人生は長い。ごく普通に生きたとしたら、人生はあと六十年近く続くのだ。

渋チーにしても探索者のうちに、探索とは違う収入源を得ることを考えていないわけではなかった。喜屋武はともかく。

「ダンジョンブートキャンプを知っているか？」

いきなりそう訊かれて、林田は戸惑った。

先月十八層で会った、あの素人くさい連中がＤパワーズの関係者だと聞いたとき、それに申し込もうとしたけれど、デニスがぶっ倒れたせいでうやむやになった、あのブートキャンプのことだろうか？

「Ｄパワーズの、か？」

彼はもう一度腰を下ろした。

「そうだ。端的に言えば、あのプログラムに参加してもらって、そっくりのサービスを作ろうってプランだ」

ブートキャンプは飽和してる。プログラムをパクれるなら、ヒット事業になるはずだ。

「いや、それって犯罪に――」

「ならないんだよ、これが」

菅谷は、高田や不破が結ばされたＮＤＡの内容を見て、参加者が負っている守秘義務はＤパワーズが行っているプログラムの内容について、第三者に開示できないだけだということに気がついていた。

受講者自身がそのプログラムを利用して新しく事業を始めたり、自分で同じプログラムを行ったりして鍛えたとしても、Ｄパワーズがそれを行っているということを開示さえしなければ、倫理的な葛藤はともかく、ＮＤＡ違反にはならないのだ。

どこかおかしいとしか思えないが、相談した弁護士も同じ見解だった。

菅谷は、それを林田に説明した。

「そんなバカな」

「ストレートに考えるなら、同じプログラムを行って効果がなかったとしても、Ｄパワーズのプログラムには関連付けさせないということだろうが……」

実に不思議なＮＤＡだ。

というよりもこれはＮＤＡと言えるのだろうか。まるでキャンプを普及させてくれと言わんばかりではないか。そういえばあの会社は探索者を支援するのが目的だとか……これもその一環なんだろうか？

「ともかく、主要顧客は陸連や水連を始めとして日本の各種スポーツ団体。連中、予算はあるだろうし、それなりにコネもある」

林田は考えた。

どうせキャンプは受けてみたかったし、事業が立ちゆかなくても、ただやめるだけだ。

「キャンプの参加は抽選だろ？」

「どうやらＪＤＡに枠があるそうだ。あんたらなら推薦してもらえるだろ？」

仮にも代々木のトップチームの一角だ。ブートキャンプの理念から考えても、望めば優先してもらえる可能性は高い。

「事業への初期投資は？」

「そこは折半で、と言いたいところだが、プログラムに関しては、あんたたちにおんぶに抱っこだからな。こっちで持つよ」

林田は他のパーティメンバーを見回すと、小さく頷いた。

「いいだろう。せいぜい儲かるよう頑張ってくれ」

「次回は二十三日らしいから、早めにＪＤＡに連絡してみてくれ」

「分かった。じゃあ、俺たちは行くから」

立ち上がった林田は、菅谷と握手を交わして、ＹＤカフェを出ていった。

掲示板【お次は】Dパワーズ 203【何をやらかすのか!?】

1：名もない探索者 ID：P12xx-xxxx-xxxx-2198
突然現れたダンジョンパワーズとかいうふざけた名前のパーティが、オーブのオークションを始めたもよう。
詐欺師か、はたまた世界の救世主か？
次スレ 930 あたりで。

…………

103：名もない探索者
代々ダン情報局が、リニューアルしてる！

104：名もない探索者
それここのネタか？

105：名もない探索者
いや、だって、Dパワーズに汚染されたんだろ？

106：名もない探索者
汚染www
確かに小さく「collaborated with d-powers」とあったが……

107：名もない探索者
collaboratedと書くからには、やっぱワイズマン様のご協力があったと考えるべきなのでは。

108：名もない探索者
今後はＪＤＡにアイテムを隠さず提出すれば、ワイズマンが鑑定して結果が反映されるわけか。
未提出の未発見アイテムが減るかもな。

109：名もない探索者
鑑定の内容に何が書かれているのかは、賢者様しか分からないから、取得状況とかでウソをつくのが難しいよな。
もし取得場所が書かれていたら、完全にアウト。

110：名もない探索者

それより、あのリニューアル後のＵＩってマジもんなわけ？

111：名もない探索者

マジもん。アプリをダウンロードして確かめてみるといいよ。＞110

ＰＣも、windows / macOS版が用意されているから。linuxなら近日公開らしいから諦メロン。

ブラウザ版は機能が少ないらしい。

112：名もない探索者

バーチャルダンジョンだろ？　あの３Ｄマップとかどうなってんの？　ストリートビューかと思ったら、どう見ても完全３Ｄなんですけど……

もしかして、ダンジョンマップじゃ世界初？

113：名もない探索者

たぶん世界初＞112

ただ、今までのストリートビュー風マップの所と、完全３Ｄの所があるみたいだな。

114：名もない探索者

さすがに代々木全体を３Ｄ化するわけにはいかないか。

115：名もない探索者

主要ルートのみとはいえ、三十一層までデータが揃ってるって凄くないか？　ダンジョン攻略の最先端だぞ。

116：名もない探索者

第一このデータって誰がどうやって作ったんだ？　映像から３Ｄデータにしてんの？　あれ。

117：名もない探索者

いや、解説によると、超音波センサー等による深度のポイントクラウドからデータを抽出してレンダリングされているらしい。だから形はかなり正確みたいだ。

118：名もない探索者

「等」ってのが気になるよなw

セーフエリアが発見されて、ものを運び込むのに正確なマップが必要だから作ったんじゃね？

119：名もない探索者
ああ、搬入する荷物が通過できるルートを考えないといけないのか。

120：名もない探索者
作ったんじゃね？　で作れるようなデータか、あれ？

121：名もない探索者
賃貸借価格２Ｄマップにリンクしていて草。

122：名もない探索者
セーフエリアが発見されたからなぁ。そういうルールも整備が必要ってことだろ。

123：名もない探索者
個人やパーティでダンジョン内の場所を借りて拠点を作るような時代になったんだねぇ……とは言えスライム問題は解決していないわけだが。

124：名もない探索者
そこは常駐して、基地にするとかじゃないの。空き家は無理だろ。

125：名もない探索者
セーフエリアの価格は？

126：名もない探索者
今のところセーフエリアは区分けが出ただけ。どうやら競争入札にするらしい。

127：名もない探索者
なんとまあ。

128：名もない探索者
なぁなぁ、お前ら。協力とはいえ、いい加減スレチじゃねーの？

129：名もない探索者
よく見ろ、マップの下。
)つ データ提供：ダンジョンパワーズ

130：名もない探索者
おうふ!?　なんぞこれ。データ提供？　ＪＤＡちゃうのん??

131：名もない探索者

奇しくも116の疑問は解決したわけだ。
しかし、俺、梓ちゃんをダンジョン内で見たことないんだが……どうやってこれを？

132：名もない探索者

別に、本人が潜らなくてもいいだろ。

133：名もない探索者

以前のダンジョンビューなら、マタンゴが歩いているのを時々見かけたけど、こんなデータを取得するような装備を付けたヤツなんかいたか？
しかも主要ルートだけとはいえ、三十一層までマップ化されているし、一体どうなってんだ??

134：名もない探索者

マタンゴが草

135：名もない探索者

いや、頭の上にキノコのかさみたいなのが付いてて、そんな感じだろ。

136：名もない探索者

たしかに。＞マタンゴ

137：名もない探索者

カメラじゃなくて超音波センサーだからな、光学系が不要な分デバイスは小さくて済みそうな気がするが、それよりそれを処理して記録する機器の方が問題だろ。主にバッテリーが。

138：名もない探索者

いや、光学系もないとテクスチャー化できないだろ。絶対両方くっついてるはずだ。

139：名もない探索者

一時間くらいで交換が必要になるようじゃ、どんだけ持ち込めばいいんだよって感じだ。

140：名もない探索者

え、なにこれ。ダンジョンマップ内に敵がでるんだけど (ﾟдﾟ)

141：名もない探索者
なにしろ完全３Ｄだからな。そういうこともできるわけだ。
ちな、そいつをタップすると、モンスター情報とかドロップアイテムとか見られるぞ。

142：名もない探索者
ほんとだ！　って、一覧にしろよ (;^_^A

143：名もない探索者
それはWＤＡのモンスターＤＢとかアイテムＤＢとかの仕事ってことだろ。代々ダン情報局はあくまでもファンサイトみたいなもんだし。

144：名もない探索者
ダンジョンのファンってなんだよw

145：名もない探索者
いやおまえ、fan じゃねーよ、fun だって分かれよ。マジレスすまソ。

146：名もない探索者
団扇サイトならぬ、内輪サイトってことですね、分かります。

147：名もない探索者
誰が上手いこと言えと（Ry

148：名もない探索者
でもこれ解説がおかしくないか？　比較してみたんだが、WＤＡのアイテムＤＢより詳しい部分があるじゃん。一体どうなってんの？

149：名もない探索者
そこはそれ、賢者様がいらっしゃいますから。

150：名もない探索者
だけどワイズマンって、持ち込まれたアイテムの鑑定はしないって聞いたが。

151：名もない探索者
命に関わりそうな名称のやつはするらしい。
後、しないのはきりがないからみたいだから、攻略局のバーチャルダンジョンは別なんじゃね？

152：名もない探索者
アクセス数で報酬が出るんだよ！

153：名もない探索者
広告なんかないだろ。そもそも、あいつらにそんなカネはまったく不要だから。
貴様、なぜそれを知っている？　関係者か？ ＞151

154：名もない探索者
うらやますぃー ＞153。
しかし、ＷＤＡのアイテムＤＢを先に更新しろよ！

155：151
くっくっく、ばれてしまっては仕方がない！ ＞153
いや、単に断られたことがあるだけなんだが。

156：名もない探索者
メーカー、乙。 ＞155
担当が違うんじゃないの？　こっちは一般向けの情報サイトだし。 ＞154

157：名もない探索者
一般向けの方が詳しいってｗｗｗ

158：名もない探索者
公式よりファンサイトの方が詳しいのは、ゲームの攻略wikiなんかじゃ普通のことだけどな。
ちなみにこっちのファンは団扇。

159：名もない探索者
そういわれりゃそうだ。
ダンジョンもゲームみたいなものってか？

160：名もない探索者
しかし、このフレーバーテキストみたいなのいるか？　アイテムＤＢに載せるような内容じゃないだろ。

161：名もない探索者
それな。誰が考えてるんだろ？
まあ、ファンサイトならそれっぽいからいいんじゃね？

162：名もない探索者
それ注釈があるぞ。鑑定結果に本当にそう書かれているらしい。

163：名もない探索者
マジで!?

164：名もない探索者
ダンジョン様何者!?

165：名もない探索者
くっくっく、我が右目の邪視眼がうずくわ、とか言いながらフレーバーテキストを書くダンジョン様。萌える……かもしれん。

166：名もない探索者
何という特殊性癖。

167：名もない探索者
おい！　基本ドロップ率だの特殊ドロップ率だの書いてあるんだが！

168：名もない探索者
それは経験上の値だから推測値みたいよ。

169：名もない探索者
いや、みたいよって……これ、めちゃめちゃ画期的な内容なんじゃ……

170：名もない探索者
ステータス計測デバイスだのが出てくるんだぜ？　もう何も驚かねーよ。
ダンジョンはゲーム。これでＦＡ。

171：名もない探索者
おまいら、ずいぶん訓練されてきてるな。

172：名もない探索者
先週の不破と言い、調教されまくり世。

173：名もない探索者
先週の不破？

174：名もない探索者
別府大分毎日マラソン後のインタビューを知らんのか！

175：名もない探索者
ああ、あの高田がどうとか言ってた。

176：名もない探索者
それは大阪国際だっての。

177：名もない探索者
キャシー教官キター

178：名もない探索者
え、なに？　マラソンにキャシー教官が出てたってこと？

179：名もない探索者
ちげーよ！
ほれ　つ　https：//URL...

180：名もない探索者
いつ見ても笑えるよな、これ。

181：名もない探索者
「え？　ええ？　ちょっと待っ――」ぶつ。ワロタ。

182：名もない探索者
見て来た。こんなことがあったのか。

183：名もない探索者
なになに、リンク先何が書いてあるんだ？
見れない俺のために解説plz.

184：名もない探索者
別府大分毎日マラソンの優勝者インタビュー。>183
話題の不破選手が世界記録で優勝。インタビュワーが、最後に一言って聞くと、「キャシー教官！　やりました！　ありがとうございました！」って、不破選手が満面の笑顔で手を振ってる。不破選手フリーダムすぎw

185：名もない探索者
当時も話題になったけど、絶対ブートキャンプだよな、これ。

186：名もない探索者
ちょっと前に、高田選手が言ってたことと合わせると、二人とも二十六日のキャンプを受けたってことだろうな。

187：名もない探索者
だけどさ、二人とも優秀な選手とはいえこれからの選手だろ？　それがたった一日ブートキャンプを受けただけで世界記録？
無茶苦茶にも程があると思うんだけど。

188：名もない探索者
それは直後にも話題になった。
だが結果が出ている以上、否定のしようがないって結論。

189：名もない探索者
まあ、もしかしたら、陸連にキャシーというコーチがいるのかもしれないが。

190：名もない探索者
コーチを教官なんて言わないだろ。
てか、今、日本でキャシー教官って言ったら代々木しか思いつかない。

191：名もない探索者
高田も不破も大体８分くらいタイムが縮んでるからな。大雑把に言って100mで１秒くらい早くなってるわけ。
結果は時間だから、ダイレクトに走力を測ってるわけじゃないけど、大体10～20％くらいは伸びてるってことだ。

192：名もない探索者
一日で？　トップアスリートの鍛え上げられた状態から？
それって、キプチョゲがブートキャンプを受講したら、１時間54分を切るようなタイムが出るってこと？

193：名もない探索者
それは分からないが、あのキャンプの受講者は、代々木の攻略に力を貸すって縛りがあるから、キプチョゲはたぶん受けられない。

194：名もない探索者
力を貸すったってなー。それ、アスリートにとっちゃ、単なるダンジョントレーニングと大差ないんじゃね？

195：名もない探索者
浅い階層でランニングしてるのと、攻略に深層へ向かうんじゃ危険度が違うだろ。

196：名もない探索者
一応あの契約は、できる限りという文言がついてるらしいぞ。
もっともそれ以前に競争率が高すぎて全然当選しないだろ。高田と不破ってどうやって揃って当選したんだ？　なにかコネでもあったのかな？

197：名もない探索者
しかしこれなぁ。
今更だが、斎藤涼子といい、高田といい、不破といい、ブートキャンプを受けさえすればあっという間に世界記録級ってことだろ？
しかも、もし組織扱いじゃなければ３万円だ。３万円で世界記録。受けないやつがいるか？
マラソンで日本記録を出したら、それだけで報奨金が１億円なんだぞ？

198：名もない探索者
今のところ最大７人×週３予定だっけ？　毎週二十一人なんてキャパでどうするんだろうな。

199：名もない探索者
トップを争っているアスリートなら、３万ドルでも受講したいだろ。

200：名もない探索者
ブートキャンプの申し込みは予約じゃなくて申し込みだから、外れたら終了。一応週単位でも申し込めるんだが、どこかに申し込んだら他の週では申し込みができなくなるんだ。だから毎週外れる度に翌週を申し込むんだけど、当選の可否はお察し下さい……
もう予約ができるのなら、確保に3万ドル払ってもＯＫって気分になるよ？

201：名もない探索者
アスリートはっけーん > 200

202：名もない探索者
突っ込んでやるなよw > 201

203：名もない探索者
たしかに選考基準はあいまいだよな。
一応ベテラン探索者優先って方針はあるが、需要は圧倒的に軍やスポーツや芸能関連だろ。

204：名もない探索者
芸能ってなんだよｗ　そんな需要があるのか？

205：名もない探索者
ブートキャンプができる前に、Ｄパワーズで似たような特訓をやったのは、駆け出しのグラビアアイドルだった二人なんだよ。
それがたった数か月で、片や突然湧いた抜群の演技力で映画のヒロインに、片や公式を信じるならファッションウィークに出るようなモデルになってるんだぞ？
詳しいことは発表されていないが、絶対それと無関係なわけがないって信じられてるようだ。

206：名もない探索者
もしや、抽選する立場の人間は、ものすごく美味しい目にあえるのでは……
食べ放題？

207：名もない探索者
おいｗ＞206
キャシー教官に付け届けでもやるか？ｗ

208：名もない探索者
運動会を前にして、足が遅いことを悩む運痴の中学生なめんな。

209：名もない探索者
ああ、思春期の頃は結構悩むよな、そういうの。＞208
学校休みたくて仕方なかったわ。

210：名もない探索者
そんな需要が……＞208

211：名もない探索者
あああ、返す返すも、高田と不破がねたましい！
一体あいつらどうやって！

212：名もない探索者
先月の26日のやつは募集期間が凄く短くて、募集が始まってることすら気がつかないレベルだったから、サイトができた瞬間から真剣に張り付いていたやつだけが申し込めたみたいだ。
だから競争率が低かったんだろ。

213：名もない探索者
だけどさ、こんな状況が続いたら、似たようなことやる会社やパーティが出るんじゃないかと思うんだが。

214：名もない探索者
それな。＞213
需要は超あるよな。儲かりそう。じゅるり。

215：名もない探索者
訓練のノウハウはどうするんだよ？
高地トレーニングみたいに、ただダンジョンの中で訓練するようなやつは、いままでだってあっただろ？　効果のほどは懐疑的だったけどさ。

216：名もない探索者
それはもう、Ｄパワーズのマルコピで。

217：名もない探索者
確か、オープン前の初回ＤＢＣを受けたのはＤＡＤのサイモンチームだろ？　それにキャシー教官もＤＡＤ出身だし。
ＤＡＤはすでにコピーして訓練に追加していてもおかしくないな。もしかしたら一般向けの商売も始めるかも。

218：名もない探索者
それもこれも、ステータス計測デバイスが発売されてからだろうけど……
あれ、いつだっけ？

219：名もない探索者
一応予約開始は２月25日だって公表されてるぞ。出荷は随時らしいが数は相当少なそうだ。ブートキャンプと違って、こっちは単なる申し込み順だと。

220：名もない探索者
いや、簡易版の方でも100万近いんじゃないかって言われてるから、そうほいほい買えるものでは……

221：名もない探索者
裸で正座して待たないと。

222：名もない探索者
)つ テンバイヤー＞221

223：名もない探索者
いや、説明を読む感じじゃ、転売できないんじゃないかな。はっきりとは分からないんだが。

224：名もない探索者
マジで!?　どうやって!?

225：名もない探索者
計測結果はセンターに送られて処理されるっぽいからスタンドアローンでは動作しないんだよ。
だから機器ＩＤなんかも利用してるんじゃないかなぁと。

226：名もない探索者
それって、購入するのに身分証明が必要で、計測するのに通話料がかかるってこと？

227：名もない探索者
wi-fiでいいだろｗ＞226
身分の方は分からんが通話料の方は、月額のセンター利用料みたいなのがかかるのかもしれん。
無差別に大量に計測できないのは、実はいいことかもな。

228：名もない探索者
ああ、プライバシー問題か。最初はいろいろ混乱しそうだもんな。

229：名もない探索者
なんにしても楽しみだ。

…………

二〇一九年　二月十二日（火）

SECTION：

茨城県つくば市藤本　農研機構　果樹茶業研究部門

祝日を一日寝て過ごした佐山は、次の日出所するとすぐに件《くだん》のオレンジを見に行った。そうして陰圧温室の内側のドアを開けた彼は、思わず目を見開いた。

「え……なんだこれ？」

その木は大きく、一目見ただけでは、とてもオレンジには見えない立派な枝ぶりをしていた。

高さが八メートルはある温室の天井付近にまで伸びた枝は、放っておけば、八方に伸びて複雑に絡み合うはずが、剪定もされていないのに、見事に理想的な形状を保っていた。

テラス側の仕切り部分のガラスは、見事に枝の形に切り取られ、まるで最初からそういったデザインであるかのように建物と一体化していた。

そうして、降り注ぐ陽射しの中、茂った葉が柔らかな影を床に落としていた。

佐山は、入った部屋を間違えたのかと、慌てて陰圧温室を出てドアプレートを確認した。しかし、そこは間違いなく、一昨日《おととい》に彼が接ぎ木をした部屋だった。

「なんで、接いだばかりの木が、こんなことに⁉」

信じられない気持ちで扉を閉め、ふらふらとその木に近寄ると、室内がとても静かなことに気が付いた。

もしもガラスに穴が開いているなら、実験室は陰圧を維持しようと、フル回転で空気を吸いだしているはずだ。だがコンプレッサーはそれほど大きく動いていない。つまりガラスの穴は――

「幹に密着しているのか？」

　その部分を見上げると、たしかにぴったりと、まるでガラスが枝や幹の形に溶けたように張り付いていた。

　しかしこれでは、陰圧の温室を利用した意味がゼロだ。ガラスを素通りして、外まで張り出した枝を見上げた彼は、強く焦りを感じていた。

　花が咲く前になんとかしないと、花粉が飛散してハイブリッド種が生まれたりしたら大事だ。それは言ってみれば細菌研究所で起こるバイオハザードのようなものなのだ。

　せとかにしろ天草にしろ、ベースにした温州みかんにしろ、通常の開花はまだ二か月以上先だが、たった一日でこうなった木にそんな常識が当てはまるのかどうか佐山は確信が持てなかった。

　もっとも筑波山《つくばさん》あたりに数多《あまた》ある受粉側の木の花は、通常通りの季節に咲くだろうから、通常の機序で結実するなら、今のところ問題ないとは思うが――

　果たしてこれは、自分の知っている科学の範疇なのだろうかと、彼は呆けたようにその木を見上げた。少なくとも自分が知っている植物学の範囲から逸脱していることは確実だ。

　とにかくダンジョンの専門家がいる組織と連携しなければと、内線の受話器を上げて上司の水木を呼び出した。

「佐山君……今日は代休を取った方がいいんじゃないか？」

　黙って彼の話を聞いていた水木は、開口一番そう言った。

昨日は一日中寝ていたし、疲れているだけでこんな幻は見ないよと、心の中で反論しながら、彼は現状を説明した。

「いえ、本当なんです。すでに温室のガラスを突き破っていて――」

「ガラスが割れたりしたら、室内の圧力が大きく変動して警報が鳴るはずだろう？　これは何かのいたずらかね？　そうでないなら、君、頭は大丈夫か？」

「……ダメかもしれません」

「おいおい」

「と、とにかく！　すぐに来ていただけませんか！　見れば分かりますから！」

「……分かった」

水木は不承不承そう言うと、内線を切った。

「ふう……」

佐山は、目を閉じると、日本の中晩柑《ちゅうばんかん》を呪文のようにそらんじ始めた。

「いよかんシラヌヒなつみかん、はっさくポンカンユズ清美……」

まるでそうすれば、その木が幻のように消えてなくなるかのように。

そうして八十三種を言い終えると、そっと目を開いた。

「やっぱ、現実だよなぁ……」

そこには一夜にして生まれた、オレンジの巨木が外に突き出した枝の葉を揺らしていた。

「まったく、どんなおとぎ話なんだよ……」

佐山は深くため息をついた。

しかし、一夜でこれほど成長するのなら、実だってすぐに――

佐山がそう考えたとき、突然微かに木が揺らいだように見えた。

「え？」

そう口にした瞬間、枝の先端付近が光に包まれて、一斉に白く輝く何かがそこに現れた。

「ええ!?」

目の前で数千という花が一斉に開花すると、呆然とそれを見ている佐山の鼻を、爽やかな甘い香りがくすぐった。

「う、嘘……」

その時、表のドアが開く音が聞こえ、水木が慌ただしく二枚目のドアを開けた。

「佐山君、一体なんだと……」

そこまで言った水木は、目の前の現実に、言葉を呑み込んで固まった。

棒立ちになった二人の間に、一枚の花がぽとりと落ちた。

それで我に返った水木は、すぐに内線へと駆け寄って、乱暴に受話器を掴みながら言った。

「佐山！　シートをかけて飛散を防ぐ！　枝は切り落とせ！」

「え、どうやって？」

「倉庫に高枝用の小型チェンソーがある！　表に出てる部分は全部切り落としてシートで被《おお》うぞ！　できるだけ飛散を防ぐんだ！」

§

「とにかく、外に出ている枝は全部落とせ！」

ガラス越しにそう言われて、佐山はとりあえず目の前に突き出している、比較的太い枝にチェンソーをあてた。

ギュイーンと甲高い音を響かせながら木の粉が飛び、すぐにメキメキと音を立てて折れた枝は、ドスンという重い音とともに地面へと落ちた。

落ちた大きな枝は、水木がビニールシートを持ってこさせた同僚が引きずっていき、その上に載せて包んだ。

佐山が、次の枝を落とそうと、高枝用のポールを伸ばしている最中に、それは起こった。

「なんだ⁉」

今しがた切り落とした枝の切り口から、光があふれ出したかと思うと、枝の形に伸びていく。

慌ててそれをよけた佐山の目の前で光が消えると、そこには切ったはずの枝が再生していた。

「はぁ⁉」

目の前で光の中に残されていたタオルが、枝の形に切り取られているのを見て彼は絶句した。

もしも光の枝に体を貫かれていたとしたら——佐山は冷や汗を掻きながら、チェンソーを置いた。

カットは危険かもしれない。

しかし、枝の再生？

混乱した佐山は、今しがた同僚が持っていった枝を見た。

そこには確かに、先ほど落としたはずの枝が置かれていた。新しいものと全く同じ枝ぶりではないようだが。

「ば、ばかな……」

ガラスの向こうで水木が、今しがた目にしたものを呑み込めない様子で呆然とそう呟いた。

「これって、もしかして……」

リポップしたのだろうかと、佐山は漠然とそう思った。

ここはダンジョンではない……はずだ。リポップなんて現象が、ダンジョン外でも起きるなんて話は聞いたことがない。

もちろん彼は自分が門外漢であることを十分理解していた。やはり、専門家の助言が必要だ。

幸い、彼は、世界でたった一人しかいない〈鑑定〉持ちと知り合ったばかりだ。

彼がそう考えたとき、啞然としている周りの人たちを尻目に、今まで咲いていた花が再び光に包まれ——

「結実……した？」

——多くの黄金に輝く実が、重そうに枝からぶら下がった。

もはや何がなんだか分からない。

佐山はふらりと近寄ると、手近の枝に生った実を一つ、もぎ取ってみた。

「せとか……っぽいな」

彼がもぎ取った実は、枝のようにすぐにはリポップしないようだった。

同日同時刻、つくばにあるエネルギー関連の研究所が、阿鼻《あび》叫喚の巷《ちまた》と化していたなどと、神ならぬ佐山には知る由もなかった。

SECTION：代々木八幡　事務所

「はい――ああ、鳴瀬さん」

三好の電話の相手はどうやら鳴瀬さんらしい。何か用事があるときは大抵うちへ出向いてくる彼女が、連日電話をしてくるということは、あちこちを飛び回っているのだろう。

俺は電話の邪魔にならないよう、ダイニングから、グラスが我が物顔で寝そべっているソファへと移動して、ＴＶのスイッチを入れた。

グラスは、ドテーという効果音付きで平たくなっていた。まあ、こいつは番犬というよりブートキャンプ用連絡犬だからいいんだけどな。

画面の中では、今朝起こった事件について、ワイドショーのキャスターが大仰な身振りで伝えていた。後ろのボードには『怪奇！　消えた魔結晶の謎！』なんて、おどろおどろしい文字でポップが張り付けてある。怪談には少し季節が早すぎる。

「消えた魔結晶？」

なんの話だと訝しみながら、オフにしてあったボリュームを少し上げた。

「というわけで、消えてしまったということなんです」

「えー、誰かが盗んだんじゃないの？」

「それが、研究所には二十四時間誰かがいますし、消えた個数も相当な数で、とても持って歩けるような量ではないそうです」

「現代の怪盗かね？　予告状があったりとか？」

ひげ面のおっさんが、ばかばかしい冗談を言うと、司会の男性が苦笑いしつつ答えた。

「さすがにそれはないようです。それで今朝から大騒ぎだったらしいんですが――」

どうやら、ＮＩＭＳ（物質・材料研究機構）から大量の魔結晶が消えてなくなったということのようだった。

実際に研究に使用している最中のものも、研究者の目の前で光に還元されて消えてしまったそうで、どうやら盗難ではなく自然崩壊のようだと結論づけられていた。

世界はオーブの消失事件を経験していただけに、現象としては受け入れられているようだったが、オーブのように生存時間が表示されているわけでもなく、突然無秩序に消えてしまったため、原因がまるで分からないらしい。

俺は、すぐに手元のタブレットで、検索してみた。

こういうニュースは、俗な掲示板なんかの方がずっと早く情報が出回る。ただし、信憑性はお察しくださいというやつだ。

「お、あったあった」

それによると、どうやら、ＮＩＭＳの周辺でも、似たような事件が起こっているようだった。

内容はＮＩＭＳで起こったのと似たり寄ったりで、ネットの中では、すでにシンクロニシティの新たなる伝説として盛り上がっていた。

「ええ⁉」

その時、ダイニングで三好が素っ頓狂な声を上げた。

「あ、はぁ……分かりました。では」

俺は、三好が通話を切るのを待って尋ねた。

「なんだ？　何かあったのか？」

「いえ、なんといいますか、ちょっと信じ難い話で」

「なんだ、歯切れが悪いな」

「先輩、リポップってダンジョンの外でも起こると思いますか？」

「……はい？」

突然真顔で冗談のようなことを言われて、俺は面食らった。

ダンジョンの管理は、ダンジョンの入り口付近から数メートルの範囲までしか及ばないはずだ。経験値リセットがその証拠だろう。

それに、いわゆるゼロ層でも通常は起こらない。俺が最初にはねたゴブリンもリポップしなかったから、おそらくは間違いないだろう。

「そんなことが起こったら、今頃世界のあちこちでモンスターが闊歩《かっぽ》してるんじゃないの？」

ミーチャやサイモンが、軍産の連中なら、モンスターを生け捕りにして外に持ち出すくらいのことはやっているだろうと言っていた。もしもそいつらが死んで、同一空間のどこかにリポップしていたら、地上でモンスターが目撃されていてもおかしくはない。

「お前、以前言ってたろ、『そこらの路地裏をゴブリンが歩いていたら怖い』って。さすがにそれはないだろう」

　もしもスライムがダンジョンの外でリポップし始めたりしたら、いつどこで大事故が発生するのか誰にも分からないし、予防すら難しい。

　原子力発電所の重要な部分にスライムがリポップして、そこを破壊したら？　核ミサイルのサイロで同じことが起こったら？

　それは、シムシティの災害のように、突然理由もなく確率的に訪れる悪夢となるだろう。

「ダンジョンからモンスターがあふれることの危険性は指摘されてますけど、実際に起こったことは、たぶんありません」

「危なかったのは横浜くらいだな」

「でも、リポップしたらしいんです」

「は？　何が？」

「オレンジの枝、だそうです」

　三好が聞いた話によると、一昨日接いだオレンジの木が、今朝見たら大木になっていて、温室からはみ出していた部分を切り落としたら、その枝がリポップしたそうだ。

　そうして、一斉に花を咲かせたかと思うと——

「実をつけたそうです」

「花咲か爺《じい》さんかよ！」

俺は思わず突っ込んだ。

「花粉の拡散による交雑種の発生が心配ですね」

「柑橘の開花ってまだ先だろ、仮に今花粉が飛んでも大丈夫なんじゃないの？」

「農研機構でもそう考えているそうです。だから、結実した後はちょっと諦め気味に落ち着いたそうなんですけど……」

「まあ、Ｄファクターのやることだからな」

麦の意味不明な成長を見る限り、どんなタイミングで何が起こってもおかしくはない。

「それで、私たちに一緒に現場まで来てほしいってことらしいんです」

「ああ、〈鑑定〉か」

ダンジョンが元になった謎の現象を解明するなら、〈鑑定〉が一番手っ取り早い。

「たぶん」

「三好は、それでいいわけ？」

「だって先輩――」

ほら、さっきのニュースとばかりに、三好がＴＶに目をやった。

「――ちょっと興味ありません？」

枝がリポップしたのもつくば、魔結晶が消失したのもつくば、か。そこに関係がないなどということは、まずあり得ないだろう。

「いやまあ、あるかないかと言われれば……まあ、三好がＯＫって言うんならいいけどさ」

「ならすぐに準備してください！」

「今から!?」

「鳴瀬さん向こうで待ってるそうですよ」

SECTION :

茨城県つくば市藤本　農研機構　果樹茶業研究部門

新宿《しんじゅく》から秋葉原《あきはばら》へ出て、つくばエクスプレスに乗れば、つくばまでは一時間半だ。

そこからタクシーに乗り換えて住所を告げれば、程なくして正門らしき場所に着いた。だが、そこには「野菜花き研究部門」と書かれた大きな看板が立っているだけだった。

「佐山さんって、果樹茶業研究部門だよな？」

「そうです――あ、先輩、あれ」

きょろきょろとあたりを見回していた三好が指さした先には、植え込みに隠れるように「果樹茶業研究部門」の看板が設置されていた。看板の大きさはほぼ同じなのに、どうして、こちら側だけ看板の前に植え込みがあるのだろうと、どうでもいいことに首を傾げたが、ともあれここで間違いはなさそうだ。

三好が鳴瀬さん宛に到着の連絡を入れると、すぐに迎えに来てくれるということだった。

「なあ、三好」

「なんです？」

「花きってなんだ？」

「ですよね！　私、花を生ける器のことかと思いました」

「さすがに農水省で器の研究はしないだろ」

「向こうが『野菜花き』なのに、こっちは、『業』ってところもよく分かりませんよね」

そんな話をしながら案内を待っていると、門の向こうから佐山さんがやってきた。

「いや、よく来てくださいました。我々にはもう、何が何やら」

話を聞く限り、ＪＤＡとダンジョン庁には報告したらしいが、どちらもダンジョン外で起きたことは管轄外だと、まともに取り合ってくれなかったそうだ。

「あれ？　じゃあ、鳴瀬さんは？」

「ダメ元で、直接連絡してみたんです」

「ああ。あの課長ならこいつには興味を持つかもしれません」

「課長ったら、『申し訳ないが、今暇なのはお前しかいないんだ』って言ったんですよ。ちょっと酷くないですか」

俺の台詞を聞いていたのか、顔を上げると鳴瀬さんが口を尖らせていた。

実際ＪＤＡはダンジョンの外で起こったことにはタッチしない。それはまた別の組織の仕事だからだ。だが同時に謎の魔結晶消失事件まで報告されていては、斎賀課長が、その関連性を気にしたことは容易に想像できた。もしかしたらこいつはオーブ消失以来の大事件に発展するかもしれないのだ。

「こちらです」

俺たちは佐山さんの案内で歩き出した。

大学もそうだが研究施設というやつは、やたらと広い。両サイドに芝が植わっている道を歩きながら、三好がさっきの疑問を佐山さんに尋ねていた。

「ところで、花きってなんですか？　花を生ける器じゃないですよね？」

「ああ、それはですね——」

花きとは、観賞用の植物すべてを含んだ概念らしく『花卉《かき》』と書くらしい。

「花だけだと、花がつかない、例えば観葉植物なんかが含まれなくなるんです」

「へー」

それどころか、切り花やコケ類まで含んだ概念らしい。

しばらく歩いて裏手に回ったところで、建物から木がはみ出している場所が見えた。木には果実がたわわに実っているようだ。

「あれです」

「立派な……木ですね」

温室のガラスは取り払われていて、その木は、建物の中から生えているように見えた。二十一層のオリジナルよりは小振りだが、オレンジの木としては、なかなかの大きさだ。

「これが一夜にして？」

「接いだのは日曜日の午後です。昨日は祝日だったので、一夜かどうかは分かりませんが、監視カメラの映像を確認すれば正確な時間は分かると思います」

一夜でも二夜でも異常であることに変わりはない。

「魔結晶との関係は？」

「それも確かめてみました」

俺たちが到着する前に、鳴瀬さんが魔結晶を用意して小さな枝を落としてみたそうだ。すると、想定通りに、魔結晶の質量が減って枝が再生したそうだ。

「この枝を切ると、再生するわけですか」

鳴瀬さんが切り取った場所と、そのとき切り取られた枝を見比べながら、その枝をしならせると、佐山さんが、慌てたように警告を発した。

「あ！　気を付けてください」

「？　何にです？」

俺が彼を振り返ってそう訊くと、彼は枝の再生に関する危険性について教えてくれた。

「つまり、切り取られた枝が光の枝になって伸びるとき、実体化する場所に物体があると、その物体が枝で切り取られるってことですか？」

「ええ。最初は温室のガラスがきれいに枝の形にくりぬかれていました。次に犠牲になったのは私のタオルです」

そう言って彼は、穴の開いたタオルを広げて見せた。

「リアルレーザーブレードですよ、先輩！」

三好が興奮したようにそう言ったが、レーザーブレードというより、次元刀の類いだな。

もしも切り取った枝でも同じようなことが起こったとしたら、枝と魔結晶を持って、なんでも貫通する武器として使用することさえできそうだが、そうするとリポップとはだいぶ趣が違う。ダンジョン内の場合、邪魔な物体が存在する場所には、リポップそのものが起こらないからだ。

「それは、なんというか……事故が起こらなくて幸いでしたね」

佐山さんは、「まったくです」と、実感を込めて大きく頷いた。

何が起こるか分からない以上、切り倒すわけにも行かず、せめて交雑種の発生だけでも避けようと、木全体を外郭で取り囲む工事を大至急で行うそうだ。

「今が開花時期でなくてほっとしました」

実際のところ、Ｄファクターがそんなことをおもんぱかってくれるかどうかは分からない。

「先輩、先輩。ダンジョン庁にスルーされたとは言っても、完全な新種……というより未知の生物ですよね、これ。行政への報告はやらなくてもいいんですか？」

「行政へ報告ったって、どこへ？」

「うーん……環境省でしょうか？」

三好が首を傾げながらそう言った。

「どういう取り扱いになるのかはよく分からないが、特定外来生物等一覧に、この木がないことだけは保証できるな」

お役所仕事は侮れない。なにしろヘルハウンドを犬として受理した渋谷区の前例があるのだ。

「なら防疫扱い？　厚労省かな？」

「そういう観点でしたら、厚生労働省というより、農林水産省管轄ですね。植物防疫所が国内検疫をやっているはずですが――」

三好の防疫発言を聞いた佐山さんだったが、自分で言っていて少し違うと首を傾げた。

「――重要病害虫ってわけじゃないからなぁ」

「農水省に、外来植物に対応する部署ってないんですか？」

外国どころか、未知の世界から来た植物だ。場合によっては侵略と言えるかもしれない。

「一応あるにはあるんですが……」

なんとそれは、農村振興局らしい。

「農村振興局？」

「はい。農村政策部の鳥獣対策・農村環境課にある農村環境対策室ですね」

「というか、そんな課や室、初めて聞きました」

あまりの名称に苦笑しながらそう言うと、佐山さんが、このあたりは割とできたり消えたり、安定しないんですと教えてくれた。

一応、二〇〇八年の三月に、外来生物対策指針というものが、当時の農村振興局企画部資源課農村環境保全室で策定されたらしい。部署の名前が長すぎるぞ、農水省。

もっともそれは、現場向けのパンフレット程度のもので、内容も「見かけたらさっさと取り除きましょう」くらいの内容だったそうだ。

現在では、その仕事は、農村環境対策室の生物多様性保全班に引き継がれているらしい。

「対応も、『すべての外来植物を対象にして防除することは困難だから、被害がない場合はとりあえずスルー』が基本なんです」

オオイヌノフグリやシロツメクサなどが、それにあたるらしい。確かにかなりの数が繁茂したところで、実感できるような被害はないだろう。そもそもこいつらは、今のところ駆除する方法がないそうだ。

「じゃあこれって、対応できる行政機関が？」

「今の段階では、ないかもしれません」

仮にダンジョン産だということで、ダンジョン庁が手を付けようとしても、対応を協議する省庁がないのではどうしようもない。

「そういうのって、最後はうちに回ってくるんですよね」と、鳴瀬さんが嘆息した。

「起こったことのない事態に即応できる部署が日本には必要だな」

真面目な顔でそう言った俺を、三好が肘で小突いてきた。

「なに政治家になる前の、情熱に燃える学生みたいなことを言ってるんですか」

「なっちゃって初めて、なんにもできないことに気が付くんだよな」

「夢も希望もありませんね」

ともあれ、そんな組織を、地方行政ならともかく、国政でいきなり作ることなど不可能だ。

「うちの次世代研あたりは、これを知ったら狂喜しそうなんですけどねぇ」

佐山さんがしみじみとそう呟いた。

次世代作物開発研究センターは、各部署の生産性向上技術および高付加価値化技術の開発を行っている部署だ。当然、柑橘における生産性向上技術及び高付加価値化技術の開発もその研究の柱の一つらしい。

「まあ、無限生産可能な果実だもんな」

　究極の生産性向上技術だと言ってもいいだろう。問題はそれだけで完結してしまうために、現状の農業関係者にとっては、なんの利益にもならないどころか悪夢になるかもしれないが。

　そんな話をしていると、佐山さんの携帯が鳴った。

　その表示を見て、彼はすまなそうに頭を下げた。

「ちょっと上司に呼ばれたので行ってきます。この辺でしたら勝手に見ていただいても大丈夫ですから、よろしくお願いします！」

「ああ、お気になさらずに」

　何をよろしくすればいいのか分からなかったが、とりあえずそう言って手を振った。

　彼が見えなくなり、三好と鳴瀬さんの三人になったのを見計らって、俺は三好に尋ねた。

「で、なんだって？」

「これ、リポップじゃありませんよ」

　俺のセリフを待って、三好がそう切り出した。

「だろうな」

「ええ!?　でも確かに再生しましたよ？」

「さすが先輩、どこで分かりました？」

「新しく形成された枝が、はっきりと分かるくらい前のと違う」

俺は、鳴瀬さんが切り取ったとされる場所から伸びている枝と、切り取られた枝を見比べながら言った。

「それにリポップは、それが行われる空間にある物体を切り取ったりしないだろ」

仮説とはいえ、三年の間にそういう事態は発見されていない。

もしもそんなことが起こるのだとしたら、森の中で木に埋まっているモンスターが一度くらいは発見されていてもおかしくないだろう。

今しがた聞いた限りでは、発生する側が発生する空間を切り取るのだ。木に埋まったとしても、リポップしたモンスターは死なないはずだ。

「やはり、リポップはダンジョンシステムの一部ですよね」

「たぶんな。こんな場所にもダンジョンシステムが適用されるなんてことになったら、恐ろしすぎるだろ」

「確率的に訪れる悪夢ってやつですか」

「まあな」

俺は、昼に話をしていた内容を思い出しながら頷いた。

「ともあれ、こいつは、リポップっていうよりも再生って感じだ」

「たぶんそうだと思います」

そう言うと、三好は鑑定結果を簡単に書き出したメモを差し出した。

アウレウス・アルボル

Aureus arbor

黄昏の娘たちの園から英雄が盗み出し、
海の女神の婚姻の祝宴に投げ込まれ、
巨人に連れ去られる女神の作りし輝ける
金色の実をつけた枝の末裔。
光ある限り、理《ことわり》は円環を巡り、滅すること
あたわず。

鳴瀬さんと二人でその紙を覗き込んだ俺は、思わずため息をついた。

「こいつはまた、なんというか……」

「ダンツクちゃんは、相変わらず詩人というか、遊び心が満載ですよね」

「三好の〈鑑定〉でこれってことは、こいつってダンジョンアイテム扱いなの？」

「それはないと思いますよ。触っても名称が分かりませんから」

なるほど。アイテムなら触れれば名称が分かるはずだ。

「三好さんの〈鑑定〉って何が見えてるんですか？」

「それは秘密でーす」

適当におちゃらけているが、実は自分自身にもはっきり分かっていないと俺はみている。鑑定できるもの、できないものに明確な境界があれば、それを言わないはずがないからだ。

スキルは成長する。

だから昨日まで鑑定できなかったものが、今日鑑定できるようになるかもしれないし、もしもダンジョンが作成した人類の集合的無意識めいたものにアクセスして結果を表示しているのだとしたら、その広がりや検索速度にも影響されるだろう。つまり、現時点で何を鑑定できて、何を鑑定できないのかは、本人にも分からないに違いない。

だがそれを理解できない人は期待するだろう。そうして鑑定できないと言われたら、隠しているのではないかと疑うに違いない。

だから、すべてを丸く収めるためには、切りがないという理由を盾に、鑑定を引き受けず、スキルの隠匿常識を武器に、おちゃらけた態度で内容を秘密にするしかないのだ。おそらく。

それはともかく、今はこの木のことだ。

アウレウス・アルボルはラテン語だ。直訳すれば黄金の木。

黄昏《たそがれ》の娘たちは、ヘスペリデスのことだろう。つまりヘーラクレースが盗み出した黄金の林檎《リンゴ》のことだ。二つ目はエリスが投げ込んだもので、最後のやつは北欧神話、というよりも、ニーベルングの指環の第一部、序夜の第二場に違いない。当時の林檎は、果物全般を表現する名詞で、黄金の林檎はオレンジのことだとも言われている。

「って、ダンジョンせとかって、アムブロシアーだってことか？」

「まあ、末裔《まつえい》ですから。効果はお察しくださいってことで」

「せいぜいが、（注34）思い描いた通りの品種になる程度だって？」

「アメリカのフルーツケーキより、多少はましですね」

あれは少々お腹のお肉が増えそうな程度ですから、と三好が笑った。

思い描いた通りの品種ができ上がる。

それをせいぜいなどと表現するのもどうかと思うが、ネタ元の効用は不老不死だ。『滅することあたわず』なんてところに、その片鱗《へんりん》がうかがわれる。それに比べればせいぜいと言っても間違いとは言えないだろう。

「円環を巡る理《ことわり》ってのは？」

「植物の一年を繰り返すってことじゃないでしょうか」

鳴瀬さんがそう言った。

成長し、花が咲き、実ができる。つまりはそのルーティンを再現するということか。

「で、光ってのは、やっぱり？」

「太陽の光じゃないことだけは確かですね」

俺たちは、ＮＩＭＳ（物質・材料研究機構）やその周辺で一斉に発生した、謎の魔結晶の消滅事件を思い浮かべていた。魔結晶は高濃度Ｄファクターの塊で、この辺りには魔結晶を研究している機関も多い。ＮＩＭＳだって、すぐそこだ。

「つまりこれは、つくばだから起こった事件だってことですか？」

　ダンジョンの外で奇跡を起こすためには、大量のＤファクターが必要になる。いくらその可能性があったとしても、材料がなければ何もできない――はずだ。

　鳴瀬さんの疑問に、三好が木を見上げながら小さく呟いた。

「そうだといいですね」

　この三年の間に、ダンジョンから持ち出されたものは少なくない。ほとんどはアイテムだから無関係なのだとしても、枝や草くらいは持ち出されていてもおかしくないだろう。

　そのたびに、こんな現象が起こっていたら、とっくの昔に大騒ぎになっていたはずだ。

（まあ、採取時に先輩が一緒にいたのが原因の一つって気もしますけど）

（ええ!?　そりゃ考えすぎだろ）

　ネイサン博士のネミの森発言と、佐山さんが執着した特別なオレンジの枝をダンジョンがすくい上げた結果だと思うんだけど……

（それだけですかね？）

　三好が不穏なことを言っているが、ともかく、ダンジョン以外で、高濃度のＤファクターが存在している場所はそれほど多くはない。だから、仮にそれがない場所で接ぎ木を行ったとしても、そ

（注34）　フルーツケーキ
アメリカのフルーツケーキに「アンブロシア」というケーキがあるのだ。

れを接いだ人間の望みを実現するような現象は起こらないはずだ。燃料がなければ車は走ったりしないのだ。

「後は、監視カメラのデータをお借りして、こちらで枝や幹が再生した時刻と、ＮＩＭＳで魔結晶が消失した時刻を比べてみれば、関連は一目瞭然でしょう」

「そうですね。そちらは調べておきます」

鳴瀬さんはそう言って、関係各所へ電話をかけ始めた。

枝や実の再生に魔結晶が使われる実験は鳴瀬さんがやったようだし、状況から見た仮説に過ぎないとはいえ、無関係だとはとても思えない。

「後は、この影響がどこまで広がるか、だな」

「広がる？」

「だって、佐山さんたちは、必死に花粉を拡散させないように頑張ったんだぜ？」

「それは、この種が他の柑橘類と交配しないようにするためでしょう？」

「そうさ。つまり交配の可能性をこいつに伝えたんだ。しかも強烈なイメージで」

その意味を理解した三好は、額から垂らした汗が見えるくらい焦った様子で言った。

「だ、だけど、全然開花の時期じゃありませんよ？」

「そこが唯一の救いと言えば、救いなんだが……」

「先輩？」

「そんなのＤファクターが考慮してくれるかな？」

三好は、難しい顔をしながら腕を組んで、たわわに実っている木を見上げた。

冷たい風がそれを微かに揺らし、低い位置にある太陽が作る長い影が、それに合わせてざわざわと躍った。

「なにしろ――」

俺は一晩で大木になったらしいその木を中心に手を広げながら言った。

「――つくばには魔結晶がありすぎる」

SECTION：

茨城県桜川市真壁町

　農研機構から十キロほど北にある筑波山の周辺には、いくつかのみかん園がある。

　茨城《いばらき》、特につくば市辺りは、みかん栽培の北限と言われ、昔から筑波山の西側ではみかん栽培が盛んだった。

　その畑は、筑波山の標高百五十メートル、斜面温暖帯に位置していた。

　いつものように、山の斜面の道路を車で走っていた男は、自分の畑の木にオレンジ色の何かが、びっしりと付いていることに気が付いた。

「なんだ？」

　誰かのいたずらにしても数が多い。

　男は急いで車を畑に向かって走らせたが、それが近づいてくるにしたがって、自分の目がおかしくなったのかとでもいうように、強く目をこすった。

「なんだ……これ？」

　この辺りのみかんは、低木の温州みかんと、もう少し背の高い、地元品種の福来《ふくれ》みかんが主力品種で、旬は大体十月～十二月だ。

　中には、二十種類近い品種を植えている農園もあるが、今は二月だ。いずれにしてもシーズンはとっくに終わっていた。

「なんじゃあ、こりゃああ!?」

そう絶叫した男は、自分の畑の木にびっしりと生っている、理想的な形の温州みかんを呆然と見上げていた。

二〇一九年　二月十三日（水）

SECTION：代々木八幡　事務所

会社員時代なら確実に遅刻間違いなしの時間に目覚めた俺は、時計を見ても飛び起きたりせず、ちょっと寝過ごしたかななどと、少し前なら考えられないことを考えていた。そうして、自由業ってやつに、なじんできたのかなぁと、内心苦笑しながら事務所への階段を下りた。

「あ、先輩！　やっぱり汚染されてましたよ！」

「はぁ？　なんだよいきなり」

「これですよ、これ！」

三好の突き出してきたタブレットには、ツイッターやユーチューブにアップされた動画が表示されていた。どうやら、地域のほのぼのニュースを切り取ったものらしい。

「これが？」

三好は黙って再生ボタンを押した。とにかく見ろってことらしい。

そこでは、みかん農園のご主人が興奮した様子で自分の農園に生ったみかんを紹介していた。季節外れの豊作に、地元のＴＶクルーがにこやかに不思議ですねぇ、などと言っていた。

「今朝のニュースなのか？」

「そうです」

今は二月だ。これが愛媛あたりのニュースなら、そういう柑橘もあるだろう。だが話題の農園はつくばの隣の市にあって、生っていたのは温州みかんだ。

「ってことは――」

「絶対、黄金の木の影響ですよ」

「花粉、関係ないじゃん！」

「さすがは、Ｄファクター。空気読みませんね」

三好はそう言ったが、あれはむしろ空気を読みすぎる存在だろう。

「で、これ、どうするんだよ」

「どうにかできます？」

「無理」

ダンジョンの中ならともかく、地方都市の農家相手に俺たちができることはない。何かしようとしたところで、単なるクレーマーか胡散臭い奴ら扱いされておしまいだ。

「だが、さすがにこうなったら、俺たちよりもずっと権威のある組織が動きだすだろ」

「ＪＤＡにも、鳴瀬さんの報告は上がってるでしょうし」

「よし、俺たちにできることはすべてやった！　後のことは、それぞれの機関に任せよう！　頑張れニッポンだ！」

いつもなら丸投げに大賛成するはずの三好が、難しい顔をしながら首を傾げ腕を組んだ。

「だけどこれ、それで解決しますか？」

「うーん……」

魔結晶の消失そのものは、実を採らなければ防げる気がする。だが、みかん農家がみかんを採らないわけにはいかないし、Ｄファクターの波及そのものは、今のところ防ぎようがない。

「それに、一番心配なのは、他の植物への広がりですよ」

「オレンジの枝から始まったＤファクターの侵略が、他の植物にも飛び火する？」

「Ｄファクターに種なんて関係あります？　温州みかんだって、気がついたら突然実が生っていたそうですよ？」

そりゃそうだ。下手をすると植物の枠すら飛び越えかねない。

「酸素(注35)シンドロームならぬ、ＤＦシンドロームってか？」

「変化が早すぎて比較にもなりません」

「ダンジョンの、と言うより地球の文化的なルール通りに事を進めるとしたら――」

黄金の木に始まった柑橘騒動は、どう考えても森の王と無関係であるはずがない。王は強い呪術的な力で、王の、ひいては民の望みを叶えるのだ。

「佐山さんを新たな王にするしかありませんね」

新たなるレックス・ネモレンシスを誕生させて、コントロールが奪取できることに賭けるしかないだろう。

「しかし、佐山さんに独力であれを倒させる？　いくらなんでも無理じゃないか？」

「育てている暇はないですから、ここは文明の利器でなんとか……」

「なんとかったってなぁ……」

　二十一層なら銃器でギリギリどうにかなりそうな気もするし、ボスめいたモンスターではあるが、三好の〈鑑定〉で見た限りでは、少し変わったタイプのようだった。

　とは言え、素人が正面から小銃を振りかざしたところで、ろくに当たるはずもない。

「第一、本人が拒否すれば、それを強制することはできないぞ」

「ですよねぇ……やっぱ、先輩がもう一度枝を――いや、だめですね」

　俺たちは、想定よりもはるかに弱かった森の王について、一つの仮説を立てていた。もしもそれが正しいとしたら、俺が枝を折ることは、取り返しの付かない災厄を生み出す可能性があったのだ。

（注35）　酸素シンドローム

地球上に酸素が発生し、海や大気の好気化が起こり、真核生物が誕生するに至った事件。

当時は猛毒だった酸素に順応した生物が生まれた結果、呼吸のエネルギー効率が跳ね上がり、生命の大型化や多様化のための原動力となった。

時期ははっきりしていないが、シアノバクテリアで酸素発生型光合成が発生したのは、およそ三十億年前だと考えられている。

SECTION:

市ヶ谷　JDA本部　ダンジョン管理課

「お疲れさまです」

斎賀が三件の打ち合わせをこなした後、部屋に戻ってくると、そこでは美晴が小さな応接セットに座って待っていた。

「ああ、鳴瀬か。会議ってやつにはどうにも慣れなくてなぁ。俺はどうやら駆け引きとか陰謀とかには向いてないらしい」

美晴は課長が向いてないなら、向いている人なんかいないんじゃないのと内心苦笑しつつ、報告書を提出した。

「昨日のつくばの件か?」

斎賀は報告書を受け取って、ぱらりとめくった。

「詳細はありがたいが、どうやったところであれはうちの管轄外だぞ」

「ところが、そうも言っていられなくなりそうなんです」

「なんだと?」

彼は急いで報告書を読み始めた。

「やはり魔結晶の消失原因だったか」

「持って行った魔結晶で実験してみた結果、魔結晶を消費していることだけは確かでした。木が大きくなった時間も監視カメラの映像で確認しましたが、ＮＩＭＳから魔結晶が大量に消えた時間とほぼ同じでした」

「状況証拠としては十分だが……それだけじゃ確証には至らんな」

「あと、そのレポートには書かれていないんですが――」

「まだ何かあるのか」

「今朝、筑波山中腹のみかん畑で、季節外れのみかんが一斉に実をつけたそうです。突然に」

「なんだと？」

「理想的な品質の温州みかんだったそうです。農家の方はその不思議さに頭をひねりながら、とりあえず収穫してみたそうですが――」

「まさか……」

「一つの木の収穫を終えると、もう一度花が咲いて、すぐに結実したそうです」

斎賀はその情報に息を呑んだ。

「それで農家の方が大喜びで、収穫を繰り返しているところがニュースになっていました」

「それか……」

斎賀は何かに思い当たったかのような表情を見せた。

「課長？」

「実はな、今朝から突然、ダンジョンアイテム取引市場の魔結晶価格が高騰してるんだ」

「つくばで起こった消失のせいで、研究機関が一斉に購入したからじゃないんですか？」

「日本だけならそうだろうが、南北アメリカや香港、ＥＵの市場がそんなに早く反応するか？」

「え？　世界的な話なんですか？」

「そうだ。最初は事件が起こった日本へ輸出して、利ざやを稼ぐためかとも思ったんだが、筑波周辺で消失したものの埋め合わせにしては規模がおかしい。とにかく成り行きで全部を買い漁っているやつが複数いそうなんだ」

「じゃあ目的は……」

「このタイミングならオレンジの枝だろうな。つくばの枝か、二十一層の枝かは分からんが」

　柑橘の枝は比較的簡単に接ぎ木でき、成功率も高い。もしかしたらそれが無限に生産できる魔法の枝かもしれないなら是が非でも手に入れたいだろう。

　だが、まだ増やせるかどうかや、食べられるかどうかも分からないうえ、燃費だって不明だろう。いくら無限にオレンジが生産できたところで、一つあたりの価格がバカみたいに高ければ意味はないのだ。にもかかわらず、これほど素早く反応できる組織はそう多くはない。可能なのは独裁に近い組織形態を持ち、食料に高い関心を持っているところだけだろう。

「二十一層の枝を接いで同じことが起こるかどうかは分かりません。どうやら農研機構が持ち帰ったのは、非常に特殊な枝だったそうです」

「報告のあった、森の王が守護していた枝か」

「はい」

　信じ難いことだが、報告では不死のエリアボスだったそうだ。だが報告者の一人はＷＤＡの主任研究員だ、疑う余地はない。

Ｄパワーズがどうやってそれから逃げ出したのかは分からないが、普通の探索者がそれと戦っていたとしたら、途中で力尽きて帰らぬ人となっていた可能性が高い。

「だが、今すぐ立ち入り禁止区域にするのは無理だぞ」

なにしろ具体的な被害は出ていないのだ。ここで立ち入り禁止区域に設定したら、まるでオレンジの木を独占するために不死のモンスターをでっち上げたかのようにすら見えるだろう。〈マイニング〉に制限をかけたばかりだけに、反発も大きそうだ。

「二十一層の枝ならＪＤＡでも管理可能だが、ニュースになった筑波山の枝だと、うちではどうにもならん。しかも、同じことが起こる可能性は高そうじゃないか」

温州みかんの苗木は海外でも販売されている。つまり日本から持ち出すことに防疫以外の規制はない。合法的に持ち出せるのだ。

「いずれにしても、ＪＤＡにはこれを止める権限がない」

事はダンジョンの外で起こっているのだ。

斎賀は内線の受話器を上げると、部長の番号を押した。

「あ、橘《たちばな》部長ですか。斎賀です。はい、はい。実は、至急ダンジョン庁経由で処理しなければならない案件が。はい、はい。分かりました。すぐに」

斎賀は、内線を切って立ち上がった。

「ダンジョン庁に連絡を取って、農林水産省と協議させ、つくば周辺の農家のみかん収穫をやめさせる。まずは消失被害だけでも防がないとな」

「あ、課長、もう一つだけ――」

「なんだ？」

部長にはすぐ行くと言ったが、それを聞いていた美晴がわざわざ足止めするからには、今までの報告以上に重要な話がありそうだと斎賀は足を止めた。

「三好さんたちによると、この問題を根本から解決する方法があるかもしれないそうです」

「なんだと？」

一瞬斎賀は自分の耳を疑った。それを最初に言えよと思いながら。

SECTION :

茨城県桜川市真壁町

筑波山の斜面温暖帯は、多くの取材陣の車であふれていた。

季節外れの豊作のニュースが流れたかと思ったら、次は瞬時に実をつける不思議なみかんがSNSをにぎわせて、再び取材が殺到していたのだ。

それらの人や車をクラクションで追い散らしながら、ダンジョン庁職員名塚義弘《なつかよしひろ》は、小さく舌打ちを繰り返していた。

「この道は車道で、駐車禁止だろうが」

人を避けさせるたびに、あちこちから怒号が上がる。

「この国のマスコミはこんなもんだよ」

助手席に座って資料を見ながら、農水省から出張ってきたというやや恰幅《かっぷく》の良い男が言った。

名塚は、仏さんみたいな顔をして、なかなか辛辣《しんらつ》なことを言う人だ、と、出発前に交換した名刺を思い出していた。確か、折衝とマスコミ対策のエキスパートみたいな紹介をされたっけ、名前は
——そうだ、三橋さんだ。

「しかし、大騒ぎですね。こんなところへ乗り込んで規制をかけたりしたら、大悪人にされませんか？」

「そうは言っても、仕事だからね」

三橋はクールにそう答えると、さらに資料を広げた。

「しかし、法的根拠が難しい案件だな」

出てくる前に、ダンジョン庁の旗振りで各省庁間の話し合いが行われた。

ダンジョン産の食品に関する法整備は、食品衛生法上に、ダンジョン産食品としての項目が拡張されていて、ＷＤＡ（世界ダンジョン協会）のＤＦＡ（食品管理局）勧告に準拠するようになっていたが、今回の対象は、これまで通りの定義では、ダンジョン産の食品とは言えなかったため、この枠が適用できなかった。

最も有力だったのは、東電福島第一原発の事故に起因する食品の出荷制限と同じフレームで処理しようという案だった。お役所というのは前例主義なのだ。

当時、国内で生産された食品中の放射性物質に関する食品衛生法上の規制は存在しなかったが、厚生労働省は原子力安全委員会が示していた放射性物質の飲食物摂取制限に関する指標値を食品衛生法上の暫定規制値として設定することで、法的根拠とした。

今回もこれと同じ手法を使ってなんとかならないかと考えたのだ。

そして、法的根拠等の支援を厚生労働省に、検査や実務支援を農林水産省に、当時の原子力災害対策本部の役割をダンジョン庁に受け持たせ、関係都道府県等への指示や実務を行わせるという仕組みにしようとした。

とは言え、時間がなさ過ぎて茨城県側が対応不可能だったため、今回は、ダンジョン庁と農林水産省に面倒が押し付けられることとなった。

もしもこの問題が拡大したら、いずれはもっとしっかりとした法整備が行われるだろうが、問題は今回だ。

なにしろ、食品衛生法は『飲食によって生ずる危害の発生を防止するための法律』だ。つまり、規制対象は『営業』や『販売』なのだ。

だが、今回の規制対象は『収穫』だ。

果たして、自分の畑の生産物——消費するためでも、出荷するためでもないそれ——の、収穫そのものを規制できるのだろうか？

三橋は、大きなため息を一つついて資料を閉じると、親指と人さし指で鼻根を挟んで、睛明（注36）を揉みほぐした。

「どうしました？」

「いや、どう考えても『収穫』を規制するのは無理なんじゃないかと思ってね」

「その件は散々話し合ったんじゃありませんか？」

事態を重く見た——ＪＤＡに脅されたとも言うが——ダンジョン庁は、迅速に各省庁に働きかけ、緊急の対策をひねり出した。

（注36）**睛明**
せいめい。

目をすっきりとさせるつぼの代表格。眉根のすぐ下、目頭のやや上にあるへこんだ場所にある。

　結局、商品作物である以上『販売』を規制すれば、『収穫』のコストをかける意味はない。だから一般的に言って『販売』の規制は『収穫』の規制と、ほぼ同義だと言っていいだろう。

　会議はそう結論付け、拙速と言える勢いで彼らを送り出したのだ。しかし——

「辺りの様子を見てみろよ」

　目的の家に近づくほどに、混雑は増していた。マスコミ関係者以外にも、相当数の野次馬がいることは間違いはない。

「収穫しつくせば、すぐに花が咲き、再度実が生る？　その画を撮るためだけにこいつらは、ここに群がってるんだぞ。こいつらにとって、収穫は作物を得るのが目的じゃないんだ」

　許可が得られなければ、こっそりと木を丸裸にしても画を撮っていく。そういう連中は冗談じゃなくいるのだ。しかも悪いことをしているなどとは、みじんも思っていないか、思っていたとしても気にしていない。彼は長い対応経験から、そのことをよく知っていた。

　結局オーナーには、販売の禁止ではなく収穫の禁止を理解させなければならないのだ。

　そうでなければ、ちょっと再現してみてくださいよと言うマスコミのお願いを、簡単に受け入れてしまうだろう。禁止されているのは販売で、収穫ではないのだから。

　タフな交渉になりそうだ。彼はそう考えていた。

「雅尊《みやびそん》みかん園——ここだな」

「すげぇ名前ですね」

「ご主人の名前が、三谷さんと言うんだ」

「はぁ」

それに何の関係があるのかと、名塚は思ったが、かろうじて相槌だけは打っておいた。

しかし、その後、オーナーと名刺を交換したとき、三橋の言っていたことが初めて理解できた。

名刺には、『三《み》谷《たに》美尊《よしたか》』とあったのだ。

最初の話は、三橋が受け持ってくれた。本日は農水省からの収穫自粛要請が主体だからだ。

「つまり、あんたらは、いきなり押しかけてきて、収穫をやめろって言うのか？」

「あくまでもお願いですが、そういうことになりますでしょうか」

「お願いってね、あんた。したっけ、お国が補償でもしてくれるのか？」

「補償と言われましても、対象がありませんけれども」

「うちの畑のみかんだよ。出すところに出せば、それなりの金になるものを、収穫するなと仰るんだろ？」

「そうですが、つくばのみかんシーズンは終わっていますし、御社はみかん狩りの会社で、それを収穫して売ることが主体事業ではありませんし」

「ほった、やっちゃごっちゃやーれてもしんにぇ！」

三谷は興奮すると茨城弁が強く出るようで、そうなると、名塚には何を言っているのか、まるで分からなかった。

「あのー」

話し合いがエキサイトしてきたのを遮るように、それまで黙って聞いていた名塚が、横から恐る恐る声を掛けた。

「あんたは？」

「先ほど名刺も差し上げましたが、ダンジョン庁職員の名塚と申します」

「ダンジョン庁？　うちのみかんとなんの関係があるんだ？　ちょっと、黙っててくれないか」

「それがそうもいかないのです。もしも、このまま収穫を続けられますと、三谷さんには窃盗の容疑が掛かるかもしれません」

「窃盗？」

三谷は、予想もしなかった単語に、ポカンとしてその言葉を繰り返した。

「先日から問題になっている、つくばの研究所での魔結晶の消失が、あなたが収穫するみかんと関係がある可能性が高いのです」

そう切り出した名塚は、推測も含めた今回の現象の説明を、できるだけ分かりやすく行った。

「そりゃつまり、何か？　うちのみかんが、そのま――」

「魔結晶です」

「――そいつが消えたのと関係があるってことか？」

「農家の方に分かりやすく例えるなら、魔結晶が結実のための肥料になっているということでしょうか」

「いやっどーも」

三谷は、今聞いた話を咀嚼《そしゃく》するように、テーブルの上にある煙草の箱に手をかけた。

「吸っても？」

「遠慮してください」

「はっ？」

思わずいつもの調子で返事をしてしまった名塚は、我に返ると、ごまかすように笑った。

「あ、いえ、どうぞ」

――ダンジョン庁には、能力はあっても扱いにくい人材がそろっている――まことしやかに霞《かすみ》が関《せき》で囁かれる噂には、少なくない真実が含まれていた。

設立の経緯上、各省庁から出向した人員でスタートしたダンジョン庁は、出向先で省庁間の利権の壮絶な奪い合いをしなければならなかったため、能力の高い人間が求められた。

しかし総合的に能力の高い人間を各省庁が簡単に手放すはずがない。そして、安定した集団が、使いにくい天才よりも、従順な秀才を重用するのは世の常だ。

結果、ダンジョン庁には、各省庁で持て余していた、能力だけがずば抜けた人員が集まることになったのだ。

もしも三橋と一緒でなかったら、名塚はごまかすどころか、「拒否されることを想定していないなら、説得するのは無駄じゃありませんか？」くらいは言っていたはずだ。

しかしこれは、基本的に農水省案件で、調整する立場の組織にいる自分が、進んでそれをぶち壊すのはまずいということくらいは、彼にも分かっていた。

三谷は、紺色の背景にオリーブの枝を加えた金色の鳩がデザインされた箱を手に取ると、慣れた手つきで煙草を一本取り出して口にくわえた。

そうして、それにライターで火を付けると、深く煙を吸い込んでから、一気に吐き出した。

「つまり、どこかの研究所にあるその肥料を、うちの畑が勝手に使ってるということか？」

「かなり高い確率で、そうです」

もちろんここで、証拠がないじゃないかと突っぱねることもできるだろう。

しかしこの話を聞いた後でとる行動は、未必の故意にあたる可能性があった。そうすればもう過失とは言えない。

三谷はもう一度、煙を吸い込み、それを吐き出してから言った。

「わがった」

それを聞いた、三橋はほっとしたように、いくつかの書類を取り出した。

「すでに収穫されているみかんを販売することはできませんが、今回に限り、ダンジョン庁が引き取らせていただきます」

三谷は、それらの書類の説明を受けながら署名捺印《なついん》していったが、とある書類のところで手を止めた。

「こりゃあ、無理だっぺ」

それは契約内容の守秘義務に関する契約だった。

「無理？」

「ＴＶの連中が、実が生るところを撮らせてほしいと散々言ってくるが、それを断る理由を説明できないってことだ?」

「……まあ、そうなりますね」

「そしだら、金の亡者みたいに言われるのもいじやける《腹が立っ》が……収穫が禁止されたからだと伝えてもえが?」

三橋は名塚と目を見合わせると、仕方がないと頷いた。

「分かりました。そこは、ダンジョン庁の要請で――」

「いや、農水省の要請ってことにしてください」

そう言って名塚が割り込んだ。

「名塚君?」

「この時点でダンジョンが関わっているような情報は、いかにもまずい」

名塚の言い草に三橋は眉をひそめて言った。

「それで、農水省に取材が来たら?」

「そこはノーコメント――いえ、こんな怪しい現象で生まれる作物を調査もなしに拡散するなんて許されないとかなんとか、けむに巻いてください」

収穫と販売をすり替える論理だけれど、省庁のコメントなんてこんなものだ。

「あのー……」

三谷が答えを促した。

「その件につきましては、農水省の要請で禁止されたとだけお伝えください。三谷さんに責任はありません」

「わがった」

三谷は安心したように、その書類に署名捺印した。

「そんで、魔結晶のことですが……」

「現時点までは、防ぎようのない事故ですから、国で処理しましょう」

「はぁ、それはどうも」

「ただし、以降のことは……」

暗にあなたの責任ですよと言われて、三谷は恐縮してペコペコと頭を下げた。

「も、もちろんです」

こうして、対象農園の収穫禁止は、なんとか形になった。

しかし、この時彼らは失念していたのだ。みかんの取引が、実は果実だけではないことを。

二〇一九年　二月十四日（木）

SECTION :

横浜市中区関内　マリナード地下街

その日の朝早く事務所を訪れた斎藤さんに連れてこられたのは、津々庵《しんしんあん》のある桜木町からわずか一駅、横浜関内の地下街だった。

「おお、あったあった」

伊勢佐木町側の出口へ向かう途中、赤く塗られたスペースにアップライトピアノがひっそりと置いてあった。いわゆるストリートピアノというやつだろう。

そう言えば、四月にリニューアルオープンする都庁の南展望室にも設置されるとニュースで見たような気がする。

「わざわざ横浜までピアノを見に来たのか？」

「だって勝手に弾けるピアノなんか、めったにないでしょ。買いもしないのに楽器屋で試弾ってわけにも行かないしさー」

「弾く？」

「まあね。今度そういう役が来るんだって」

「斎藤さんってピアノが弾けたんだ？」

「そこなんだよね」

彼女は何やら難しい顔をして、ピアノの前に腰掛けた。

そうして鍵盤に手を置くと、彼女の左手が力強くD#の音をオクターブで響かせた。

「え？」

周囲にいた人たちが、ああ、また誰かのストリートピアノかといった様子でチラリとこちらに目を向けながら通り過ぎ、しばらく行ってピタリと足を止めると振り返った。右手がドラマチックな主題を奏で始めると、誰も彼もがまるで判で押したかのようにそうしたのだ。

ちょっと待て、素人芸じゃないぞ、これ。

「あれってもしかして、斎藤涼子？」

「アーチェリーで話題になった女優の？」

「嘘、なんでこんなところでピアノなんか弾いてるわけ？　何かの宣伝？　って、これ……」

「女優が片手間にやってましたってレベルじゃないだろ」

時折そこにピアノを弾きに来ていそうな男が、楽譜を握りしめた。

「ミスタッチがない……」

激しい腕の振り下ろしや、距離のある左手の移動にもかかわらず、音の粒は整ったままで隣の鍵盤に触れたような濁りがなかった。

アイドルの中には、子供のころからピアノを習っていて、コンサートでそれを披露したりする人もいるようだが、確かにこれはそういうレベルではなかった。

「往年のホロヴィッツのアンコールかよ……」

年配のクラシックファンらしい男の呟きがそれを物語っていた。

二分と少しの後、最後のフォルテッシシモを弾き終えて、美しい和音を全音符で響かせた彼女が顔を上げると、周囲の観客から力強い拍手が湧き上がった。

彼女はチラリとそちらを見て小さく頭を下げると、椅子に座ったままこちらを見上げた。

「凄くかっこいい曲だな」

「スクなんちゃらって人の練習曲だって。まあ、それはいいのよ」

そうして、困惑したような様子で言った。

「なんで私はこんなことができるわけ？」

SECTION：

代々木八幡 事務所

「そんな、目立つことをやってきたんですか？」

三好が台所でドリップしながら呆れたように言った。

「目立つと言っても、たった二分ちょっとだったよ」

「先輩も斎藤さんもネット社会をなめてますね。いまごろ斎藤祭りですよ、絶対」

「えー？　私なんか誰も知らないって」

「自分がネットでどれくらい有名人なのか、一度ちゃんと分からせておいた方が良くないですか、この人」

「まあまあ。で、さっきの話だけどさ、練習したからなんじゃないの？」

「練習どころか、ピアノに触ったこともなかったんだよ？　それが先生の試奏を一度見たら、なんとなくできそうな気がして……」

「弾いてみたら、弾けちゃった？」

彼女はこくりと頷いた。

彼女のステータスは、ダンジョン探検隊のためにやったアイスレムとの特訓のせいで、ＩＮＴ（知力）が35、ＡＧＩが50、ＤＥＸ（器用さ）に至っては90だったはずだ。

当時の三好との考察では、探索者を入れても世界チャンピオン級のＤＥＸだ。

ＡＧＩで先生の動作を完全に捉えて、ＩＮＴで解析＆記憶して、ＤＥＸで再現してしまったということだろう。しかし、それをどう説明する？

「別に困ってるわけじゃないんだよね？」

「全然。むしろ助かってるんだけど……訳が分からなすぎて、気持ち悪い」

斎藤さんが、日頃は見せない真剣なまなざしで、じっと俺を見つめた。

「芳村さんが何かしたんでしょう？　だって、他に考えられないもの」

なんだか危ないセリフだが、以前、御劔《みつるぎ》さんにも同じことを言われたっけ。

「斎藤さん、前にダンジョンで遊んだ時に言ってたじゃないか。思った通りに体が動くし、台本もすんなりと頭に入ってくるようになったって」

「そういうのと次元が違う気がするんだけど」

「いやいや、おんなじだよ」

「先生の動作を完全に捉えて記憶できるところは、台本を覚えるようなものだし、それを再現できるのは、自由に体が動くことと同じだろ？」

「うーん」

「ほら、劇場で他人の演技を見て、セリフを丸ごと覚えられたり、演技をそっくり真似られたりするじゃない？」

「まあ、それくらいなら」

　できるのかよ！

自分で言っておいてなんだが、北島マヤみたいなフィクションのキャラクターならともかく、現実にそんなことができるやつはたぶんいない。それに月影先生だって驚いたのだ、フィクションにだっておいそれとはいないってことだろう。

斎藤さんも順調に人類の範疇から逸脱してきたなと、俺は内心苦笑した。

「それと似たようなもんじゃない？」

「うーん」

「いずれにしても、元々は斎藤さんが御劔さんに付き合ってダンジョンでスライムを叩きまくった成果なんだし、急激に変わったのも鬼のアイスレムと特訓したからなんだから、胸を張って自分の能力だと思っておけばいいんじゃない？」

「ううーん……よし！　たったあれだけでこうなれたんだから、実は私には才能があった！　ってことで！」

「いいんじゃない」

って、ことでってなんだよと思いながら、あまりのサバサバ感に、俺は思わず吹き出した。このこだわらないところが彼女の魅力の一つなんだろう。

「そうだ、これを預かってきたんだった」

すっきりした顔をした斎藤さんが自分の鞄から何かを取り出しながら「はい、ＮＹ直送です」と言って、にやにやしながらそれを差し出してきた。

「ＮＹ？　って、例のイベントの関係者……な、わけないよな」

それなら三好に直接送ってくるだろうし、そもそも斎藤さんとはなんの関係もない。

「当たり前でしょ」

三好が台所からこちらを向いて、笑った。

「ほら、今日は、進駐軍の少佐が子供たちにチョコレートを配った日じゃないですか」

「現代用語の基礎知識に出てたんだろ？　ちょっとネタが古くないか、って御劔さん？」

包みに添えられていたカードは、彼女のイメージ通りにきれいなブロック体で書かれていた。

「クロネコの国際宅急便で昨日届いたから、NY入りしてすぐに買ったんだよ」

斎藤さんが笑いながらそう言った。

NYから発送すると、東京まで大体六日以上はかかるらしい。

そういえば、NYファッションウィークのウィメンズは七日開幕だと聞いたから、ちょうどその頃送ったんだろう。

「NYにもクロネコってあるんだな」

「JFKのすぐ近くにあるみたいですよ、国際宅急便。お土産とか持ち歩きたくないから送っちゃう人も多いみたいです」

「へー」

「そういえば、はるちゃん凄いことになってるんだよ」

「凄いこと？」

「ほい、これ」

それは有名なNYのファッションメディアのサイトだった。

どうやらNYファッションウィークの終盤に、数人の大御所にインタビューした記事の一部のようだった。

「これが？」

「ほらほら、読んで読んで、このへん」

「んん～？」

それは、驚くべき新人をたたえる言葉の奔流だった。

『彼女がランウェイに現れると、それだけで視線が吸い寄せられ、彼女が歩き始めると、まるで服が歩いているような錯覚にすら陥りそうになる。他の誰にあんなことができる？』

『世界にはほとんど知られていない。新人で本番をほとんど歩いてなかったからね。知っているのは一緒に歩いていたモデルの連中か、一部の準備スタッフか、そうでなければリハのどこかにいた関係者だけだろう』

『彼女の魅力を伝えるのに、スチールではまるで役に立たず、ムービーでも足りない。それには監督の意図が交じるからね』

『その動きは会場全体を支配する不世出の舞台俳優にも似て、すべての人の視線を捉えて放さない。我々はミューズの掌の上で、ひとときの快楽に身を任せるだけだ』

『そういえば、次の春夏のロンドンでは、大衆に直接見せるイベントを企画しているそうだ。もしも彼女がそこに参加したとしたら、世界は彼女を知ることになるだろう』
『彼女の背。それがもう少し高かったら、この世界は一変していたはずだよ』

「どう、凄いでしょ！」

「大絶賛ですね」

「クレオパトラかよ！　一体何をやったんだ、御劔さん」

「着るモデルが決まっていただろうランウェイの写真はほとんどありませんから、よく分かりませんけど、なんかリハとかテストでやらかしたんじゃないんでしょうか」

「なんだかますます遠い人になっちゃいそうだな」

「なーにいってんの。チョコまで貰っちゃって」

さっそくもらったパッケージを開けると、丁寧につつまれた紫色のケースが現れた。

「わぁ、ヴォージュ・オー・ショコラだ」

「詳しいな。って、斎藤さんには？」

「なんで、はるちゃんが私にチョコレートを送ってくるのよ」

お土産は貰ったけどね、と言いながら、目が私にもクレクレと語っていた。

「はるちゃんも、NYだから結構悩んだんだと思うよ」

「なんで？（注37）　店はたくさんあるだろ？」

「NYで有名なお店のチョコレートは、大抵日本でも買えちゃうんですよ。マリベルも日本に支店がありますし、マストブラザーズもディーン&デルーカで買えちゃいます」

三好がカップを配膳しながらそう言った。

ＮＹで有名なチョコレートとか言われてもよく分からないけれど、先日も、サロン・デュ・ショコラとかやってたし、世界のチョコレートが日本で紹介される機会も増えてるから、確かに日本で買えないチョコは少ないかもしれない。

「それで変化球で攻めてきたわけですね」

「変化球？」

「まあまあ、先輩。この緑っぽい粉がかかってるやつあたりを、一個食べてみてくださいよ」

「これか？」

俺はきれいに並んでいるトリュフの中から、三好の指定した一つをつまみ上げて、口の中に放り込んだ。

「んっ、なんだこれ？　抹茶風味……って、後から来るこれは、ワサビか？？」

「ショウガとワサビと抹茶で作られてるんですよ、それ」

「まじかよ……でもちゃんと美味いな」

「そりゃそうですよ」

それで変化球なわけか。

斎藤さんが貰っていいと訊くので、どうぞと答えて、三好が入れたコーヒーを飲んだ。

チョコレートが口の中できれいに溶けて、その風味が昇華する。同じわさびでも、メチャ苦茶とは大違いだ。

「だけど、先輩、困りましたね」

「なにが？」

「だって、御劔さんは、斎藤さんとペア扱いなんですよ」

「げっ」

そう言えば記者会見時にブートキャンプと斎藤さんの関係について認める発言をしたんだ。そうして芸能方面では、斎藤涼子と御劔遙《はるか》が一緒に行動していたことは周知の事実らしい。

つまり——

「御劔さんの活躍も、ブートキャンプのせい⁉」

「に、される可能性が大ですね」

「何を他人事みたいに」

斎藤さんはのんきな顔で、「スポーツ界、芸能界、そしてモデル業界まで席巻しちゃいそうな勢いだね」なんて言っている。

だが定員は七人だ。孫パーティも扱えば増やせるかもしれないが、部屋のスペースの問題もあるし、すでに焼け石に水だろう。

「まあまあ師匠。ほら、これあげるから元気出しなよ」

そう言って、斎藤さんが差し出してきた包みのリボンをほどくと、そこには鮮やかな色のついた丸いチョコレートが、きれいに包装されて詰まっていた。

「へー、懐かしいですね」

「アソート品だけどね」

「マーブルは美しいお菓子ですよ。いわばチョコの芸術品ですね」

「それはちょっと言い過ぎじゃない？」

「なんでも、水色に透明なメルヘンな世界なんだそうです」

とある飛行機の運転手が、どっかの漫画でそう言ってたな。

俺は、水色の粒を一つ摘まんで口に入れた。

「しかし、こうなってしまっては仕方ありません。はいこれ」

そう言って、三好が、小さな包みを差し出してきた。

「三好も？」

「まあ、お印ってやつですよ」

「確かに皇太子さまのお印は、『梓』だって聞いたことあるけど」

「ひっじょーに残念ながら、私とは何の関係もありませんね」

その小さな包みを開けると、中から出てきたのはチロルチョコレートだった。

「チロルチョコレート？」

（注37）　有名なお店
二〇一九年二月当時のお話です。

「しかも、九州限定商品ですよ」

「へー、ありがとう。だが、どうして九州限定？」

「チロルチョコはミルクヌガー味でしょう？　それが九州限定品にしかなかったんです」

「お前、原理主義者だったのか」

　チロルチョコレートは３連のミルクヌガー味から始まったらしい。当時は駄菓子ジャンルだったと言えるだろう。あれ、今もかな？

　ともかく俺が物心ついたときには、すでに一粒バージョンで色々な味が売られていたような気がするが、言われてみればミルクヌガー味が一番好きだったような気もする。

　それを一つ取り出すと、包みをほどいて、口の中に入れた。

「美味い。けど、歯の詰め物が取れちゃいそうだよな、これ」

「詰め物の天敵って点では、ハイチュウと双璧ですね」

　俺は三好に貰ったチロルチョコの入った包みと、斎藤さんに貰ったマーブルの包みを、御劔さんに貰った箱の横に置いた。

　女性の数が少なかったおかげで、北谷では、会社ぐるみのこういうイベントはなかったから、ずいぶんと久しぶりな気がする。たとえチロルとマーブルでも、なんだか気にかけてもらっていると いう気分になれて、そこはかとなく嬉しかった。

　男ってのは単純なのだ。

CHOCOLATE

掲示板 関内（イセザキモール側）497【伊勢佐木町で逢いましょう♪】

1 名前：神奈さん 投稿日：2019/1/3(木)
・節度ある書き込みを心掛けましょう。
・過激な発言、他人への非難・中傷につながる発言は控えましょう。
・荒らし＆煽り、関係ない話はスルーしましょう。
・スレ立て依頼は 980 な。

…

762 名前：神奈さん 投稿日：2019/2/14(木)
今日のマリナード
https://url

763 名前：神奈さん 投稿日：2019/2/14(木)
なんだよ、またストリートピアノかよ。

764 名前：神奈さん 投稿日：2019/2/14(木)
そういや、つい最近ヤマハが品川でやらかしてなかった？

765 名前：神奈さん 投稿日：2019/2/14(木)
「安全管理上の問題」ってやつな。

766 名前：神奈さん 投稿日：2019/2/14(木)
あんな混み混みの場所でやったら安全管理もクソもないでしょ

767 名前：神奈さん 投稿日：2019/2/14(木)
都庁でも４月に設置するって言ってるし、しばらく流行るんじゃないの？

768 名前：神奈さん 投稿日：2019/2/14(木)
マリナードのピアノって、結構昔からあるよね。演奏してても不思議と人が集まらない不思議な場所って印象。

769 名前：神奈さん 投稿日：2019/2/14(木)
ストリートピアノもなあ……通り過ぎるくらいならいいけど、近場でずっと聞かされてりゃ、はっきり言って騒音だぜ、あれ。

770 名前：神奈さん 投稿日：2019/2/14(木)
レストランなんか店内にも影響が出そうだ。

771 名前：神奈さん 投稿日：2019/2/14(木)
これだから日本人は文化がー、とか言ってるやつがいるが、大抵文化でマウントを取って気持ちよくなりたいか同調圧力を掛けたいだけだから。

772 名前：神奈さん 投稿日：2019/2/14(木)
そういうやつに限ってエロ漫画とかを排斥しようとしたりするよね。

773 名前：神奈さん 投稿日：2019/2/14(木)
エロ漫画になんの関係がw

774 名前：神奈さん 投稿日：2019/2/14(木)
何言ってんだ。春画は平安から繋がる立派な日本の文化だろ。

775 名前：神奈さん 投稿日：2019/2/14(木)
ストリートピアノは、人の集まるところに置かなきゃいいんだよ。

776 名前：神奈さん 投稿日：2019/2/14(木)
美術館の広い屋外の庭におくとかな。

777 名前：神奈さん 投稿日：2019/2/14(木)
参加型アートだと言い張る！

778 名前：神奈さん 投稿日：2019/2/14(木)
現代アートっぽいだろ

779 名前：神奈さん 投稿日：2019/2/14(木)
音の出ないピアノにするって手も。

780 名前：神奈さん 投稿日：2019/2/14(木)
なんだそりゃ。

781 名前：神奈さん 投稿日：2019/2/14(木)
ほら、ラジオ方式だよ。サイレントピアノにして、聞きたいやつがヘッドフォンとスマホで聞くんだよ。

782 名前：神奈さん 投稿日：2019/2/14(木)
セカイカメラの音版か

783 名前：神奈さん 投稿日：2019/2/14(木)
懐！　だが賢いかもしれん。「弾いてみた」とかにはちゃんと音が入るわけだし。

784 名前：神奈さん 投稿日：2019/2/14(木)
そもそも音大出て、ただ弾けますなんてやつの演奏なんて、一瞬なら我慢もできるけれど、それ以上は無理だろ。今時の音楽ファンは、超一流のアーティストの演奏を日頃から聞いてるんだぞ。

785 名前：神奈さん 投稿日：2019/2/14(木)
確かに弾いてるやつの大部分は、自己満足か早弾き芸にしかなってないし

786 名前：神奈さん 投稿日：2019/2/14(木)
いいじゃん芸で。芸術なんだから。

787 名前：神奈さん 投稿日：2019/2/14(木)
誰が上手いこと言えと――って、なんだこりゃ？

788 名前：神奈さん 投稿日：2019/2/14(木)
どした？

789 名前：神奈さん 投稿日：2019/2/14(木)
どしたって……お前ら、これを聞いてないのかよ
＞762

790 名前：神奈さん 投稿日：2019/2/14(木)
だっていまさらなぁ……

791 名前：神奈さん 投稿日：2019/2/14(木)
いや、これ……斎藤？

792 名前：神奈さん 投稿日：2019/2/14(木)
知り合いキター！

793 名前：神奈さん 投稿日：2019/2/14(木)
ちげーよ！　お前らアルテミス様を知らないのかよ！

794 名前：神奈さん 投稿日：2019/2/14(木)
アルテミス？　あの眉唾の？

795 名前：神奈さん 投稿日：2019/2/14(木)
ほれ。ご尊顔。
https://url

796 名前：神奈さん 投稿日：2019/2/14(木)
ああ！　そういやそんな話があったな。
ただなー、ベアボウで70mの世界記録なんて誰が信じるんだよ。アホか。

797 名前：神奈さん 投稿日：2019/2/14(木)
確かに似てると言えば似てる

798 名前：神奈さん 投稿日：2019/2/14(木)
アホかレベルだから本当かもしれないって思うんだろ。

一瞬だが動画も出回ってたし、大体やらせだったら、どうして五輪強化選手リストに載るんだよ。

799 名前：神奈さん 投稿日：2019/2/14(木)
そこは壮大な話題作り

800 名前：神奈さん 投稿日：2019/2/14(木)
しかし、いくらなんでも演奏が……

801 名前：神奈さん 投稿日：2019/2/14(木)
なんだこりゃ？　吹き替えか？

802 名前：神奈さん 投稿日：2019/2/14(木)
いや、それにしては動きにぴったりと……

803 名前：神奈さん 投稿日：2019/2/14(木)
ショパンコンクールのときのアルゲリッチの映像よりは合ってるな

804 名前：神奈さん 投稿日：2019/2/14(木)
マニアだ。マニアがいるぞ。
>803

805 名前：神奈さん 投稿日：2019/2/14(木)
仮に本人だとしたら、こいつピアノもプロ級なわけ？

806 名前：神奈さん 投稿日：2019/2/14(木)
一曲だけじゃはっきりとは分からないけれど、プロ級どころじゃないような……

807 名前：神奈さん 投稿日：2019/2/14(木)
通行人が一人残らず通り過ぎてから振り返って立ち止まるの草

808 名前：神奈さん 投稿日：2019/2/14(木)
ドラマか何かのCMをフラッシュモブで撮ったんじゃないの。
やらせくさいじゃん

809 名前：神奈さん 投稿日：2019/2/14(木)
それにしちゃ音も画質も悪すぎる。その場にいたやつのスマホっぽいし。

810 名前：神奈さん 投稿日：2019/2/14(木)
隣の男の声が小さく入ってる
「女優が片手間にやって――ってレベルじゃないだろ」

811 名前：神奈さん 投稿日：2019/2/14(木)
分かる
>810

812 名前：神奈さん 投稿日：2019/2/14(木)
柱の陰で隠れてるけど、ピアノの向こうに誰か立ってないか？

813 名前：神奈さん 投稿日：2019/2/14(木)
男っぽいな。

814 名前：神奈さん 投稿日：2019/2/14(木)
すわっ！　横浜デートぉ!?　スキャンダル！

815 名前：神奈さん 投稿日：2019/2/14(木)
やらせのＣＭでスキャンダル作ってどうするｗｗ

816 名前：神奈さん 投稿日：2019/2/14(木)
検証班！

817 名前：神奈さん 投稿日：2019/2/14(木)
いや、ここ横浜スレだからな。検証はアルテミス様のスレか、Ｄパワーズのブートキャンプスレに行け。

818 名前：神奈さん 投稿日：2019/2/14(木)
何でブートキャンプスレ？

819 名前：神奈さん 投稿日：2019/2/14(木)
斎藤の才能は、そこで花開いたというもっぱらの噂が。

820 名前：神奈さん 投稿日：2019/2/14(木)
はぁ？　どうやったらブートキャンプでピアノが上手くなるんだよ？

821 名前：神奈さん 投稿日：2019/2/14(木)
それな

822 名前：神奈さん 投稿日：2019/2/14(木)
そういや同時期にＤパワーズと関係してたらしい御劔遙もＮＹでファッション界の大御所に大絶賛されてたような。彼女の背がもう少し高かったら、この世界は一変していたはずだとかなんとか。

823 名前：神奈さん 投稿日：2019/2/14(木)
イミワカラン
ブートキャンプでウォーキングを教えてくれるのか？

824 名前：神奈さん 投稿日：2019/2/14(木)
背を伸ばすのは無理だってことだけは伝わった！

825 名前：神奈さん 投稿日：2019/2/14(木)
だーかーらー、ここは横浜スレだっての！

SECTION：
代々木八幡　事務所

「突然、済みません」

その日の遅い時間に、突然訪れた佐山さんが、俺たちに頭を下げた。

「それはいいんですが、何かあったんですか？」

「いえ、ちょっとアドバイスをいただきたいと思いまして」

「アドバイス？」

「はい、ＪＤＡを通すのが常道でしょうが、いかんせん時間が」

「みかんの話なら、もう農水省やダンジョン庁が動いていると聞きましたけど」

「もちろんです。ただ――」

俺たちは、彼の語った話を聞いて唖然とした。

ダンジョン庁の要請は、収穫の禁止だ。

どうやらそれは受け入れられたらしいが、実は、当のニュースが出た瞬間から、枝を譲ってほしいという問い合わせが全国のみかん農家から殺到していたというのだ。

接ぎ木用に枝を落としてみたところ、再生は起こらなかったため、すべてには応えられなかったが、それでも農水省やダンジョン庁がそれに気が付いたときには、すでに相当数の枝が譲られた後だったそうだ。

しかも、配送したものならともかく、直接取りに来たものは、本数も行き先もはっきりとはせず、その後の追跡は芳しくないらしい。

「ダンジョンの枝を直接接いだ大本の木は、たった二日で大木に育ちました。問題になっている温州みかんの枝を接ぎ木した場合、そんなことが起こる可能性があるでしょうか？」

佐山さんが接ぎ木をした枝はダンジョン産だ。

だからそれが大木に化けたり、切り取った枝が再生したりすることも理解はできる。

だが、その木が魔法を掛けた地上の木は、単に収穫のループを繰り返すだけで、枝を切っても再生はしなかった。

その木の枝を接いだらどうなるのか？

「それはさすがに分かりませんが、木が再生するような奇跡を起こすためには、ダンジョン産の素材と魔結晶が必要でしょうから、そういうことは起こらないと思いますが……」

俺が自信なさそうにそう言ったとき、三好が真剣な顔で割り込んだ。

「先輩。一八六三年、ヨーロッパにフィロキセラ禍が起こった時、最終的には北米系ブドウの根っこに、ヴィティス・ヴィニフェラ種を接ぎ木して、ヨーロッパ系の品種を守ったんですよ」

「なんだよ、いきなり」

ワインに携わっていれば、世界で一番有名な事件だけに知らない者はいないだろうが、逆に携わらない者にとっては、まったく知らない話だろう。

「繋がりさえすれば、接いだ枝は、その品種の性質をほとんどそのまま保つかもしれません」

「魔法が掛かった枝は、接がれたところで、魔法が掛かったままかもしれないってことか？」

さすがに農研機構にある黄金の木のように育つことはなくても、無限収穫可能な枝のままだという可能性は捨てきれない。

「やっぱり……」

佐山さんはがっくりと肩を落とした。

「もちろん、周囲に、十分な量の魔結晶が存在していない場合、そういうことは起こらないと思いますが……もしかしてすでにどこかで？」

佐山さんは、残念そうに頷いた。

やはりそうか。そうでなければ、突然うちまでアドバイスを求めに来たりしないだろう。

「京都の木津川で、地球環境産業技術研究機構の魔結晶が消失したそうです」

「けいはんな学研都市か」

けいはんな学研都市——正式名称は、関西文化学術研究都市だ。

バブル華やかかりし頃、京都大学の学長の提言で始まった都市計画で、理工系に偏らないようにとの横やりが入った結果、文化の文字が追加された曰《いわ》く付きの場所だ。

つくばに比べると、やや中途半端な感じが否めないが、地球環境産業技術研究機構の側には、オムロンのイノベーションセンターやＮＴＴコミュニケーションズの科学基礎研究所を始めとして、研究開発系の施設が数多く存在している。

少し北には同志社が、西側には奈良先端科学技術大学院大学もあるから、魔結晶はそれなりに備蓄されているだろう。

「京都や奈良のみかん生産量はほぼゼロなんですが、大阪は結構ありますし、あの辺には観光農園がそこそこあるんです」

原因は、おそらくつくばと同じだろうが、あの黄金の木が直接そんなところにまで影響を及ぼしたとは考えられない。間にはみかんの一大生産地である静岡や愛知が挟まっていて、そこではまだ何も起こっていないからだ。

ほぼ間違いなく、誰かが勇み足で枝を接いだことが原因に違いなかった。

「消失が起こるから、接ぎ木はやめろという勧告を出した方が良くないですか？」

「そうなんですが、まだ因果関係が確定していないので、なかなか……」

科学的な裏付けがない状態では、それを禁止する法的根拠をひねり出すにも限界がある。

「あれ？　でもつくばでは禁止したんですよね」

「あれはお願いです。しかも、半分は脅したみたいなものだそうですよ」

「結局、同じことが起こっている場所を特定して、個別にお願いするしかない？」

「今のところは」

「それに、もしそんな勧告を出したりしたら、ばらまかれた枝自体が高値で取引されて、いっそう行方が分からなくなりそうで……」

所有者がはっきりしない状態なら、それも十分あり得るか。

それに見た目はただの温州みかんの枝だ。接いでみるまでその木かどうかを判断するのは難しいだろう。

「ここまで来たら、ダンジョン庁にお願いして、研究者側に注意勧告を出すしかないでしょう。もしも消失が起こったら、その周辺を探して歩くくらいしか対応策がありません」

「そうですよね」

佐山さんは、どうしようもないとばかりに、がっくりと肩を落とした。

「でも、意外と簡単に見つかるかもしれませんよ」

それを慰めるように、三好が言った。

「あんな目立つ現象を起こす枝があったら、誰かが見つけてＳＮＳに投稿しませんか？」

誰でも情報を発信できる時代だ。そういう場所は、すぐ話題になるはずだから、ＳＮＳ等の監視をちゃんとやっていれば、発見はできるのではないかということだ。

「そんな悠長なことを言っている場合じゃないんですよ……」

佐山さんが震える声で、頭を抱えた。

「に、日本の柑橘農家を、農研機構がぶっ潰したなんてことになったら……」

「ぶっ潰すって、そんな大げさな」

「大げさじゃないんですよ！」

佐山さんは、こぶしを握り締めて力説した。

「いいですか、みかんの木一本には、大体六百個〜七百個くらいの実が生るんです。出荷を考えた手入れをした場合は、五百個ってところでしょうか」

「はぁ」

「そして、一個の平均的な大きさは、温州みかんなら大体百グラムってところです」

「つまり一本の木から五十キロくらいの実が採れる？」

実際は理想的な実が生るシステムだから、もっと重くなる可能性はあるだろう。

「そうです。桜川のみかんは、一本の木に生っている実をすべて収穫すると再生しました。もしも十分で一本の木の実が収穫しなおせるとしたら――」

そう言われて、俺たちには彼の言いたいことが理解できた。

「一時間で三百キロ、二十四時間で七・二トン、一年なら――」

「二千六百二十八トンですね。もしも機械化して一分で収穫できたとしたら、なんと二万六千二百八十トンですよ」

三好が冷静に計算して、「まさに柑橘版ウケモチ・システムですね」と言った。

「それって、どのくらいの量になるんだ？」

一般人には重さで言われても、いまいちピンとこない。

「二万六千トンというと、広島県の生産量を上回って、全国でも軽く十位以内に入ります」

佐山さんがそう教えてくれた。

「一本の木から？」

「一本の木からです。そもそも、去年のみかんの生産量は、日本全体でも七十七万トンくらいなんです」

「ということは――」

「木が三十本あれば、完全に賄えちゃいますね」

「だ、だが、さすがに接いだ枝が、木になるようなことは――」

俺はそこで、ふと気が付いた。

接いだ木が元の木に掛かった魔法をそのまま維持していたとしたら？

「なあ、それって、もしかして、枝の方が恐ろしいことになるんじゃないか？」

「え？」

「考えてもみろよ、接いだ枝に、もしも十個の実が生ったとして、それを収穫する時間は一本の木全体に比べれば圧倒的に早いだろ」

「もしも、いつも同じ場所に実が生るとしたら、収穫は簡単に自動化できますよね。一秒で収穫、一秒で復活なんてことになったら……一分で三百個ですよ」

「つまり――枝二本で、木一本分以上ってことか」

二秒で一キロの収穫だから、一時間で千八百キロだ。つまり一日なら四十三・二トン。一年なら一万五千七百六十八トンってことだ。

「枝が四十九本あったら、日本のみかん生産量を完全に賄えることになりますね」

再び三好が冷静に計算した。

「大変じゃん！」

「いや、だから、大変なんですってば」

佐山さんが泣きそうな顔で訴えた。

「最大の問題は、もしも人体に悪影響がないとしたら、人類にとってのマイナス要素がほとんどないってことなんです」

むしろ生産性だけに目を向けるなら、ぶっちぎりでプラスだろう。

だが、社会はバランスの上に成り立っている。

生産農家は一時的に反発したところで、最終的に生き残るためにはこの枝を導入するしかないだろう。だが、誰も彼もがそうすれば、急激な生産過多で市場は崩壊するはずだ。生産農家にとって、いずれ悪夢になることは間違いない。

「先輩、いずれ、なんて悠長なことを言っている暇はないかもしれません」

「どうして？　いきなり生産農家が、こんな怪しげな枝を導入したりはしないだろ？」

「どうやらこの枝で一儲けしようって人たちがいるみたいですよ」

「はぁ？」

三好がいくつかのグラフが表示されたタブレットを差し出してきた。

「なんだこれ？」

「最初のニュースが流れた後の、主要市場における魔結晶価格の動きです」

それが見事な右肩上がり、いや、指数関数っぽい上昇を見せていた。

「二日で八倍⁉」

日本だけでなく、香港やアメリカやＥＵも、急激な上昇トレンドにあるようだった。

「成り行きで買い占めている誰かがいるんです」

実際に接いでみるまで枝がどうなるのかは分からない。にもかかわらず、全力でオールインしているような買い方は、明らかに何かを示唆していた。

「つまりこいつらが、日本のどっかで試してみた？」

「魔結晶からエネルギーを取り出す技術が、どこかで実用化された可能性もありますけど」

「そんな技術は公開されていないし、それなら暴騰させずに、公開まで粛々と同じような価格で買い続ければいいだけだろ」

急激に値上がりしている理由は一つ、同じことを考えた誰かが二人以上いて、市場で魔結晶を取り合っているということだ。

「もしもこの枝で生産することが前提だとしたら――」

「従来の生産農家に太刀打ちするすべはありませんね」

現実には一個のみかんを作り出すために必要な魔結晶のコストによるだろうが、この購入者たちだって、そのあたりのことは計算したはずだ。

「もしもそれが国外の勢力だったとしたら……」

温州みかんは、苗木ですら合法的に持ち出せるから、枝の持ち出しに問題はない。それに、こんなことを実行するような勢力が国内にあるとは思えなかった。

「か、柑橘類の関税は、オンシーズンは三十二パーセント、オフシーズンは十六パーセントです。それで歯止めが利かなければ――」

そう言う佐山さんの顔色は青い。

ウケモチ・システムならダンジョニングの手間もあるし、長期にわたって市場のバランスを考えながらの導入も可能だろうが、こいつは誰にでも簡単に導入できるが故に、市場を焼け野原にしても、その瞬間だけ儲かればいいという勢力が使い捨てにする可能性も否定できない。

「しかもＴＰＰ(注38)の取り決めで、オフシーズンの関税は二〇二三年に、オンシーズンも二〇二五年までに撤廃されるんですよ！」

つまり、すぐに関税を上げて防衛することも難しいということだ。

さらに拳を握りしめた彼の顔は、青を通り越して白くなっていた。

もしこのまま件の枝が広まったとしたら、その責任の大部分は自分にあると言わんばかりだが、あれは不可抗力というものだ。誰にこんな事態が予想できるだろうか。

「後は――もしこの魔法が花粉を模していたら、他にも飛び火するかもしれません」

「飛び火……」

桜川のみかんは、黄金の木から近い。だから、それが近くのみかんに飛び火したとしても、黄金の木の影響だと思われるだろう。だが実際は伝染病のように、魔法が掛かったみかんから直接飛び火した可能性もあるのだ。

「もしも魔結晶を媒体に枝から魔法が飛び火するとしたら、もう誰にも止められませんよ」

「これじゃまるで、ダンジョン種による地球種への侵略だ」

自分もそれに手を貸したことが明らかな彼は、苦虫を噛み潰したような顔で言った。

「それに、もしも飛び火を恐れて、鳥インフルのような措置が執られたとしたら――」

鳥インフル発生時、家畜伝染病予防法に基づいて殺処分が行われることは周知の事実だ。この際、実際に感染しているかどうかは関係ない。

「もしかして植物にも？」

そう訊くと佐山さんが頷いた。

「植物防疫法に、殺処分と同様、緊急防除というのがあります」

魔法の掛かった木は伐採できる。

それ自体は手に負えないよりはましだろうが、鳥インフルの際の殺処分と同様に処理されたとしたら――鶏なら二十三週齢から卵を産み始めるが、相手は果樹だ。一度切り倒してしまえば元に戻るのに何年もかかるだろう。仮にこの問題が解決したとしても、おそらく廃業は待ったなしだ。

「温州みかんの収穫は苗木からなら五年、まともに収穫できるようになるには十年かかります。もし、緊急防除が本当に行われたりしたら……」

魔結晶の消失が広がっている以上、緊急防除が行われるとしたら、拙速な対応が選択された場合だ。そうなった場合、仮に事態のコントロールが取り戻せたとしても手遅れだ。

「拙速な処理は後顧の憂いを残すが、対応が遅いと被害がどこまで広がるか分からないのか」

俺が三好をちらりと見ると、彼女は小さく頷いた。

「佐山さん。もし……もしもですよ」

「え？」

「この状況を完全に解決する方法があるとしたらどうします？」

彼は、信じられないものを見たかのように目を見開いた。

「あの黄金の木に掛かっている魔法——いや、呪いかな——を、解くことが、佐山さん次第だとしたら、どうします？」

（注38）　TPP

環太平洋パートナーシップ協定（Trans-Pacific Partnership Agreement）

アメリカが離脱する前を、TPP12、離脱後をCPTPP、またはTPP11と呼ぶ。内容は一部を除いて似たり寄ったりなのでここではTPPでまとめた。

なお離脱したアメリカとは、この年の九月に日米貿易協定の最終合意が出される。それによると、概ねTPPの関税率に準じていて、柑橘類の関税も同じ時期に撤廃されることになっている。

二〇一九年　二月十五日（金）

SECTION：市ケ谷　防衛省

「……斎賀さん。今なんと？」

「大至急自衛隊の武器をお借りしたいんですが、なんとかなりませんか？」

自衛隊の武器を回せ？　何を言っているんだこの男はと、寺沢《てらさわ》は眉間にしわを寄せて、鼻根をつまんだ。

「あなたは自分が何を言っているのか――」

「もちろん分かっていますとも」

「そんなこと、できるはずがないでしょう」

これは言ってみれば武器の横流しの要求だ。腐敗した軍じゃあるまいし、現代日本でそんなことをできるはずがない。

「武器だけならそうでしょう」

「つまり、部隊ごと派遣しろと？　どんな法的根拠で？」

日本における自衛隊の活動には実に微妙な精神性がつきまとう。

ダンジョン攻略軍にしても、ダンジョンができた当初ならともかく、攻略派遣は、言ってみれば、ダンジョンの向こう側への侵略に当たるのではないかという議論まであるのだ。結果、攻略という呼び名を訓練と言い換えてはどうかなどという、冗談のような話まで飛び出す始末だ。

訓練という名目で戦争に行けるようになるのかと、現場からは失笑が漏れたことだろう。

「そうですね……災害派遣ってところでどうです？」

「どうですって……そもそも都道府県知事等の要請が――」

「特に緊急を要する場合は、要請を待たなくてもいいはずですよ」

「それにしたって、派遣には防衛大臣の命令が必要でしょう」

「ダンジョン災害の場合は、あなたにもその権限があるはずだ」

自衛隊の災害派遣は、通常都道府県知事や海上保安庁長官、管区海上保安本部長、空港事務所長などの要請に伴い防衛大臣またはその指定する者の命令により行われる。

　確かにダンジョン攻略群を率いる寺沢にも、ダンジョン災害に限れば派遣命令を出す権限がある。スタンピードが予測されているせいだ。だが、あまり広くは知られていないはずだった。

「どこで、そんな話を？　いや、そもそもダンジョン災害などというものがどこに？」

　日本のどこかのダンジョンで、大規模な災害めいた事件が起こったなどという報告は届いていない。もっともそれは、大部分がＪＤＡから上がってくるはずの情報だから、まだ届く前だという可能性もゼロではないが。

「それはダンジョン災害の定義の曖昧さに賭けることになりそうですが、分はさほど悪くない。それに必要な武器が用意できるなら隊員は最小限、一人でも構いません。報告が本当なら、何人いようと、どうせ役には立ちません」

「なんだって？」

さすがに役立たずとまで言われれば多少は腹も立ったが、この男がこんな話をする以上、異常事態であることは間違いないし、正規の手続きを踏めない理由もあるのだろう。しかしそうは言っても、こんな常識外れの要請に応えられるかどうかは別の問題だ。

「それに横浜の借りを返すチャンスでしょう」

「横浜の借り？」

「あると伺っていますよ、対スライム装備で」

「なっ……」

つまりこの要請は、例のパーティに関わっている何かが原因だってことだ。

「……詳しい話をお聞かせいただいても？」

SECTION :

代々木八幡　事務所

呼び鈴の音に、三好が玄関へと出てみれば、そこには――

「あれ？　三好さん？」

「おー、キヨミーじゃないですか。よくうちが分かりましたね」

横浜の時にお世話になった、防衛装備庁次世代装備研究所のダンジョン装備研究部に所属している漆原《うるしばら》清《きよ》麻呂《まろ》技官が立っていた。

「いや、分かったというかなんというか……あれ？」

なぜ三好がここにいるのかよく分からない様子で、事務所へ入ってきた彼に、片手をあげて挨拶すると、彼はぺこりと小さくお辞儀した。

「で、今日はどうしたんです？」

居間のソファを勧めながら、三好が彼に訊いた。

「はあ、なんだかよく分からないのですが、とにかくすぐにここを尋ねろという命令でして」

「命令？」

「はい。それで、例の件で派遣されたと言えば分かると。例の件ってなんです？」

「ああ……」

今回のオレンジ騒動の抜本的対策について鳴瀬さんに相談しておいた件のことだろう。

しかしたった二日で自衛隊が動くとは、ちょっと驚いた。上の方の危機感が大きいのか、ＪＤＡのコネが強力なのかは分からないが。

「じゃあ、まずはこれを」

「ＮＤＡ？　一体何が始まるんです？　まあ、拝見します」

まるで速読するような速度で、書類に目を通した彼は、それをテーブルに置いて言った。

「これ、本当にこの内容でいいんですか？」

「何か問題がありましたか？」

「だって、これだとＤパワーズのことを心から知りたいと思っている大富豪や国家がいたら、お金を払って情報を買えちゃいますよ」

「おうっ……」

　さすがは活動規模が国家の人。

　普通の個人にとってはめまいがするような金額だが、巨大な組織なら払えないことはない。そして、ペナルティがお金で支払えるということは、見方を変えれば、俺たちの秘密を四千億円で購入できる売買契約書とみなしてもおかしくはなかった。

「ちょっと内容を見直す必要があるかもしれませんねー。ま、今はいいか」

（相手は自衛隊だぞ？　本当にいいのか？）

（だって、〈メイキング〉の秘密なんか見せないでしょ）

（ふむ）

考えてみれば、絶対防衛ラインはそこだけみたいなものか。

世界一位の件もあることはあるが、〈収納庫〉と〈水魔法〉くらいなら持っているかもしれないという疑いを追認する程度の価値しかない。アルスルズの件も同様と言えば同様だ。

「実は――」

俺たちは、佐山さんに森の王を倒させるための助力をお願いする話を始めた。時間があればともかく、現時点で俺たちにできることはないのだ。

「つまり、モンスターをほとんど倒したことのない一般人が、訓練なしで二十一層のエリアボスを倒すための何かが欲しいということですか？」

「まあ、そうですね」

「なんです、その妙に曖昧で具体的な話」

彼は少しだけ笑った後、真面目な顔で言った。

「ですが、今のお話を聞く限り、単に数か月の訓練を行えばいいだけに思えますが」

確かにその間に柑橘市場が混乱したり、農家の方が大量に廃業したりするかもしれないが、倒してしまえば元に戻る可能性はある。大きな傷痕は残るにしても。だが――

「ルールの定義されていない領域で何が起こるのかは未知数ですからね」

枝を折った逃亡奴隷が、何か月も王に挑まずに森から逃げ出すなんてシチュエーションは物語にはない。つまりそこで何が起こるのかは予測不可能だ。もっと言えば、何でも起こりうる可能性がある。

最も楽観的な展開なら、もう一度あの森に踏み込むまで何も起こらないだろうが、場合によっては奴隷がいる場所まで森を広げて追ってくることだってあり得るかもしれない。

「ルール？　まあ、よく分かりませんが、私の仕事はあなたたちへの協力だそうですから」

そう言って彼は淡々と説明を始めた。

自動小銃系で二十一層のエリアボスを個人で倒すことが難しいことは明らかだ。

そうするともっと口径の大きい銃となるが、十二・七ミリのＭ２なら最低でも四十キロ弱、三脚を付ければ六十キロ弱の重さがある。個人で振り回せるはずがない。

「ポーターは？」

「ここだけの話、うちでもテストしていますが、それをすぐに持ち出すのは無理ですね」

それを聞いた三好が、本気とも冗談ともつかない様子で言った。

「先輩先輩、横浜の貸しでファルコンを脅せば、一台くらい貸してくれるかも！」

「せめてお願いすればって言えよ。近づいたら勝ち目がなさそうですから、長距離から狙うのはどうです？」

「同じ銃弾を使う対物ライフルがありますが、断言してもいいですけど当たりませんよ。相手が動いていたりしたら、絶対です」

「結局、個人で扱える強力な武器は、訓練なしでは当てることすら難しいってことか」

「熱源追尾やレーザー照射機能付き照準器で誘導できる武器――例えば、０１式対戦車誘導弾などもありますが、一人で運用するのは難しいですね」

「もう巡航ミサイルでも使います？」

「残念ながら、ＧＬＣＭ（地上発射巡航ミサイル）は中距離核戦力全廃条約で撤廃されています。二月の頭に条約が破棄されたので八月以降はどうなるか分かりませんが……」

　打つ手がなさそうな現状に、投げやり気味に発した俺の言葉に真面目に答えた彼は、面白そうに眼鏡を押し上げた。

「でもこういう案件だから、私に白羽の矢が立ったというわけですね」

「え？」

「通常、兵器というのは、人間や乗り物を対象に設計されていますが、私たちＤ研の仮想敵はモンスターなんです」

　彼は後ろを振り返り、俺たちの作業机がある場所にあるホワイトボードを指さした。

「あれ使っていいですか？」

「どうぞ」

　彼は立ち上がると、ホワイトボードに要点を書き出し始めた。

「モンスターは深層へ行くほど現代の武器が通用しなくなっていくわけですが、それに合わせて武器の持つエネルギー量を増やしていったところで、どこかで同じ現象に陥るはずです」

　そして発想の転換と書いて、それを丸で囲って強調した。

「必要なのはこれ！　発想の転換なんです！」

（おいこれ……）

（中島さん二号は伊達《だて》じゃありませんでした！）

そうして彼は、身振り手振りを加えながら、喉がかれるまで延々とD研内にある試作兵器で使えそうなもののレクチャーをし続けた。

俺たちが途中から遠い目をしていたことに、彼は最後まで気付かなかった。

SECTION :
江戸川区　常盤ラボ

「やっとこの大騒ぎも一段落しそうだよ」

センター試験からおおよそ一か月、二次試験のための二次発注に、常盤ラボ——というよりも中島さん——は、ほとんど休みなしにフル回転していたそうだ。

「中島さんを占有しちゃって、仕事は大丈夫だったんですか？」

「いまさらそれを訊かれてもな」

翠さんは苦笑しながら、ペットボトルのお茶を俺たちの前に置いた。

「まあ、四月の展示会まで特に重要なハードの変更はないから問題ない。むしろ、放っておくと新しいバージョンの設計とか始めちゃうやつだから」

半分は、お前らの百億のせいだぞと、ジト目でこちらを睨んだ。

「ちょうど良かったと言えば、良かったかもな」

「なら、二月の二十三日から二日間、以前中島さんに改造してもらった、リファレンス機が仕込んであるゲートを持って、ＮＹに行ってもらいたいんですけど」

「ＮＹだ？」

「翠先輩も行きますか？　旅費は持ちますよ」

三好が、悪魔のようなステキ笑顔でそう言うと、翠さんは胡散臭げに眉をひそめた。

「一体、何をしに？」

「向こうで、探索者の大規模なオフ会というか、イベントがあるんですよ」

「それで？」

「そんなイベントでもなきゃできないシチュエーションを、まとめて計測したいなぁと思いまして、会場やホテルをどーんと寄付しておいたんです」

「生データの収集か？」

「です」

「どうして自分たちで行かない？」

「実は私たち、渡航禁止の要請が来てまして……」

「は？　どこから？」

「外務大臣と国家公安委員長……だったかな？」

「お前らいつの間に犯罪者に……」

「何もしてませんよ！　不条理ですよねぇ……」

三好がしみじみと呟いた愚痴を、嘘つけとばかりに一蹴した翠さんは、少し考え込んでいたが、突然、とてもいい笑顔を浮かべた。

「そうだな、ここのところ実に忙しかったし、社員旅行もいいな」

「はい？」

「社・員・旅・行、もいいな。一週間くらい」

「翠先輩、そういう人でしたっけ？」

「中島と私ばかりが面白そうな案件に首を突っ込んでいたら、他の連中の士気に関わるだろ？　なに、うちは少数精鋭だからたったの六人だ。ファーストクラスでセントレジスでも楽勝だろ？」

「ファーストクラスに乗るヤツはバカだとか、昔、言ってませんでした？」

「自分の懐が痛まないなら問題ない。経済を回すことは重要だぞ」

「分かりましたよ。その代わりイベント当日は、ちゃんと働いてもらいますから」

「よし、契約成立だ」

　ＮＹオフ会の話は、find が見つかった流れで聞いてはいたが、まさか常盤ラボ全員を送り出すとは思ってもいなかった。いいのかなぁ……まあ、所長がＯＫって言ってるんだからいいのか。

　全員英語は話せるだろうし、適任と言えば適任だろうけど――

「チェッカーの製造はいつまでやるんだ？」

「ピークになる国立の二次は二十五日です。配布時間を考えると、せいぜい二十日くらいまでには終わらせないと、突貫でやった意味がなくなりますね」

「ならまあ、頑張った中島さんへのご褒美《ほうび》って感じでいいか」

「少しせわしないがな。で、お前ら何しに来たんだ？　そんな話ならメールで済むだろ」

「特訓です！」

　いきなりそう言った三好に面食らいながら、翠さんが訊いた。

「とっくんー？　なんの？」

「世界の平和を守るための、ですかね？」

俺たちが夜遅く、こんなところまでやってきた理由は、江戸川の河川敷にあった。

「代々木公園じゃ、ちょっと狭いし、夜でも人目がありすぎて」

「相変わらず意味の分からんやつらだな」

翠さんは、自分には関係ないかとばかりに立ち上がると、白衣のポケットに手を突っ込んだ。

「まあいい、どうせ二十日までは不夜城だ。好きなだけ世界の平和とやらを守ってくれ」

「週末だって言うのに、ブラックですねぇ」

「だ・れ・の・せいなのかな～？」

青筋を立てた翠さんが素早く三好の後ろに移動すると、座ったままの三好の首に、その腕を巻き付けた。

「ぐぇっ、翠先輩チョークチョーク、ギブギブ！」

三好が、翠さんの腕をパンパンと叩いて大騒ぎしているのを横目に、俺は、ちらりと時計を確認した。

昨日、佐山さんの相談を受けた後も、全国のあちこちで消失する魔結晶の情報が次々と飛び込んできていた。

俺に自分次第だと言われた彼は、しばらく悩んでいたようだったが、それを聞いて覚悟を決めたようだった。もっとも半分以上は、藁《わら》にもすがるというやつだったのかもしれない。

だが、ザ・一般人の佐山さんが二十一層のエリアボスに対峙《たいじ》するためには、ステータスに依存しない武器が必要だ。

日本でそれを手に入れられるのはダンジョンショップくらいなものだが、そこで普通に売っているのは通り一遍の銃器くらいなもので、訓練もしたことがない佐山さんが、それを片手に森の王に挑むのは無謀そうだった。

そういったことを鳴瀬さんに相談すると、翌日には漆原さんが派遣されてきた。ＪＤＡ――いや、たぶんあの課長だな――のコネ恐るべし。

そうして俺たちは慌てて対策を話し合い、巧遅は拙速にしかずとばかりに行動を開始した。

二〇一九年　二月十六日（土）

SECTION：代々木ダンジョン

早朝、ダンジョンゲートの入り口で、昨夜は相当遅くまで河川敷で頑張っていた佐山さんが、小さなあくびを噛み殺すのを見ながら訊いた。

「で、なんとかなりました？」

「ええまあ、とりあえずは。ですけど応用までは、とてもとても……」

「あ、いたいた。せんぱーい！」

「おう、おはよう」

始発が動き始める頃、俺と佐山さんは直接代々木へ来たが、三好は池尻《いけじり》の三宿《みしゅく》駐屯地へ寄って、必要な武器や昨日頼んでおいた秘密兵器を受け取りに行っていたのだ。

「おはようございます！」

朝からテンションが突き抜けている様子の漆原さんが、三好の後ろから両手をぶんぶんと振っていた。

「……おい、三好。あれはなんだ？」

「頼んでおいた装備の作成が朝までかかったみたいで……」

「徹夜ハイか！」

徹夜ハイは、燃え尽きようとするろうそくの最後の輝きのようなものだ。体力が尽きれば、疲労が大きくのしかかる。

「いやもう、大変でしたよ！　一日であんなものを作ったのは初めてです！　いや、そもそもあんなものを作ったのが初めてだから、そんなの当たり前ですね！　あはははっ！」

「お、お疲れさまでした。それじゃあ着替えてから行きますか」

佐山さんには、ダンジョンショップに在庫のあった、動きを阻害しない防具の中で最高のものを身につけてもらっていたが、俺たちは、いつもの初心者装備で一層へと下りていった。

「はぁ……私、生まれてこのかた、けんかすらしたことがないんですけど……モンスターなんて、どうやって倒したらいいのか」

「昨日、散々練習したじゃないですか」

「さすがに武器の扱いまでは……」

俺たちの会話を聞いた漆原さんが、

「なあに、銃なんか、安全装置を外してしまえば、引き金を引くだけで弾が出ますから！」

颯爽《さっそう》とそう言う漆原さんに、三好が合いの手を入れた。

「おお、キヨミー、さすがは自衛隊員」

「ははっ。……教官には『お前は危ないから引き金を引くな』と言われましたけど」

「ええっ？.」

「そんな私が、なぜこんなところに……」

漆原さんは突然がっくりと肩を落とした。さすが徹夜ハイ、感情の振れ幅が大きい。

「だ、大丈夫ですか？　漆原さん」

「嫌だなー、芳村さん。キヨミーって呼んでくださいよ」

お、おう……存外気に入っているんだな。

「わ、分かりました」

「それに、大丈夫かって……全然大丈夫じゃありませんよ！　そもそもなんで私がダンジョンなんかに⁉　しかも二十一層っ⁉　これってダンジョン攻略群あたりの仕事ですよね⁉　防衛装備庁は外局ですよ！」

　漆原さんは、「いじめですか⁉」と、嘆いていた。

　俺たちとしては、使える武器さえ提供してもらえれば良かったのだが、面倒な手続きなしで武器だけを提供したりすると横流しだと言われかねない。だから、素早く合法的に支援しようとすると、災害派遣のように自衛隊員そのものの派遣という形式にしなければならないそうだ。

　要するに、キヨミーはババを引かされたのだ。

「自衛隊の装備を、別の組織にホイホイ貸し出すなんてことができたら大問題ですもんね」

「剣ならともかく、弾薬は消費されるからごまかせないしなぁ……」

　そうなってしまえば事実上の売却だ。国連の活動で小銃の弾を貸し借りするだけで大問題になる国なのだから、その結果が芳しくないことは想像に難くない。

（でも先輩。ダンジョン攻略群は陸自の部隊ですし、防衛装備庁への命令権なんかないと思うんですけど）

(じゃあなんでキヨミーが派遣されてきたんだ?)

(それなんですよね)

今回の派遣は武器を借りるためのエクスキューズに過ぎない。そもそも森の王をなんとかできるのは佐山さんだけだから、部隊を派遣されても荷物持ち以外の意味はないし、むしろ邪魔だ。

漆原さんの派遣は、俺たちから見れば最善の選択に思えた。

(私たちのことをよく知っている誰かが、どこかに働きかけて、なんとかしたのは確実ですし、ダンジョン探索における自衛隊法の改正は、抜け道だらけで融通が利くって聞きますけど、組織の構造やこのスピード感を見る限り……防衛副大臣より上が絡んでるっぽくないですか)

(おうふっ)

確かに自衛隊の組織を横断的に管轄している一番下の役職は防衛副大臣だ。なんだか大事になってる気がするぞ……

「ですが、命令では仕方がありません! それにあながちマイナスばかりじゃありませんしね。横浜の焼夷《しょうい》手榴弾《しゅりゅうだん》事件のおかげで予算が増えそうですし、今回の仕事もきっとプラスに働くんじゃないかと!」

「そ、そうなるといいですね」

(いや、横浜の時期って、財務省のヒアリングはとっくに終わってるよな)

(財務省原案どころか、政府の原案だって提出された後ですよ)

(補正予算が組まれるような内容じゃないしなぁ……)

（兵器の研究に補正予算をつぎ込んだりしたら、野党のいい餌食でしょう。なにしろ今年の夏には参院選がありますから）

仮に増額されるとしても、再来年度ってことになるだろう。それまで政府が今回の事件を覚えていれば、だが。喉元を過ぎれば熱さは忘れられるものだ。もっと票が取れる政策にお金が流れないとは言い切れない。

「それに、提供された武器の使い方は、キヨミーじゃなきゃ教えられないんですから」

「それはまあ……」

結局使用する武器の大半はＤ研の試作品だ。だからＤ研の人間でなければ、教える側にも習熟の手間がかかるわけだ。

「それに、十八層は各社ポーターのショールームになってましたよ。興味ありません？」

「もう、それだけが心の支えです！」

ちょっと聞いた話だと、現在の漆原さんの主要な業務は、国産ポーターの試験らしい。だから各国が開発したポーターには興味があるそうだ。まだ発売前だから買うのも無理だろうしな。

「じゃあ、今日中に十八層へと行きますか」

「え？」

俺の話を聞いた佐山さんと漆原さんが、目を点にした。

「え？　急ぐんですよね？」

こうしている間にも、全国の魔結晶は消失し続けているかもしれないのだ。そうしてそれは、全国の柑橘が、外来種のようなものに汚染され続けているという可能性でもあった。

サイモンたちは十八層から九時間ちょっとで戻ってきた。あれは無理だとしても、もう少しなんとかなるはずだ。自重さえしなければ。

「えええ!?」

そうして指示された方法に、二人はそろって声を上げた。

SECTION：市ヶ谷　ＪＤＡ本部　ダンジョン管理課

　ＪＤＡのダンジョン管理課は、セーフエリアと大学入試の二次試験にまつわる事務で、繁忙を極めていたが、朝一番から続々と送られてくる通報に、それらが完全にストップしていた。

「課長、黒いモンスターに人が摑まって、ファン層を走り抜けていたという目撃通報が相次いでいます！」

　先日美晴から聞いた情報を基に、寺沢を脅し説得した本人だけに、何が走っているのかはすぐに分かった。

「……それは犬だと言っておけ」

　一般人を護衛して二十一層まで下りるなら、下手をすれば三日はかかる。

だが相次いで入ってくる、魔結晶消失のニュースを聞く限り、時間的な余裕はほぼないと言っていいだろう。農水省が異例の早さで対策の検討に入ったという話も聞いている。Ｄパワーズが自重をかなぐり捨てていることも分からないでもなかった。

だが――

斎賀は冷静を装いながら、もう少し穏便に頼むよと、内心頭を抱えていた。

「課長！　その犬を、どうやってテイムするのかという問い合わせが！」

「ペットショップで訊けと言っておけ！」

その日、各種のＳＮＳは、ダンジョン内で撮られた写真で大いに賑《にぎ》わうことになった。

SECTION：

代々木ダンジョン　十七層

　十八層へ下りる階段に着いたとき、彼らはそろってカヴァスの上でいびきをかいていた。

　最初は落とされるんじゃないかと大騒ぎして、必死につかまっていたようだったが、だんだんと慣れたのか、十層を過ぎた頃にはいびきをかき始めたのだ。

「カヴァスの上ってどうなってんだ？」

　三好は時々カヴァスたちに乗って移動していたが、俺はステータス的にも自分の足の方が速いので、それで移動したことはなかった。

「何か魔法的な力でくっついてる感じですね。揺れも電車に乗ってるのと大差ありませんし」

「そりゃ、寝るな」

　佐山さんは、ほとんど明るくなる直前まで特訓していたし、漆原さんは、今朝の様子じゃ貫徹だろう。

「もういっそのこと、二十一層まで行っとくか？」

　ここまで概《おおむ》ね十時間。途中彼らの大騒ぎで速度が上がらなかったとはいえ結構なスピードだ。このまま二十一層まで行ったとしても、二十一時には到着するだろう。

「この状態で十八層を駆け抜けたら目立ちますよ？」

　カヴァスの上で、ぐーすか寝ている二人を横目に、三好が心配するように言った。

いくら十八層の下りと上り階段が近いと言っても、そのルートの近くには例のキャンプ村があるし、十八層で活動している探索者たちも、そろそろ戻ってくる頃だろう。

そして、世界のトップエクスプローラーたちに見られれば、俺たちがモンスターを使役しているのはすぐにばれる。渋谷区と違って犬だと言い張ってもダメだろう。だが――

「そりゃ、いまさらだ」

すでに途中の探索者には、カヴァスたちに乗った二人が目撃されているし、写真も相当撮られているだろう。それに、特にキャシーに口止めしていない以上、サイモンたちはアルスルズの能力はともかく存在は知っているはずだ。

「緊急事態でしたから仕方がないとは言え、事務所の守備がバレると、ファントム様が消えちゃう謎にも迫られませんか？」

「アルスルズ空間のことは、外から見ても分からないから、なんとかなるだろ」

それに〈闇魔法（VI）〉は六条さんも持っている。唯一無二ってわけじゃないし、仮にばれたとしても、ファントム様がそれを持っていることに不思議はない。

それに俺のキャリアの浅さは本物だ。だてにGランクを誇っているわけじゃない。疑われたところで決定的なところまではいかないはずだ。

「ハウンドオブヘカテの二百万分の一はともかく、バーゲストは二億八千万分の一だぞ。〈闇魔法（VI）〉を手に入れて、その能力を確認できるやつなんて、しばらく出ないって」

「それを、うちの関係者が二人も持ってるところが怪しいんですけどね」

「リアルな確率を知っているのは、俺とお前だけだから大丈夫」

「まあ、先輩がいいならいいんですけど……キヨミーは残念がりますね」

「寝てるやつが悪いよ。それに、帰りに寄ればいいさ」

「それ、フラグっぽくありません？」

「俺、この問題を解決したら、十八層でポーターを見るんだ、って？」

「……微妙ですね」

「……微妙だな」

俺たちはひとしきり笑うと、十八層へと下りる階段へ向かっていった。

SECTION :

代々木ダンジョン　二十一層

「佐山さん、佐山さん」

「んあっ？」

「着きましたよ」

「着いた……って、ええ!?」

彼は見覚えのある円筒形の建物に目を丸くしていたが、すぐ隣から上がった叫びに、そちらを振り向いた。

「えええええ!?　何ですこれ！」

三好に起こされた漆原さんは、イグルー一号を見てそう叫ぶと、すぐに近寄ってペタペタと外壁を触り始めた。

「何やってんですか」

「何って、建物ですよ、建物！　ダンジョンの中に建物が立ってるんですよ!?　これを驚かずして、何を驚くって言うんですか!?　素材は一体!?　ファルコンが海綿状の硬い発泡スチロールみたいな抗スライム素材を開発してましたけど、あれだって溶解速度を落とすだけで、時間が経てば溶かされます。もしもそんな素材が開発されたとしたら、ノーベルダンジョン賞は確実ですよ！」

「なんですか、ノーベルダンジョン賞って」

漆原さんの勢いに、俺たちは吹き出した。ちなみにノーベル賞にダンジョン賞なんてものは作られていない。

「外殻は普通の金属ですよ。とにかく今日は中で休んでください。そうそうキヨミー」

「なんです？」

三好の呼びかけに、心ここにあらずといった様子で応えた漆原さんだったが、彼女の次の一言で我に返った。

「ＮＤＡを忘れないでくださいね」

「うっ……も、もちろんです」

デジャブを見たような顔で、その様子を見てわずかに笑っていた佐山さんは、たすきに掛けた鞄の位置を調整し直すと、そこからいつのまにか顔を出していた枝を取り出した。

「本当にこれ以外、何も準備しなくてよかったんですか？」

その枝は、彼が最初に切り落とした黄金の木の枝の先端部分だ。

「もちろんです。本来ならオリジナルなんでしょうが、ああなってしまっては……」

佐山さんがダンジョンで折った枝は、すでに成長し、つくばで黄金の木になっている。

重要なのは枝を折る行為であって枝そのものではないから、ないよりはましだろう。なお、切り落とした枝は再生しなかったそうだ。本体から一度切り離された部分はばらせるってことか。

「本当はすぐにでも解決したいんですが……」

彼は闇に沈む眼下の森を見透かすように眺めたが、ただでさえ危険な行為なのだ。仮に〈暗視〉

があったとしても昼間の方がいいだろう。

「漆原さんから武器のレクチャーも受けなければなりませんし、予定よりずっと早く到着していますから、慌てず万全を期しましょう」

佐山さんは、「そうですね」とだけ言って、イグルー一号に入っていった。

§

イグルー一号の中央テーブルには、三好が預かってきた武器が並べられ、漆原さんが佐山さんにその使い方を説明していた。

俺と三好は外周のテーブルに据え付けられている椅子に腰掛け、モニターで外にも注意を払っていた。エリア外なので大丈夫だとは思うが、森の王が襲ってくるかもしれないからだ。

時々宝石の原石がドロップしているところをみると、アルスルズは表でモンスターの間引きをしているようだ。

「訓練もしていない人が銃を撃っても、動く的には絶対に当たりません」

「はい」

「だから、こいつを当てようと思ったら、相手を足止めするしかないわけです」

その様子を眺めながら、俺は隣の三好に話しかけた。

「あんなもの、よく自衛隊が持ってたな」

テーブルの上に置かれているのはＲＰＧ－７だ。

「確かロシア製だろ？　陸自ならパンツァーファウスト３じゃなかったっけ？」

その声が届いたらしく、漆原さんはこちらを振り返った。

「いやー、実はうちの備品だとこれしかなかったんですよね」

「え？」

彼の話によると、陸自のＲＰＧ－７は、本来十式戦車の試験用に導入されたものだそうだ。

「確かに陸自で採用されているのはＬＡＭ（百十ミリ個人携帯対戦車弾・パンツァーファウスト３のライセンス生産品）なんですが、あれは普通科や施設科に配備されていて、うちなんかには回ってこないんですよ。そもそも簡単に試験用途に使うには高いですし」

そう言うと、彼は、「予算がー予算がー」と繰り返した。

ＲＰＧ－７は安い原付級で、ＬＡＭは軽自動車級らしい。

「ああ、試験用の残りだから、装備研にあったのか」

「いまさら役に立てるのも難しいですからね。Ｄ研ができたときに、あちこちから貰ってきた払い下げ品に交じってたってわけです」

さすがに中古の家具を貰うようなわけにはいかないだろうから、色々と手続きはあったのだろうが、現場の認識ではそんなものらしい。

「ですが、ダンジョン装備でこんなものを試験に使うものは、ほとんど考えられなくて……」

防具の試験をするにしても、ミサイルランチャーめいた攻撃をするような相手は想定してもレアすぎて意味がないだろう。

それで埃を被っていたものを持ち出してきたのだそうだ。

「なにしろ二十一層ですし、一発で仕留めるには最低でもこれくらいは必要かと思いまして」

素人が反動の大きい大口径の弾を何発も撃ち込むのは難しいと考えたそうだ。それにＲＰＧ－７は、世界で最も普及した対戦車兵器だ。その高い簡便性は、ほとんど素人に毛の生えたような者でも扱える。

「私に当てられるとは思えませんが……」

生まれてこの方、武器どころかモデルガンさえ握ったことのない佐山さんが、情けなさそうに小さな声で言った。

「ですから、足止めです！」

佐山さんが持ち上げたのは、どう見てもクレイモアだ。

「対人地雷？」

俺の言葉に、彼は眉根を寄せて抗議した。

「よしてください。対人地雷全面禁止条約から二十年以上経つんですよ。足止めが目的ですし、こいつは対人障害システムってやつです」

そう言われても俺たちには、どんな違いがあるのかまるで分からない。

「クレイモアと同じ志向性散弾を使う障害Ⅱ型ってのがあるんですが、こいつは、それをベースにサイズと弾薬が工夫してあるんです」

「工夫？」

説明によると、二つの低致死性ゴム弾を細いワイヤーで繋いだ弾が三百ヤットほど入っているらしい。サイズも本来の障害Ⅱ型に比べて小型で軽くしてあるそうだ。

「いかに探索者でも、一つ二十四キロは邪魔ですからね」

それは重すぎるし邪魔だろう。金属球ではなくゴム弾を使うのも重さの都合が大きいらしい。

「ボーラとか分銅鎖みたいな弾を沢山射出して絡みつかせ、動きを阻害しようってことか」

「以前、甚大な被害を与えた人型に対処するために開発されたんですが、特定の狭いエリアから動かないことが分かったため、そのままになっていたものなんです」

（先輩。自衛隊が大被害を被った人型って……）

（十八層の山の上にいるやつだろうな）

「どうせ銃器の効率が落ちるなら、相手の能力を下げちゃえってことですか」

デバフってやつだ。

考え方としては面白いが、大きな装備なしで状態異常を引き起こせる魔法と違って、兵器による物理的なデバフは、効果の割に装備が大がかりになりすぎる点がネックだろう。

「ただ、三つほど問題が」

「問題？」

「まず、武器の性質上、木などの障害物が多い場所では効果が限定的です」

　周辺には木が多そうだったため気になったそうだ。そう言えば、バティアンの頂上には障害物がなかったっけ。

「次に、あくまでもテスト中の試作兵器なので、ワイヤーの長さが三つとも違うんです』

　体に巻き付かせるには胴回りよりずっと長いワイヤーが必要になるが、腕や足だとそれでは長すぎて効果が薄い可能性があるらしい。どのくらいの長さが適切なのかを調べるために、シミュレーションを繰り返して、三つの長さで試作品を作り、マネキン相手に、阻害具合を確かめるところで、開発がストップしたそうだ。

「つまり、実際のテストをしていない？」

「シ、シミュレーションは散々やってますから、大丈夫です！　たぶん……」

　発射機構自体の試験は終わっているから、実用に問題はない。だが設定したワイヤーの長さで、動く敵相手に、どの程度の効果があるのかは未知数らしい。

「最後に、行動の阻害効果は確かですが、足止めに限定すると、巻き付く場所によっては効果が薄いかもしれません」

　両足をそろえたところに巻き付けば、足止め効果は絶大だが、足以外や片足にだけ巻き付いたところで、完全に走れなくなることはないということだろう。

「大丈夫。武器と頭は使いようですよ」

　そう言って三好がテーブルの上に置いた大型のモニターには、前回の探索で収集されたデータを元に、それなりの精度の森が描き出されていた。

「最終的な決着地点は、ここです」

三好が指さしたのは、森の出口にほど近い、木のない広場のような場所だった。

「で、桃ちゃんは——」

「待て、三好。桃ちゃんってなんだ」

「え、三個で敵を足止めするなら、桃しかないでしょ？」

日本神話か。ウケモチ・システムといい、最近かぶれてるな、こいつ。

「三好さん、それには『障害Ⅱ型改タイプＤ』という立派な名前があるんですが……」

「うわー、凄く自衛隊っぽい！　堅い、堅いですよそれ！」

「いや、外局とは言え、一応自衛隊なんですけど」

漆原さんは、苦笑いしながら頭を掻いた。

「まあいいです。障害Ⅱ型——」

「桃ちゃん」

三好が被せた言葉に、少し苦笑しながら漆原さんが言い直した。

「桃ちゃんの性能でしたら、その広場の、ここと、ここと、ここに設置すれば、高確率で動きを封じられる可能性が——」

「いえ、配置するなら、ここと、ここと、ここですね」

三好が指し示したのは、件のオレンジから最終地点までの間で、比較的等間隔の位置だった。

「え？　それだと相乗効果もないですし……」

「キヨミー方式だと、最終地点の広場に行く前に捕まって、佐山さんが死んじゃうんですよ」

「ええ!?」

それを聞いた佐山さんが泣きそうな顔で声を上げた。

森の王は、三好の鉄球で簡単に打ち倒されたように二十一層のエリアボスにしては弱かった。だがよくよく考えてみれば、それは当たり前のことなのだ。

なにしろ彼は、逃亡奴隷に倒されなければならない宿命を背負っている。だから絶対に勝てないレベルに設定されるはずがないが、逆に強者に簡単に倒されるわけにもいかないだろう。

誰に挑まれたとしても、同じようなバランスを維持する方法は一つしかない。

前回の遭遇で三好が鑑定したところ、最初に遭遇した時点と、しばらく後では結果が異なっていたことが、その方法に思い至った切っ掛けだった。

三好は何かの間違いだろうかと首を傾げたらしかったが、おそらく枝を折った瞬間に、佐山さんと森の王は感染呪術の理に縛られたのだ。

森の王は、挑戦者のステータスに応じて設定されるステータス調整型のモンスターだ。

だから俺たちは佐山さんのステータスを上げなかった。

通常は何もしていないのにステータスが上がることは違和感がありすぎるから、各自でスライムを叩いてもらっているが、真の非常時ならもっと有効な方法がある。

三好とパーティを組ませて、分配率を最高に設定、後は十層に下りて、アルスルズを利用した新方式で三好が一晩狩りをすれば数ポイントくらいの上積みは期待できるはずだ。

だが、もしステータス調整型だった場合、下手にステータスを上げてしまうと、難易度が変わらないどころか、ステータスの上昇に追従しない現代兵器が通用しなくなる可能性があるのだ。そうなってしまえば、今の佐山さんに勝ち目はない。

同じ理由で、俺が枝を折りなおすのもはばかられたわけだ。

先代がいる限り新たな逃亡奴隷が生まれることはないとは思うが、もしも逃亡奴隷の入れ替わりが行われて、しかも想定通りのタイプだった場合、誰にも勝てないエンカイ様以上の化け物が降臨することになっただろう。

「でもこの配置なら、高い確率で最終地点に到達できます」

その言葉に眉をひそめた漆原さんは、眼鏡の位置を直して訊いた。

「到達できたとして——どうするんです？」

その時点で拘束用の武器は使い果たしている。あらかじめ地面に落とし穴でも掘らない限り、RPG－7を撃ったところで当たらないだろう。

「キヨミーに作成してもらった、あれを使うんですよ」

「ええ!?　どうやって!?」

確かに言われた通りのものは作成したが、どうやって使うのかはまったく、分からなかった様子の漆原さんが、思わず身を乗り出していた。

「それは明日のお楽しみです！」

あっけらかんとそう言う三好に、佐山さんが泣きそうな顔のまま訴えた。

「ええっと……私、まだ死にたくないんですが」

「それは言葉の綾《あや》ってもんですよ。本当に危なくなったら、ちゃんとお助けしますから」

「本当に、本当にお願いしますよ！　絶対ですからね！」

二〇一九年　二月十七日(日)

:

SECTION:

代々木ダンジョン　二十一層

運命の当日、眼下に広がるオレンジの森は、薄いもやに沈んでいた。

「ここが、最終目的地ですか……」

佐山さんが、緊張のあまり額に汗を浮かべながら、辺りを見回していた。

森に入った途端、森の王が襲ってくる可能性も考慮していたが、予想通りあの木のある場所から動かないようだ。祭壇がある場所だということだろう。

三好が地面にスプレーで、ターゲットポイントを示す丸を書きながら、大きなあくびを一つして、目をしばたかせた。

「なんだ、夕べ遅かったのか?」

「まあ、色々と考えることが……」

なんだかんだ言っても、佐山さんの命は守る必要がある。こいつはこれで、責任感が強いから、考えることも——

「ねえ、先輩。オペレーション・黄泉《よもつ》比良《ひら》坂《さか》と、オペレーション・オオカムヅミ、どっちがいいですかね?」

「考えることって、それ!?」

「だって、ここから先、私たちにできることは、ほとんどありませんよ」

「そりゃそうだが……」

ここから先は、森の王と逃亡奴隷の一騎打ちだ。それに第三者が協力するなんてストーリーは、存在しない。

呪術的に言えば、それは理の外の出来事で、決められたルールに従って積み上げられてきた手順を無視して机をひっくり返すようなものだ。もちろん結果がどうなるのかは分からない。

「……桃がオオカムヅミになったのは、黄泉《よもつ》軍《いくさ》を追い返した後だろ」

「なるほど！　じゃあ、黄泉比良坂にしておきます！」

黄金の木は、ちょうど湖の向こう側だ。三分の一ほど進んだところで、再び三好が白い丸を書き、漆原さんに指導されながら、佐山さんが慣れない手つきでそのポイントを狙う位置に桃ちゃんを設置していた。

相変わらず時折三好の周りにドロップが現れるところを見ると、アルスルズの露払いは続いているようだ。

設置されていく桃ちゃんを見ながら、漆原さんが疑問を口にした。

「スプレー跡や桃ちゃんって、スライムに溶かされないんですか？」

丘の上にはイグルー一号が立っている。漆原さんが、何か特別なテクニックがあると考えてもおかしくはなかった。

「まあ、このイベントが終わるくらいまでなら大丈夫だと思いますけど……」

「けど？」

「ダメだったらやり直しですかね？」

「ええ!?　もう桃ちゃんの在庫はありませんよ！」

三好の言った分かりにくい冗談を真に受けた漆原さんが、悲痛な声を上げた。実際はアルスルズが定期的に見回っているから大丈夫だろう。

「さて、そろそろですよ」

タブレットのマップを見ながら、「その先の角を曲がれば、オリジナルの木が見えてきます」と、三好が急に折れている道を指さした。

佐山さんは、ゴクリと喉を鳴らして、その先を見つめた。

気温が上がったのか、もやはきれいに消え去って、オレンジの木の間から青い空が顔を覗かせていた。

「じゃあ、行ってきます」

「リモコンの順番を間違わないでくださいね」

桃ちゃんはリモコンで起動する。なんでも自動起動するような装置を付けると、規制されている対人地雷とみなされるそうだ。

佐山さんは、三つのリモコンを設置順に整理して、小さく頷くと、意を決したように顔を上げ、目的の場所まで歩いて行った。

佐山は、震えそうになる足を意思の力で動かしながら、あの木が見える場所に向かって歩いていた。頭の中には、あのとき枝を折ったりしなければ、などと後悔の念が渦巻いていたが、自らのせいで日本の柑橘農家を路頭に迷わせることなど許されるはずがない。

頭の中は、恐怖と後悔、それに責任感が交じり合ってぐちゃぐちゃだったが、それでも交互に出される脚は、やがて彼を曲がり角まで連れて行った。

そうして視線の先にある特別なオレンジの木の下では、あの日見た森の王が、まるで仁王のように立ってこちらを向いていた。

「ひっ」

思わずそうこぼした佐山は、王が走り出すのを確認するやいなや、きびすを返して最初のマークに向かって掛けだした。

全力で走っているつもりだったが、後ろから近づいてくる足音は、どう考えても自分よりも速そうだ。しかも最終的な目的地までは、数百メートルはあるだろう。とても全力で走り続けられるとは思えなかった。

最初のマークを越えはしたが、後ろを確認しながら全力で走り続けるなんて不可能だ。そのとき天の助けが聞こえてきた。

「そのまま走ってください！　相手はマークまであと三秒！」

佐山は、最初のリモコンを握りしめると、頭の中で数字を数えた。

「今！」

その声と同時にリモコンのボタンを押すと、バフッ！という爆発音とともに、森の王が上げる声が響いた。

佐山は後ろを振り返りもせずに、次のマークへと走り続けた。

まだ半分も来ていないというのに、すでに息は上がりかけ、足がもつれそうな有様だ。

後ろからは、大きく膨れ上がった怒りのような感情を感じるような気がしたが、それでも多少は距離が稼げたように思えた。

§

「よしっ！」

佐山の発射した桃ちゃんの効果を見て、漆原が拳を握った。

彼が発射した最初の桃ちゃんは、最も長いワイヤーバージョンだっただけに、森の王のあちこちに絡みつき、たたらを踏ませることに成功した。

「だけど広がる範囲が範囲だけに、三百セットじゃ、少し足りないか」

　森の王に絡みついたのは、広範囲に広がる弾の関係上、全体の四分の一もなさそうだった。

「もう少し範囲を絞って、効果を上げたいところですが、すばやく左右に動くようなモンスターだと捕らえきれないし、初期の足止めと追加の拘束をセットに……あ、あれ？」

　漆原が我に返って顔を上げたとき、彼の周りには誰もいなかった。Ｄパワーズの二人は、次の指示のために、すでに次のマークへと先回りしていたからだ。

「ちょっ、ここ二十一層！」

　置いていかれたことに気がついた漆原が、慌てて後を追いかけ始めると、護衛を頼まれていたアイスレムが仕方がないヤツだなぁと言わんばかりに頭を下げて、その後に付いていった。

§

　少し距離を稼げたように思えたのもつかの間、後ろからの圧力が再び強まってきた。

　そろそろ二つ目のマークのはずだが、すっかり息があがってしまい、足がもつれかけていた佐山は、いっそのこと、ここであれを――とも考えたが、どう考えても木が邪魔になりそうだった。

　失敗すれば死。

　なんでこんなデスゲームみたいなことになっているんだと、もうろうとし始めた頭で考えたところで、足元に白い丸が見えた。

「あと五秒！」

嘘だろ？　もう五秒後ろにあれがいるのか⁉

佐山は三秒後にヘッドスライディングをするようにジャンプした。いざとなったら、地面に張り付いてボタンを押せと言われていたからだ。設定が正しければ、地上から五十センチは安全地帯のはずだ。

「頼みますよ、漆原さん！」

「今！」

そこで思いっきり伏せながら、二番目のリモコンを押した。

爆発音とともに、頭の上を何かが空気を切り裂いて通過する音が聞こえ、すぐに森の王の憎々しげな声が聞こえた。

佐山は、恐怖とは別の理由で震える足に鞭《むち》を打って、最後のゴールに向かって走り始めた。

§

「そろそろ限界かな？」

「あきらめたらそこで試合終了ですよ…？」

「…………!!」

「ナイスリアクションです！」

三好が緊張感のない様子でそう言った。

視線の先では、佐山さんが立ち上がって、ヘロヘロになりながらも走り出す。森の王は偶然足に巻き付いたワイヤーが邪魔で、すぐには追えない様子だった。

「第一、ここで私たちが手を貸して、すべてをパーにしたら、絶対佐山さんに恨まれますよ」

「あのステータスなら一撃死はなさそうだし。ポーション（5）もあるしな」

森の王はワイヤーを外そうともがきながら、それでもぴょんぴょんと跳びはねるようにして彼を追いかけ始めた。

§

すでに日は昇りきり、辺りは明るい日の光が差し込んでいるはずなのに、どうしてこんなに暗いんだろう。

聞こえてくるのは、はぁはぁと耳障りな荒い呼吸音だけだ。

いつの間にか眼鏡が飛んだのか、視界がぼやけてにじんでいる。

「あと少し、あと少し」と、頭の中で誰かが繰り返し叫んでいるけれど、一体何があと少しなんだろう。

「あと……少し？」

そう呟いたとき、佐山の暗くなった視界に、鮮やかな白い丸が浮かび上がった。

「……そうだ！」

自分のやるべきことを思い出したとき、突然背中から車にはねられたような衝撃が訪れて、そのまま前方へと吹き飛ばされた。

なんどか地面にぶつかって、オレンジの木の根元でひっくり返ったとき、彼は無意識に三つ目のリモコンのボタンを押していた。

§

「先輩！」

視線の先で、森の王に背中を蹴られた佐山さんは、そのまま吹き飛びながら転がって、十数メートル先にあるオレンジの木にぶつかって止まった。

同時に爆発音が聞こえ、最後の桃ちゃんが発動した。だが、それまでにも同じような攻撃を受けてきた森の王は、後方へと飛びしさってそれをかわし警戒した。

「くそっ、ここまでか」

そう言って飛び出そうとしたとき、息も絶え絶えに追いついてきた漆原さんが肩を叩いた。

「酷いですよ、二十一層で置き去りにするなんて！」

「いや、それどころじゃ……」

「佐山さん、まだ終わってないようですよ」

「え？」

三好の言葉に振り返ると、彼はもぞもぞと体を動かし、オレンジの木を背負うように座り直していた。

「さすがは高強度・高弾性率を誇るアラミド繊維とオーガスキンを利用したハイテクハイブリッド素材のボディアーマー。高いだけのことはありますね」

そういえば彼だけは、俺たちと違って、在庫の中で最高の製品を身につけていたんだった。

オーガの皮は、人で言う有棘《ゆうきょく》層部分が、目に見えないほど小さなハニカム構造をしていて物理衝撃の吸収効果がバカみたいに高い。それとアラミドを重ねて複層積層構造にしてあるらしい。

さらに彼には〈物理耐性〉も使わせてある。どうやら意識しなくても効果はあるようだ。

「しかし、体力も限界のようですし、もう執れる手段がないでしょう。あそこから射撃してもかわされそうです」

漆原さんが、目の前に散らばっているワイヤーを見て言った。

森の王も同じように思ったのか、腰に差していた剣を引き抜くと、ゆっくりと彼に向かって歩き始めた。

「いえ、ここからが本番です」

そう言った三好に答えるように、うつむいている佐山さんの口元が笑うようにゆがんだ。

その瞬間、日差しが何かに遮られて、それの影が地面へと落ちた。

「なっ⁉」

漆原さんの眼鏡が半分ずれて、驚きのあまり目が飛び出すほどに広がった。

遠目に戦いを見ていた俺たちだから状況が理解できたが、それに捕らわれた森の王には、何が起こったのか分からなかっただろう。

突然空中に現れたそれは、そのまま森の王を巻き込んで、地響きを立てて地面へと落ちた。

「あ、あれは……第三者が手を貸しちゃまずかったんじゃ？」

「誰も手を貸してませんよ」

「ええ⁉　み、三好さんがアイテムボックスめいたスキルを持っているのを知ったときには驚きましたが、まさか佐山さんまで⁉」

俺たちが地上に戻るのは、早くて十八日。そして、次に〈収納庫〉が取得可能になるのは昨年の十二月十七日から七十日後だから、来週の月曜日だ。ＪＤＡが突然引き出しを決めたとしても、ギリギリで提出可能になるはずだ。

そう、俺たちはこの作戦を実行するために、ＪＤＡに売り飛ばしたはずの〈収納庫〉を、佐山さんに使わせたのだ。もちろんその価値は秘密にして。

そうして巨大な捕虫網ならぬ捕人網を作成した。

佐山さんの数割増しのステータス程度では動かせない重さのフレームを作って、その内側に張り付ける編綱タイプのステンレスネットに強靱《きょうじん》なバーブレスフックを数多くくっつけたものの製作をＤ研に依頼した。漆原さんが徹夜で作っていたのはそれだ。

確かに〈収納庫〉で、自分の手の届かない場所にものを取り出すには練習が必要だ。

とは言え、三好は多少の練習で、バスをレゴにしていた。

だから一晩も特訓すれば、決められた位置に決まったものを取り出すことくらいはできるようになるだろうと、フレームだけを使って江戸川の河川敷で練習してもらったのだ。間に合って本当に良かった。

多層に張られたフック付きのネットは、暴れれば暴れるほど、まるで過去からのしがらみのように絡み付き、森の王の動きを封じていた。

「私がこもっている間に、世間にはアイテムボックスが普及していたとは……」

いや、普及はしていないと思うよ。ＮＤＡをお忘れなく。

「まだ安心はできません。動けなくなっても、魔法があるかも知れませんし」

三好がまだ終わってませんとばかりにそう言ったが、俺はそれほど気にしていなかった。

「王が持つ超自然の力で天候くらいは操るかもしれないが、少なくとも逃亡奴隷との戦いで使えるような攻撃魔法はないだろ」

それは呪術の枠からはみ出す行為だからだ。

「天候を操るのが、くらいはって……」

なんの冗談だとばかりに、漆原さんが肩を落とす。

いつの間にか佐山さんは、座り込んだまま提供されたＲＰＧ－７を構えていた。

「あれ、どこから――まあ、いまさらですね」

森の王を蝕《むしば》んでいるネットのフレームを見て、漆原さんは眼鏡の位置を直しながら言った。

「さすがにあれなら、ガク引きさえしなきゃ当たるでしょう」

彼は、やっと終わったかというように、そのまま地面に座り込んだ。

それとは逆に、佐山さんはそれを構えたまま立ち上がると、身じろぎすらできなくなった森の王に向かって歩き始めた。

「え？　弾は普通のグレネードタイプで、殺傷半径は七メートルって伝えましたよね⁉　あれ以上は、近づきすぎですよ！」

佐山さんの行動に驚いた漆原さんは、上半身を起こして声を上げた。

だが、彼はそのまま歩き続け、途中でＲＰＧ－７を地面に置くと、いつの間にか手にしていた黄金の木の枝を高らかと掲げた。

それはまさしくレガリアのごとく輝き、森の王の魂を象徴しているように見えた。

「一体、彼は何を？」

とどめを刺さずに謎の行動をする彼に、漆原さんが眉をひそめた。

「たぶん従ったんですよ」

「従ったって、何に？」

「呪術を完成させるための、儀式の手順ってやつに」

呪術は状況を取り扱う一種の技術体系だ。科学でなら「実験手順」と呼ぶだろうそれは、呪術なら「儀式の手順」と呼ぶに違いない。おそらく彼はそれに従ったのだ。その心のままに。

「儀式……」

呪術のための儀式だなんて言われたら、本来なら鼻で笑い飛ばすところだろう。だが、世界はすでにその術式の一部となっていて、この場でそれを否定しても意味はない。

預けておいた報いの剣を、いつの間にか手にしながら、身動きのとれない森の王に向かって、一歩一歩近づく佐山さんは、遠目には泣いているようにも笑っているようにも見えた。

俺たちが見守る中、残り数歩のところで足を止めた彼は、目を閉じて祈るように空を仰ぐと、何かを取り込むかのように大きく息を吸い込んだ。

それをゆっくりと吐き出して、覚悟を決めたように目を開けると、剣を大きく振りかぶって力任せに振り下ろした。

その瞬間、森の中から一斉に飛び立つ鳥の羽音のような振動が、まるで非可聴域でこだまする森そのものの叫びのように感じられた。

やがて、森の王が黒い光に還元され、叫びが微かな余韻を残して消え去ると、そこに残された輝く丸い玉が、吸い込まれるように佐山さんへと溶けていった。

それを祝福するかのように、世界は、『Rex Mortuus Est, Vivat Rex』と繰り返し新たなる王の誕生を告げる優しい囁きに満たされていた。

「王は死んだ、王に栄あれ、か」

「かくしてイベントはクリアと相成って、新しい王が誕生したわけですが——」

「なんだよ？」

「佐山さん、森から出られるんでしょうね？」

三好の心配はもっともだ。最初の遭遇時には俺もそれが気になっていた。森の王は森にいて祭壇を守らなければならないからだ。

「うーん……」

「もしも一生、二十一層で暮らさなきゃいけなくなったりしたら、そんな人生、今ここで死ぬよりも悲惨ですよ」

三好は憮然《ぶぜん》としてそう言ったが、佐山さんはその覚悟をして臨んでいたはずだ。自分なりに責任を取ろうとしたんだろう。

「……まあ、大丈夫だろ」

「どうしてです？」

「伝承の通りだとしたら、彼の魂は、つくばに立っているからさ」

それが立っている場所が『森』なのだとしたら、どこからどこまでが森の範囲と言えるのだろう。つくば市か？　茨城県か？　本州か、日本か、地球全体か。その境界を、誰が引くのだろう。

「結局、新たな王が行く場所が、そのまま森になるのかもな」

「何です先輩、そのいいこと言ったみたいなどや顔は」

三好が後ろ手に腕を組んで、俺の顔を下から覗き込むようにして笑った。

「い、いいだろ、少しくらい」

「でも先輩がそう言うんなら、そうなるんでしょうね」

やめろよ、そういう意味深な言い回しは。

SECTION :

代々木ダンジョン 十八層

結論から言うと、佐山さんは無事に二十一層から出ることができた。

帰りは漆原さんの要望で、その日のうちに十八層へと赴いた。彼は、各メーカーのポーターをぺろぺろしかねない勢いで張り付いて、その場にいる技術者に専門的な質問を浴びせ続けていた。

「どうして、RPG－7を使わなかったんです？」

そんな漆原さんを横目に見ながら、少し元気のない佐山さんにそう尋ねた。

彼は少しの間逡巡《しゅんじゅん》していたようだったが、ぽつりと、「そうしなきゃいけない気がしたんです」とだけ答えてくれた。

最後に彼の体に溶けて消えたのは、やはりスキルオーブだった。

彼のDカードには〈森の王〉というスキルが追加されていたのだ。だが、触りもしていないのに、強制的に適用されるようなオーブは初めてだった。

〈森の王〉の効果は、〈メイキング〉同様漠然としていたが、少なくともオレンジの魔法を解くことはできそうだった。それどころか、森の天候や植物の生育を、かなりのところまで操作してしまいそうだということで、本人も呆然としていた。

「森ってなんでしょう？」

三好相手なら「比較的広めの樹木が密集している場所」、なんて答えるところだが、落ち込んでいるように見える佐山さんには軽口が叩きづらかった。

「どうしたんです？　オレンジ問題は解決しそうなんですよね？」

「はー……それなんですよ」

「それ？」

彼がため息をついたのは、森の植物の生育を始めとする操作や管理ができそうだからだった。

「そりゃ、農家なら最高ですよ？　でも研究者としては……これ、実験結果がスキルによるものかどうか分かるものですか？」

「あー……」

これは盲点だった。まさか研究者のスキル取得に、こんな落とし穴があるなんて。

通常、アクティブなスキルの使用には思考が影響する。

〈森の王〉もそうだった場合、「大きく育てよ」とか「早く芽が出るといいな」なんて思考はすべて現実になる可能性があるのだ。

もしも実験の結果にスキルが関与していたとしたら、当然他人による再現は不可能だ。それどころか、ねつ造すら疑われかねないだろう。

研究者としての彼は、もしかしたら死んだも同然なのかもしれない。

それでこんなに暗かったのか。

「なら、佐山さん、転職しませんか？」

「は？」

突然の三好の誘いに、彼は頭の上に大きなクエスチョンマークを浮かべた。

「本当はうちに来てもらって、ウケモチ・システム関連の事業に従事してほしいんですけど、アレ持ってる人が集中しちゃうと、色々と問題がありそうで」

アレとはもちろん〈収納庫〉のことだろう。

「前にもちらっと聞きましたけど、そのウケモチ・システムってなんです？」

そう言えば説明していなかったと、三好がウケモチ・システムについて話した。

「ほ、本当にそんなことが？」

「オレンジだってリポップしたじゃないですか」

「いえ、そこじゃなくて、地球の植物がダンジョニング？するって、本当なんですか!?」

「えーっと……たぶん？　今のところ小麦で確認しただけですが」

「信じられない……」

あっけにとられる佐山さんに畳みかけるように、三好はダンジョニングした作物を作る難しさとまだよく分かっていない疑問点などを説明していた。

「お話は分かりました。でも、もし私のスキルがそれに影響を及ぼした場合、代替が利かなくなりませんか。事業としては将来性に問題があると思いますけど」

佐山さんが老衰で死にそうなったとき、新たなる挑戦者に倒させれば引き継がれるかも——って、そりゃ殺人だな……

そう思った瞬間、俺は重要な問題に思い至り、思わず三好と話し込んでいる彼を見つめた。

「もちろんです。あくまでも当面の対処ですよ。ノウハウが蓄積するまで待っていられない人たちが大勢いて――」

もしも、もしもスキル〈森の王〉が森の王の能力を継承するスキルだとしたら――

俺はゴクリと喉を鳴らした。

――佐山さんって死なないんじゃ⁉

「それに、この事業として考えた場合、この事業に将来性なんてありませんし」

「え？」

「だって、無限リポップですよ？　一度作ればリピートのない商品に、将来性なんかあるわけありません」

だがそれを試してみるわけにはいかないし、ここで開示しておおっぴらに議論するわけにもいかないだろう。なるべくそっと蓋をして、できるだけ目を向けないようにしておくしかない。

これに気がついているのが、俺だけでありますように……

「ああ、そうか。期間に課金でもしないと事業にならないんですね」

「いいですね！　サブスクリプション！　ただで配布して、ながーく使っていただく！」

なにしろ収穫量は常に一定だ。稼働時間さえはっきりしていれば時間にすら課金可能だ。

「現在、小麦版ウケモチ・システムの月間予定生産量は、ざっと二千六百二十八トン。シカゴ相場の小麦価格は、大体一ブッシェル五ドル～六ドルくらいですが、なにしろダンジョン産ですから、ステータスへの影響を考えても六ドルなら格安でしょう。現行のレートは一ドル百十円くらいですから――」

三好がブツブツ言いながら計算しているが、そもそも一ブッシェルが何キログラムになるのかすら、俺には分からなかった。

「一台のウケモチ・システムの月間産出価格[注39]は、六千三百七十五万五千二百八十円ですね！」

「一パーセントでも、月六十三万七千円ですか……」

百台なら、月額六億円を超える利用料だ。

「もっとも普及は、やる気になっているＦＡＯさんにお任せしておけばいいんじゃないですかね。予算や実社会への影響のこともあるでしょうし」

説明は終わったとばかりに、三好は再び佐山さんに訊いた。

「それにアレもちは、ばれると大変ですよ？」

「た、大変？」

「だって、その気になれば、泥棒も密輸もやり放題ですから」

いろんなところからお誘いが来て、下手をすると誘拐までありそうだ。幸い、殺される可能性だけは低そうだが。

「ええ⁉」

「その点、ＪＤＡなら、バレないように守ってくれるでしょうから、農研機構より多少はマシだと思います」

ある日、ＪＤＡに〈収納庫〉持ちがいるという噂が流れる。

ＪＤＡが〈収納庫〉を入手したらしいという話は、購入打診である程度出回っているようだから、それが使われたんだろうと考えるだろう。問題は誰がそれを使用したのか、だ。

調べると、農研機構から前触れもなく突然転職した研究者がいる。

彼がＪＤＡに入職してから〈収納庫〉を利用したように見える活動が増えたが、他の職員の活動はそれまでとは大差ないようだ。て、ことになると――

「いや、お前、それ、どう見てもバレバレじゃね？」

「ですよね」

「だめじゃん！　……いや、まてよ？」

こんな重要な案件で、こんな素人目にもバレバレな行動？　もしかしてこれは――

「露骨すぎて、カバーに見えません？」

いかにも怪しいですといった体でＪＤＡにやってきた元植物の研究者。

だが、さほど若くもなく健康そうでもない男に四百億の価値があるオーブを使用するなんて、本来なら馬鹿げている。しかも専門とは畑違いだ。

ありえなさそうで、ありえそうで、やっぱりありえなさそうな事態に、情報を得た者が混乱することだけは間違いないだろう。いずれは絞り込まれるかもしれないが、当面は。

「当初の混乱を招くのは確かだろうな。それにしても酷い展開だ」

俺は笑いかけたが、ふと重要なことを思い出した。

「だが、自衛隊には、それを知っている人がいるぞ？」

視線の先には、ファルコンの社員を質問攻めにしている、眼鏡の研究バカの姿があった。

「え？　だってＮＤＡが……」

「あれって、Ｄパワーズの秘密を話せないだけじゃないか？」

「あっ⁉」

当たり前だが、佐山さんの情報はＮＤＡの保護範囲に含まれていない。

彼に〈収納庫〉を使ったのが俺たちだという情報は保護範囲だろうが、それを佐山さんが持っているという情報は大変微妙な位置づけになる。それを聞けば先の情報を漏らしたのと同義だと捉えれば保護範囲だし、そうでなければそうではないのだ。

「微妙だな」

「微妙ですね」

「あのー……」

蚊帳《かや》の外だった佐山さんが申し訳なさそうに声をかけてきた。

「あ、えーっと。まあ、そんな感じで。仮に農研機構を辞めたとしても、それを持っているということを公開できるなら、再就職自体は引く手数多だと思いますが――」

「公開すると、ろくなことにはならない？」

そう苦笑する佐山さんに向かって、説明は終わったとばかりに三好が再び問いかけた。

「で、どうでしょう？」

そのときは、はっきりと答えを出せなかった佐山さんが大慌てで連絡してきたのは、地上へ戻ってしばらくした後、彼が自分に使われたオーブの価値を確認した直後のことだった。

（注39）**月間産出価格**

一か月間に産出する小麦の取引価格という意味で使われています。

計算は、二〇一九年二月当時の数字で行われているため、現在とは大きく異なります。円安に振れてますし、小麦価格も暴騰してますから。

なお、ブッシェルは本来体積の単位で円筒形の体積で定義されているが、ヤードポンド法あるあるで国によって量が異なる。現在穀物で使われるブッシェルは、小麦の場合大体二十七・二キログラム。同体積でトウモロコシだと約二十五・四キロなのは、粒が大きく隙間が多いからだろう。

二〇一九年　二月十九日（火）

SECTION :

市ケ谷　ＪＤＡ本部　ダンジョン管理課

　セーフエリアの入札公告が行われてから、三週間。二十二日の入札を前に、忙しく立ち働いていたダンジョン管理課の職員が、その間を縫って課長のブースへと向かっている美晴に、仕事を押しつけようと獲物を狙う鷹《タカ》のような目つきでその姿を追っていた。

　美晴は笑顔を引きつらせながら、課長のブースを素早くノックすると、ドアの隙間へと体を滑り込ませた。

「はぁ……」

「なかなか殺気立ってるだろ。で、連中は？」

　美晴の様子に笑いながら、何かの書類にサインしていた斎賀が、顔も上げずにそう訊いた。

「昨夜出ダンしました。自衛隊の協力もあって、佐山さんは無事目的を達成したそうです。課長にお礼を言っておいてくれと頼まれましたよ」

　それを聞いて顔を上げた斎賀は、イスの背もたれに体を預けて美晴を見た。

「礼か。本来ならこっちがするべきかもな」

　斎賀がやったことと言えば、どこかに依頼されたわけでもないはずなのに、珍しく自発的に行動している彼らのために、自衛隊へのつなぎを取っただけだ。

　その結果――

「今のところ、少なくとも十七日の午後以降に報告された消失はない。しかも――」

机の上をかき回して、当該書類を見つけた斎賀は、それを見ながら言った。

「昨日、ダンジョン庁経由で農水省から来た連絡によると、桜川の温州みかん、どうやら現れたときと同様に突然果実が消えて効果がなくなったらしいぞ」

「つまり今回の騒動は？」

「収束したものと考えてもいいだろう」

それを聞いた美晴は、安心したように息を吐いた。

「ダンジョン庁や農水省は、突然のことで混乱しているらしいけどな」

ダンジョンの外で起こった、ＪＤＡやダンジョン庁には、なんの責任も権限もない案件だったが、解決のメドすら立っていなかった問題だけに、Ｄパワーズの提言に従って正解だったか。

「だが、連中の払った犠牲は大きいぞ」

ヘルハウンドの使役は広く知られることになっただろうし、三好梓《あずさ》の持つスキルの一部も、農研機構や自衛隊の職員の前で明らかになったことだろう。

「一応、ＮＤＡ契約は結んでいるようですが」

「そんなもの。いざとなったらどうにでもなるよ」

現実にあることが分かっていれば、それだけで判断の材料になるし、状況証拠だけで強気に出ることも可能だ。

それが彼女たちに与える影響は範囲が広すぎてなんとも言えないが、うちの部署はダンジョンや探索者を適切に管理することが職務だ。社会から彼女たちを保護しつつ、彼女たちから社会を保護するためには、今回広がった波紋が大きすぎる気がした。

　ますます連中から目が離せんなと、斎賀は内心大きなため息をついた。

「そうだ。三好さん、課長に相談があるそうですよ」

「相談？」

　美晴は、嫌な予感に顔をしかめた斎賀の傍にそっと近づくと、小さな声で囁いた。

「使用者が決まりそうにない例のアイテムを使用した人材に興味がないか、だそうです」

「……なんだと？」

　セーフエリアの開発を前に、そのアイテムの行く末について部長に丸投げされ、使用者の選定に悩んでいた斎賀は、それを聞いて目を丸くした。

終章

エピローグ

It has been three years since the dungeon had been made.
I've decided to quit job and enjoy laid-back lifestyle
since I've ranked at number one in the world all of a sudden.

EPILOGUE

後日譚

SECTION :

イタリア ローマ カラカラ・テルメ通り

建築制限のために広いローマの空の一角を遮るように、その建物は立っていた。

ムッソリーニの時代には、アフリカ大陸を支配するという途方もない夢のための機関があった八階建ての建物は、現在では、世界から飢餓を撲滅するという、さらに途方もない夢のための機関によって使用されている。

ＦＡＯ（国際連合食糧農業機関）本部では、眼下にローマ帝国第二十二代皇帝カラカラが建設した浴場跡を見下ろしながら、ＡＧ（農業消費者保護局）高官のアンブローズ＝メイガスが、ＷＤＡ（世界ダンジョン協会）のＤＦＡ（食品管理局）からもたらされた驚くべき報告を、秘書のマリ＝ナカヤマから聞いていた。

『ダンジョン内で育成して実った小麦がリポップした？』

以前、ＷＤＡのＰＯ（知財局特許課）に提出された、『ダンジョン内作物のリポップと、現行作物のダンジョン内作物への変換』という論文で、その可能性に言及されてはいたが、まさか本当に小麦を育てたレポートが、収穫された小麦とともに提出されるなんて誰が想像するだろう。その事実が関係者に与えた衝撃は計り知れない。

アンブローズは、眼下の遺跡で、三大テノールのコンサートが行われているかのような真剣さで窓の外をねめつけた後、カルーソーを熱唱するパバロッティもかくやと言わんばかりに、右手を掲げ、振り返って大声で叫ぶように言った。

『“Veni, Redemptor gentium”だ！』

それを聞いてマリは内心吹き出した。

アンブローズは、キリスト教の聖人の一人で、4世紀半ばのミラノの司教アンブロジウスに由来した名前だ。Veni, Redemptor gentium（いざ来ませ、異邦人の救い主よ）は、彼が作ったとされる聖歌のタイトルなのだ。

日本のザ・ワイズマンと呼ばれる女性がＷＤＡに提出したレポートは、ダンジョンを抱える貧困地域の人たちから見れば、まさにその聖歌のタイトル通りの出来事だろう。

『彼女たちが開発したウケモチ・システムという、一台あたりわずか一アールしか占有しないダンジョン内農場の生産量は、小麦なら現時点でも年間三万一千五百三十六トンと試算されているそうです』

『素っ晴らしい！』

アンブローズは、こぶしを握り締めてそう言った。

熱狂するアンブローズと違って、マリは、このシステムに飛びつくことに抵抗があった。

ＦＡＯの目的は、「世界の食糧生産と分配の改善と生活向上を通して飢餓撲滅を達成する」ことだ。分配に腐心しているとき、消費地で無限に作物が生産され始めたとしたら、一体世界はどうなるだろう。

仮に、このシステムが「すべての人々が十分な食料にアクセスできる権利の漸進的な実現」とみなされれば、二〇一三年にＣＦＳ（世界食料安全保障委員会）のハイレベル専門家パネルが行った提言に基づいて、偏在している食料がバイオ燃料の開発に回されるかもしれない。

　そうしてそれに依存した食料の分配構造が定着したとき、このシステムが突然失われたりしたら、世界に分配構造の修正を進めるだけの推進力が残されているだろうか。

　そもそも、ダンジョンなどという理解できない存在に、人類生存の基盤である食料を依存していいものだろうか。パウダーなどの世界がより便利になるものとはわけが違うのだ。

　水道の蛇口をひねれば水が出るし、コンセントにプラグを差し込めば電気が利用できる。普通の利用者の大部分は、その仕組みを知らないだろう。だが、世界のどこかには、それを理解している人たちがいてシステムを支えているのだ。

　だがダンジョンは違う。

　ウケモチ・システムを開発したメーカーにも、それの動作原理を説明することはできないだろうし、原始的な自然科学の利用と同様、やってみたらできたからそれを利用する――ただそれだけなのだろう。

　マリには、よく分からないものに重要な基盤を依存することがいいことだとは思えなかったが、それが劇的な効果を及ぼすことも理解できた。

　生産においても分配においても、「現時点で」あらゆる無力を痛感してきたアンブローズのような男にとって、今を生きている人類の痛みをなくすための特効薬のようなこのシステムは、飛びつくに値するものだろう。

『ジルベール（注40）にアポを取ってくれ。至急こいつを世界に普及させるぞ！』

『待ってください！　まだ価格もはっきりしていないんですよ！』

マリは慌てて動き出そうとするアンブローズを制止した。そもそも現在のＦＡＯにそんな権限はない。もちろん提言はできるだろうが。

『いいですか、もしも本当に、年間生産量が三万一千五百三十六トンだとしたら――』

マリは素早く計算した。

『十アール当たり五百キロの収量がある農場だと仮定すると、その価値は、およそ六十三平方キロメートルの農場と同等ということになります。大まかに言って一万五千六百エーカー弱です』

アメリカの農場は巨大だが、それでも平均は四百四十エーカーに過ぎない。四千エーカー（ほぼ四キロ四方）もあれば立派な大農場だと言えるだろう。

『そんな巨大農場を開発するのと同等のコストが要求されたとしたら、たとえ半額だとしても相当な金額になりますよ』

『むう……』

概要を見る限りそれほどコストのかかるハードだとは思えないが、世の中には開発コストというものがある。しかも永遠に売れる商品ではなく、多くの数が出る商品でもない。ワンオフとまでは言わないにしても、開発コストや研究コストが少数の機器に乗せられるとしたら、マリの言うこともあながち大げさとは言えなかった。

『去年の硬質小麦の取引価格は、トンあたり二百十ドル弱です。耐用年数が十年で設計されていたとしたら、そこから上がる小麦の価格は六千六百二十二万五千六百ドルですから、二千五百万ドルの初期投資が必要だとしても、利益は平均運用益十パーセントのファンドよりも上です』

『十年で資産は二・五倍超か』

なにしろ肥料代も種子代も多くの労働力も不要で、ランニングコストはせいぜいが交代でスライムを追い払う探索者に支払う報酬と機器を駆動させるエネルギーくらいなものだ。利益率は従来の農場の比ではないだろう。

小麦が値崩れでもすれば別だが、百台並べたところで、増加量は、たった三百万トンだ。昨年度の小麦消費量は全世界で七億三千万トンを超えるのだから、そうなるとは思えなかった。

実際には、収穫後に行われる乾燥や調製の機器が必要になるだろうが、それは複数台のシステムで共用できる施設だ。数が増えれば事実上無視できるレベルに落ち着くだろう。

『農業支援より、むしろファンドで運営されそうな数字だな』

『もしも本当にそんな価格になったとしたら……ＩＦＡＤの昨年度の無償資金供与額は、六千八百万ドル弱ですから、全額をつぎ込んでも三台も購入できません』

貸付枠の承認なら十一億ドル以上の実績があったが、それでも承認件数は二十八件だから、平均すれば四千万ドルほどにしかならない。

『いずれにしてもＩＦＡＤを通すなら、来月の総務会で方向性を確認して、四月の理事会で承認を受けるのが最短です』

アンブローズは目を閉じて天を仰いだ。

マリが言っていることはもっともだ。本来なら、それでも十分拙速と言えた。

だが、事が事だけに拙速では足りないかもしれないのだ。

メジャーの連中は動き始めているだろう。そうして拡大が阻止できないなら、資本主義の仕組みに組み込もうとするに違いない。

こんなものが数多く生産されるはずはないし、それを設置するのに都合が良い場所も、ある程度は限られるだろう。かくしてリソースの椅子取りゲームに勝ち残れる者は、金を持っているか、そうでなければいち早く動き始めた者だけだ。

アンブローズはなんとしてもこのシステムをＦＡＯ主導で導入したかった。

食糧援助の体裁を取っても、開発援助の体裁を取っても普及は可能だろうが――

『賭けてもいいが、ＵＮＤＰ（国連開発計画）もＷＦＰ（国連世界食糧計画）も、なんだかんだと理由を付けて、こいつの普及を遅らせようとするぞ』

背景にいるのは、あのクソ野郎だ。

『どうしてです？』

マリは最近ＦＡＯへ赴任したため、彼女にとってＦＡＯは、フォーラムを開催したり統計データを集めたりする組織だ。もしも、ウケモチ・システムを国連で扱うとしたら、食糧援助の体裁をとるならＷＦＰが、開発援助の体裁をとるならＵＮＤＰが管轄するのが自然に思えた。

『今度こそ連中に一泡吹かせてやる』

『私たちの活動に重要なのは協力であって、敵対ではありませんよ』

『建前はな』

あまりに攻撃的なアンブローズに、マリは嘆息した。そうしてもう一つ届いていたメッセージを彼に伝えた。

『ＷＤＡのアーガイル博士から「代々木に存在したその麦の畑は、ＦＡＯの管理に任せるようお願いしておいた」だそうです』

ネイサンとアンブローズは、一応友人のようなものだった。ニューヨークとローマでは、それほど頻繁に顔を合わせるということはなかったが。

『ネイサンか……くそっ、面白そうなところだけ持って行きやがって』

『そこからウケモチ・システムの担当者に取り入れ、だそうです』

『取り入れ？　なぜ？』

ネイサンは賄賂を要求するような相手にこびるような男ではない。そんなことをされたら、力一杯相手を蹴飛ばすタイプだ。

マリは、分からないとばかりに首を振った。

『よく分からんが……代々木か』

『いきなり向かったりはできませんよ』

『そんなことはしないよ。ジルベールとの話もあるしな。ところで――』

『？』

『ウケモチとはなんだ？』

日本人であるマリは、その答えを知っていた。

『食べ物を分け与える、日本の神様の一柱ですね』

詳しい話をすればややグロい話になりかねないため、彼女はシンプルにそうまとめた。

『なるほど。まさしくその名の通りというわけか』

それはとても刺激的な名前だった。

いずれにしても、このプロジェクトが成功すれば——

『世界の貧困が、少しは改善するはずだ』

部屋の壁にはこの機関のシンボルが、そのモットーを高らかに謳《うた》い上げていた。

FIAT PANIS. それは、「人々に食べ物あれ」という意味だった。

（注40）ジルベール

ジルベール・ウングボ国際農業開発基金（IFAD）総裁

なお、この物語はフィクションです。

SECTION：

代々木八幡

肌寒い雨の昼下がり、その家の広い居間はシガーの煙でくすぶっていた。

「少しは換気しなさいよ、部屋に臭いが染みつくじゃない」

ドアを無遠慮に開けて入ってきたのは、赤い髪と黒い瞳の肉感的な女、イザベラだった。

紫煙をハタハタと手で扇《あお》ぎ、顔をしかめながら居間に入って来た彼女は、ソファにドカリと腰かけてシガーをふかし続けていた男たちをゴミでも見るような目で見ると、冷蔵庫から水のペットボトルを取り出した。

「それで、俺たちはいつまでここでくすぶってなきゃならんのだ？」

作戦中は臭いが付くことを嫌ってシガーを嗜《たしな》むことのないラーテルが、彼女に当て付けるように大きく煙を吐き出してそう尋ねた。

「そんなこと、私が知るわけないでしょ。こっちだって、こんなクソ寒い国にいつまでも足止めされてて、いいかげん迷惑してるんだから」

彼らがここのところ大人しくしていたのは、以前、十層で撮られたはずの映像が原因だった。

後ろから付いてきていた連中をいけにえに捧げようとしたラーテルたちの姿は、連中が持っていたカメラにはっきりと捉えられているに違いない。

あれには、ラーテルたちと一緒にフランス軍の正規メンバーが映っているはずだ。しかもそれなりに有名な男だから、見る者が見ればすぐにばれるだろう。そしてラーテルたちも、非日常の世界ではそれなりに有名だった。

どうせ失われるからとカメラに気がついていながら放置したラーテルだったが、まさか荒野に呼ばわるものを名乗る何者かが現れるなどということは想像の埒外《らちがい》だった。

「やはりあのとき始末しておくべきでしたかね」

まるでコンビニで何かを買い忘れたとでもいうようにファシーラが言った。

「ちょっと、やめてよ。日本じゃ殺人は面倒なんだから。せいぜいこっちに迷惑が掛からないようにしてよね」

そう言って、イザベラは氷を入れたグラスと水を持って、居間から出ていった。

「映像は撮られるは、主のお使いには目を付けられるは、散々だな」

ラーテルが楽しそうにそう言って笑うと、ファシーラは確かにとばかりに口角を上げた。

あれからもう一月。

大きな動きがない以上、連中はあれを襲撃とは見なさなかった可能性が高い。

「さすがは日本。平和ぼけなどと揶揄《やゆ》されるのは伊達《だて》じゃないな」

「連中の居場所は突き止めてありますが――どうします？」

ファシーラが、右手の親指で自分の首を横になぞった。

「やめとけ。幸い向こうは何かの行き違い程度に考えているようだ。それに、デヴィッドに知られたら面倒だぞ。あの男、最近どっかおかしいからな」

「契約の内容と実際の業務が随分と齟齬《そご》をきたすようになってきています。そろそろ手を引く頃合いですかね？」

　ラーテルは小さく舌打ちして、再びクラブサイズのシガリロを取り出すと火を付けた。

「宗教団体の代表なんかやりながら、宗教を鼻で笑ってるところが気に入ってたんだがな」

「払いも悪くないですしね。だけど、例の十層の記録を渡してから、何を考えてるのかよく分かりませんぜ。こないだは、神に近づく道がどうとか言っていたくらいで」

「神に近づく道だ？」

　あの野郎、血迷いやがって。

「この仕事はここでキャンセルする。理由は雇用者側の契約違反だ」

「了解。じゃあ最後にあの女の味見を――」

「やめとけ」

「どうしてです？　隊長のお手付き？」

「お前、あの女の二つ名を知らんのか？」

「詳しいことは」

「〝ナイトメア〟イザベラ。あいつとやって破滅した男は数知れず。一度寝たら最後、二度と平穏は訪れないとよ」

「隊長、それって煽《あお》り？」

「別に止めはしないぜ」

ファシーラは、腕を組むと少しの間難しい顔で天井を仰いでいたが、すぐにそれを解《ほど》いて小さく肩をすくめた。

「やめときましょう。一発に人生懸けるほど若かない」

「賢明だ」

「それで、これからどうします？　リビアに戻りますか？　向こうに残っている連中から、ハフタルがトリポリへ侵攻(注41)するって話が出てますぜ」

ＬＮＡ（リビア国民軍）か。フランスも後押ししているって噂《うわさ》があるが……

ＵＡＥ提供の中国製の兵器と、フランスがアメリカから購入したジャベリンが並んで使われ、空からはミグやスホーイが支援してくれる空間ってのは、なんとも混沌としているじゃないか。

「それも悪くはないが、いまさらロートルが割り込むのも気まずいだろ」

「ロートルね。ハフタルは七十を超えてますぜ？」

「超人の爺《じい》さんと一緒にするなよ。それに、今の世界の紛争は、リビアもイラクもイエメンもシリアもアフガンも、イスラム・イスラム・またイスラムだ」

ラーテルは、苦虫を嚙み潰したような顔でそう言い放った。

「同部族でやり合いたくないから、代理で俺たちを雇ってた昔のリビアはまだ分かりやすかったが、内戦終結後にイスラム過激派が台頭してからは、しっちゃかめっちゃかだろう」

民族紛争に宗教紛争が混じり合い、時代のあだ花みたいなイスラム国が台頭して大暴れしたかと思うと、それを機会に石油を狙った先進諸国が東西関係なくガンガン懐に手を突っ込んでくる。

面白いっちゃ面白いかもしれないが、ある日突然味方だった連中に、後ろから撃たれて吊るされるのはごめんだ。

「なら、後はクルドですか」

「ＹＰＧ（クルド人民防衛隊）に付くのか？　ハンドラーはＹＰＧから手を引くぞ。その瞬間トルコはシリア北部に手を出すに決まってる。そしたら連中、今度はシリア政府軍にすり寄るだろうぜ。俺たちゃあっさり売られるかもな」

「兵は引き揚げるにしても支援は続けませんか？　ロシアの影響下になっちゃ困るでしょう」

「アメリカの支援を受けたＹＰＧが、ロシアやイランが後ろ盾のシリア政府軍と一緒に、南下してくるトルコを迎え撃つのか？　生きるための方便とは言え、もはや何が何やらってところだな」

「それを隊長が言いますか」

金のために、昨日の敵の支援をすることなど日常茶飯事だった傭兵《ようへい》部隊の叩き上げが、そんな話をするのが少しおかしかった。

ラーテルもそう思ったのか、微かに笑みを浮かべて、「違いない」と呟《つぶや》いた。

「それじゃ次はどこに行こうって言うんです？　まさか——引退？」

「ダンジョンの中ってのはどうだ？」

「なんですって？」

ラーテルのセリフに、ファシーラは耳がおかしくなったのかと、思わす聞き返した。

「だからダンジョンの中だよ」

「つまり、探索者をやるんですか？」

「悪かないだろ？」

現在では傭兵の世界も様変わりした。

インターネットカウボーイの連中が大挙して押し寄せて、まるで命をやり取りしているという感覚そのものが薄れてしまったようにも見える。

そうして、紛争地帯の複雑さは二十世紀の比ではなく、三年前からは探索者に乗り換えたやつもいることはいた。

「ふむ……」

ファシーラは自分のナイフを躱《かわ》した男のことを思い出していた。

動きは確かに素人のそれだったが、彼の放った一撃は、じゃれつく子供をあやすように軽くあしらわれたのも事実だ。

「あれが探索者の能力だって言うんでしたら、一度経験してみておくのもありですかね」

「主のお使いとやらにも借りを返さなきゃならんからな」

「なめられたままってのも癪《しゃく》に障りますか」

（注41）侵攻する
ハフタルはリビアの陸軍元帥で、これはリビア内紛の話。

この後、二〇一九年四月四日にトリポリへ進軍した。

「だろう？　それにな、ちょうど先日、ボットネット経由でこんなものが届いた」

ラーテルは辺りを見回して、唇に人差し指を当てた後、ドアの方を親指で二度指した。どうやらドアの向こうで聞き耳を立てているやつがいるようだ。

ファシーラが、そちらにチラリと目をやって小さく頷くのを確認すると、彼はポケットからスマホを取り出してファシーラに見せた。

「なんです？」

渡されたそれを読んだファシーラは、思わず息を呑んだ。

「隊長、これ……」

「どうだ？」

「いや、どうだって……こいつはヤバくないですか？」

「一応、依頼者は調べさせた。報酬も破格だ」

「踏み倒されなきゃね」

この業界、先に利益を確保しておかなければ、半分は踏み倒されるのだ。主に負けた側に。

「それに、確かＪＤＡが禁止しているはずですぜ」

「らしいな。だが、誰がそれを担保するんだ？」

ルールを守らせるための暴力装置がＪＤＡには存在しない。

禁止だと言われたところで、ルールを守る気がない者にとって、それが何の意味も持たないことは明らかだ。

「じゃあ、まずは装備ですか」

「武器は前回正規ルートでデヴィッドが手続きしたものが使えるから問題ない。主のお使いとやらを遠目に捉えられるならTAC－50くらいは欲しいが」

あの男相手に七・六二ミリでは足りないと、彼の直感が囁いていた。

「シリアルートじゃ難しいですね」

それに、ダンジョンで使用するのにロングレンジの狙撃用対物ライフルは目立つ。装弾数が少ない上に重く、どこで使用するんだってことだ。同口径なら、ポーターに装着できる重機関銃の方がまだしもと言ったところだろう。

「そいつは手に入れば、くらいでいいが、それよりも問題は――」

「こいつですね」

表示されていた依頼文書の中に、自力で用意しなければならない装備のリストがあった。

ファシーラが指差したそこには、〈マイニング〉の文字が躍っていた。

巻末特集

It has been three years since the dungeon had been made.
I've decided to quit job and enjoy laid-back lifestyle
since I've ranked at number one in the world all of a sudden.

APPENDIX

NAME: **ネイサン=アーガイル**

DATA: Nathan Argyle / man / age 42 / 172cm

世界ダンジョン機構食品管理局主席研究員という、ダンジョンに対する人類の盾ともいうべきポジションにいる人……のはずなのだが、その本性は、思春期の頃にブリティッシュパンクに傾倒し、厨二病をこじらせていた少年だ。それでも知性と理性で上手く世間を泳いできたが、奇跡の放つフェロモンに大人の仮面を脱ぎ捨てた。たがの外れた天才は、もはや一種の天災だ。パワフルな迷惑メイルシュトロームに巻き込まれた者たちは、皆一様にひざまずき、頭を垂れて嵐が過ぎ去ることを祈るしかない。ホント勘弁してください。

NAME: **シルクリー＝サブウェイ**

DATA: **Silkrie Subway / woman / age 27 / 169cm**

若くして分子生物学博士号を取得した彼女は、シリアスだのスクエアだのと言われながらも実直を貫いてネイサンのアシスタントに収まった。社会が天才と話をするためには優秀な通訳が必要だ。なにしろ連中ときたら頭の回転が速すぎて、何を言っているのか分からない。凡人には過程が必要なのだ。小さい頃シルキーと呼ばれるのが、なんだか痩せぎすの自分を揶揄《やゆ》されているようで嫌だった彼女は、いまや尊敬するネイサンのお尻を叩いて世話を焼く、立派なアーガイル家の屋敷に住まう妖精だ。縁とは不思議なものなのだ。

あとがき

皆様こんにちは、之《この》です。

夏もたけなわ、夏日はおろか真夏日も飛び越して連日猛暑日に襲われ（これを書いているときはそうだったのです。もう涼しいとか言わないように）バーでの最初の一杯に「ジン抜きのジンリッキー」とくだらないことを言うようになると夏だなぁと感じる今日この頃、いかがお過ごしでしょうか。

今年の春には色々と大変なことがありまして、本来なら夏頃お届けする予定だった八巻が少々後ろへとずれてしまったことをお詫びいたします。次こそは！

しかし、自分で書いておいてなんですが、まさかスキルが研究の妨げになるとは思いもしませんでしたね。

確かに自分がいないと再現できない実験なんて、ねつ造扱いされることは間違いなく、かと言って、Experimental に使用機器として自分の名前を書いたりしたら査読の段階でハネられることは間違いありません。佐山さんには大変悪いことをしました。次巻では、ちょっといい目を見させてあげますから許してちょ。

ところで、森の王は金枝篇ベースの話ですが、巻頭のお言葉に引用されているフレーズは、本当は They lure … となっています。そこだけ抜き出すと意味が分からなくなるので主語を置き換えました。「違うよ！」と、突っ込んだりしないでくださいね。

光陰如箭《こういんじょぜん》烏兎匆々《うとそうそう》、小説の舞台になっている二〇一八年は遠く過ぎ去り、Dジェネもいつの間にか八巻まで来ました。これもひとえにこの本を手に取っていただいているあなたのおかげです。本当にありがとうございます。

それではまた次巻でお会いしましょう。

二〇二三年　秋

之貫紀

NEXT VOLUME

YOSHIMURA

三好ぃ、前巻の次回予告が「森の王」しか合ってなかったぞ……

MIYOSHI

まあまあ先輩。次回予告に予定は未定なんて書いたら１行で終わっちゃいますし予告になりませんから、仕方ないんですー。

YOSHIMURA

開き直りやがった……森の王と言えば、色々やらかしすぎてバレそうな事が多いよな。

MIYOSHI

私たちの秘密に、地道な調査で辿り着きそうな人も登場しそうですし、ちょっとピンチですねー。

YOSHIMURA

傭兵連中の動きも気になるしな。

MIYOSHI

それそれ。ついにデヴィッドさんの本性と目的が明らかになりそうですよ！

YOSHIMURA

今頃！

MIYOSHI

そこ、うるさい！

YOSHIMURA

じゃあ、次巻はその辺を中心に？

MIYOSHI

いままでの影響の拡大もありますけど、「ステータス見えるくんです」が本格稼働して、YouTubeで「測ってみた！」が大流行、政治家がうろたえます！

YOSHIMURA

立候補の際、試験があって、それが一気に張り出されるのと
大差ないもんなぁ……

MIYOSHI

カメラから、向けられたくない機器No.1の座を
奪っちゃいそうな勢いです。

YOSHIMURA

自分の能力を盗み見られるのは、かなり嫌だな。

MIYOSHI

ＵＳでは反ダンジョン運動みたいなものも広がりつつありますし、
きな臭いことは枚挙にいとまがありませんよ。

YOSHIMURA

平和ぼけするくらい、平和が一番なんだけどな。

MIYOSHI

次回、Ｄジェネシス9巻は！

YOSHIMURA

９巻は？

MIYOSHI

いろいろありすぎて書き切れません！

YOSHIMURA

なんだそれは……

MIYOSHI

それでは次巻を

YOSHIMURA

お楽しみに！

Dジェネシス第9巻

2024年春 発売予定!!

著: 之 貫紀 / この つらのり

PROFILE:

局部銀河群天の川銀河オリオン渦状腕太陽系第 3 惑星生まれ。
東京付近在住。
椅子とベッドと台所に強いこだわりを見せる生き物。
趣味に人生をオールインした結果、いまから老後がちょっと心配な永遠の 21 歳。

DUNGEON POWERS 紹介サイト
https://d-powers.com

イラスト: ttl / とたる

PROFILE:

九つ目の惑星で
喉の奥のコーラを燃やして
絵を描いています。

『Dジェネシス ダンジョンが出来て3年』の最新情報をお届けする
公式Xとサイトが開設!!

Dジェネシス公式X
@Dgenesis_3years

Dジェネシス公式サイト
https://product.kadokawa.co.jp/d-genesis/

Dジェネシス ダンジョンが出来て3年 08

2023年10月30日　初版発行

著　之 貫紀
イラスト　ttl

発行者　山下直久
編　集　ホビー書籍編集部
編集長　藤田明子
担　当　野浪由美恵
装　丁　騎馬啓人(BALCOLONY.)

発　行　株式会社KADOKAWA
〒102-8177 東京都千代田区富士見2-13-3
電話 0570-002-301(ナビダイヤル)

印刷・製本　図書印刷株式会社

●お問い合わせ
https://www.kadokawa.co.jp/(「お問い合わせ」へお進みください)
※内容によっては、お答えできない場合があります。
※サポートは日本国内のみとさせていただきます。
※Japanese text only

定価はカバーに表示してあります。

ISBN:978-4-04-737548-2　C0093

D GENESIS
ジェネシス
ダンジョンが出来て3年
漫画:平未夜　原作:之貫紀　キャラクター原案:ttl
毎月26日発売!!
メディアミックスコミックマガジン
コンプエース
にて
コミカライズ版
大好評発売中!!
コミックス好評発売中!!
KADOKAWA
B6判／定価本体704円(税10%込)
Kadokawa Comics A